谨以此书向改革开放40周年献礼

改革开放以来，一大批优秀企业家在市场竞争中迅速成长，一大批具有核心竞争力的企业不断涌现，为积累社会财富、创造就业岗位、促进经济社会发展、增强综合国力作出了重要贡献。营造企业家健康成长环境，弘扬优秀企业家精神，更好发挥企业家作用，对深化供给侧结构性改革、激发市场活力、实现经济社会持续健康发展具有重要意义。

——《中共中央 国务院关于营造企业家健康成长环境
弘扬优秀企业家精神 更好发挥企业家作用的意见》

徐桂芬

当代赣商

江西省民营经济研究会 组撰

许林 蒋常香 著

江西人民出版社
Jiangxi People's Publishing House
全国百佳出版社

煌上煌集团总部

总序

以党的十一届三中全会召开为重大标志，中国改革开放的大幕徐徐拉开，一个波澜壮阔的伟大时代奔涌向前。

时代宏音犹在耳际，改革开放的伟大进程已经走过了整整四十个年轮。

四十年来，民营经济从无到有、由弱而强，写就了我国经济社会发展中令人瞩目的辉煌篇章。改革开放的历史，在某种意义上就是一部民营经济发展壮大的历史。

企业是市场的重要主体，企业和市场的发展都有赖于创新实干的企业家精神。这种精神是企业成长的原动力，也是发展社会主义市场经济最为宝贵的稀缺资源和强大竞争力。习近平总书记指出："全面深化改革，就要激发市场蕴藏的活力。市场活力来自于人，特别是来自于企业家，来自于企业家精神。"

改革开放以来，党中央、国务院和社会各界一直高度重视对企业家的培育和鼓励。进入新时代，培育好企业家队伍，弘扬好企业家精神，已经成为坚持和发展中国特色社会主义的重大选择。2017 年，在中央全面深化改革领导小组第三十四次会议上，习近平总书记又指出："企业家是经济活动的重要主体，要深度挖掘优秀企业家精神特质和典型案例，弘扬企业家精神，发挥企业家示范作用，造就优秀企业家队伍。"2017 年 9 月，中共中央、国务院发布《关于营造企业家健康成长环境　弘扬优秀企业家

精神　更好发挥企业家作用的意见》，这是中华人民共和国成立以来中央首次以专门文件明确企业家精神的地位和价值。

伟大时代对企业家地位和企业家精神的充分肯定，不仅促使中国民营经济在发展的过程中涌现出一大批优秀企业家，为企业发展开辟了广阔天地，更赋予了企业家奋力开创事业的强大力量。

伟大的时代也使江西民营经济如沐春风。在历届江西省委、省政府的领导下，江西民营经济迅猛发展，如今已占据全省经济的"半壁江山"。民营经济现已成为江西市场经济中最有活力、最具潜力、最富创造力的主体，成为推动江西省加速崛起的主力军、改革开放的主动力、增收富民的主渠道。伴随着江西民营经济的发展，在江西这片红土地上，一批创业先行者以敢为人先的勇气汇入了时代洪流。他们顺应时代发展，勇于拼搏进取，艰苦创业，锐意奋进，在伟大时代的进程中成就了人生事业的精彩。同时，在企业不断发展的进程中，他们积极履行社会责任，把企业的发展和社会责任的履行自觉统一起来，展现出企业家良好的时代精神风貌。

抚今追昔，我们在被当代赣商精神感染的时候，不由想起了以敢为人先、艰苦创业、义利兼顾等商业精神与商道品格著称的江右商帮，并深切地感受到赣商精神的传承和发扬光大。江右商帮曾纵横中华商界九百年，明清时期达到鼎盛，以人数之众、操业之广和讲究贾德著称于世，与晋商、徽商等并列为中国古代十大商帮。

历史深处有未来。

任何一个国家的崛起，都是政治、经济、文化、科技等领域的整体崛起。对社会发展和人类文明进步作出杰出贡献的代表者，历史总是以铭记的方式表达着敬意，其卓越贡献与思想精神的不断衍续，也成为永远闪耀于历史长空的精神启迪之星。

然而纵观历史，人们不难发现这样一个事实：青史留名的历史卓越贡献者多为思想家、文学家与科学家；而对社会物质文明进步作出了巨大贡献的企业家，在浩瀚的历史著述中却寥寥无几。

商道长河谁著史。

正是基于这一视野高度，江西省工商联（总商会）在雷元江主席领导下，于2014年研究重塑赣商大品牌、引领赣商新崛起的工作部署，把发掘、传承、弘扬江右商帮精神和树立新时代赣商文化自信紧密结合。具体而言，就是把历史上誉满华夏的江右商帮和改革开放进程中稳健崛起的新时代赣商群体整体纳入历史与现实的宏大视野，把传承与弘扬赣商精神作为立意高远方向，把激励赣商群体在改革开放新阶段更加奋发有为作为新起点，着力开创赣商在改革开放新阶段、新时代的大发展格局。

在此过程中，雷元江同志又进一步提出，激励赣商群体在改革开放新阶段更加奋发有为，不但要体现于财富创造上，而且要体现于精神风貌上。他强调在打造同心谷·赣商之家（商联中心）物质载体大厦的同时，还要打造一座赣商精神载体大厦，把改革开放以来赣商与时代脉搏同跃动、共奋进的壮怀激烈创业历程与精神风采真实完整再现出来，汇聚成一部宏大的赣商创业奋进史。由此，形成了组织撰写《当代赣商》大型报告文学丛书的整体创作构想。

在雷元江主席的直接领导和悉心指导下，这部体制宏大的报告文学系列丛书作品，选取一批在改革开放进程中敢为人先、勇于探索、成就大业且具有深厚家国情怀的优秀企业家作为赣商杰出代表，每位企业家自成一卷，以报告文学的形式再现他们的创业历程，展现他们的商业智慧、商道品格和人生情怀。其全部的归旨，就在于忠实呈现改革开放四十多年来的宏大赣商人物志与奋进史。

从2014年至2017年，《当代赣商》大型报告文学系列丛书的组织撰写工作展开样本创作。在形成蓝本的基础上，于2018年正式全面展开。

《当代赣商》大型报告文学系列丛书的组撰工作，既为改革开放进程中崛起的赣商群体著录了宏大创业史，同时也与江西省工商联（总商会）

部署实施的《赣商志》《赣商会馆志》《江右人家》《历史的铭记》等编撰创作，共同构建起一部完整而宏大的赣商发展传承史，矗立起一座赣商文化精神大厦。

为改革开放进程中的赣商群体著录宏大创业史，本就是一项具有开创性的工作。更为重要的是，在新时代大力弘扬优秀企业家精神的主旋律中，构建赣商文化精神大厦这一深远立意，又赋予了《当代赣商》大型报告文学丛书深刻的历史与现实意义。

赣商尤其是以江西知名民营企业家为代表的优秀赣商，他们以与江右商帮一脉相承的艰苦创业、义利兼顾精神，在开拓奋进、勇于担当中积淀了宝贵经验和深厚感召力，厚德实干、义利天下是当代赣商最明显的特征。因此，本丛书的出版，必将汇聚成激励和引导广大江西非公经济人士健康成长的强大正能量。

在改革开放的新时期，江西省工商联（总商会）在引领赣商奋发有为、再创新辉煌的整体谋划部署中，通过赣商精神大厦的打造，也必将为全体赣商在新的奋进征程中注入强大动力。

《当代赣商》大型报告文学丛书在江西省工商联（总商会）的领导部署下，由江西省民营经济研究会承担组织撰写和出版工作。其间，得到了各级领导的大力支持和热情指导，作者们付出了大量心血，在此一并表达诚挚感谢！

江西省民营经济研究会

2018 年 5 月 28 日

目录

概　述

一

从童年和少年尝尽生活艰辛，到成长为国营集体单位的门市部经理，再到后来自谋生活出路，重又走进人生风雨。她的人生之路曾历经坎坷。

从当年的一家小烤禽社，到如今被誉为"中国酱卤第一股"的上市公司。她的创业历程艰辛曲折且充满传奇。

她就是煌上煌的创始人——徐桂芬。

年少岁月，家境贫寒，时世多艰。十四岁那年，徐桂芬因家庭成分不好而被学校拒于门外，从此她把求学的渴望封存心底。

那一年，父亲被打成"牛鬼蛇神"而关进"牛棚"，母亲被分派到南昌市远郊去上班，她除了照顾弟妹还要挣钱解决家中的生计问题，由此开始挑起家庭生活的重担。

1968 年，十七岁的徐桂芬下放到江西省奉新县的一个偏僻农村，在那里度过了五年的蹉跎岁月。

因病回城后，为了生计，她给别人带小孩，到建筑工地去当小工，进工厂做临时工。三年后，终于盼来招工机会，并幸运地成为南昌市食品公司下属国营菜场的一名大集体编制职工。

徐桂芬以满腔热情投入工作之中，因出色的表现赢得了单位领导和同事的认可。后来南昌市国营蔬菜食品公司分为蔬菜公司与食品公司两家，她分配到食品公司肉食中心店，几年后就被提拔为门市部经理。

踌躇满志的徐桂芬，理所当然地把自己今后的人生事业与单位紧密相连，她渴望并期待赢得出彩的人生。

然而始料不及的是，在个体私营经济蓬勃兴起发展的大潮下，肉食品中心的经营日渐困难。最后，徐桂芬和单位那些下岗职工一样，走上了自谋生计之路。

人到中年，重又走进人生风雨，但坚强个性赋予了她自强不息的品格。

一开始，徐桂芬承包了肉食中心绳金塔门市部，带领员工自主创业，自负盈亏，后又开南杂店并兼营烤鸡店和卖卤菜。在此过程中，她渐渐发现，南昌人喜欢吃卤菜熟食制品，可南昌市大大小小的卤菜店几乎都是温州和潮汕风味的。于是，她萌生出一个大胆想法——"我为何不开一家正宗南昌本地风味的卤菜店！"

看准了的事便果敢而为，这是徐桂芬性格里最为鲜明的特点之一。

1993年2月，徐桂芬在南昌市绳金塔开出了属于自己的"南昌煌上煌烤禽社"。一个炉子一口锅，再加上一辆三轮车，烤禽社仅8余平方米大小，包括她在内共8人。

白手起家，创业起步无比艰辛。

烤禽社开办之初，徐桂芬既是经理，又是最忙、最累的员工，她每天凌晨3点就起床，几乎没日没夜地忙碌。

生意刚好起来，请来的卤菜师傅隔一段时间就提出加工资的要求，否则走人。徐桂芬最后下决心高价买断师傅的卤菜配方，自己亲自来制作卤菜。

当时温州和潮汕人开的卤菜熟食小店遍布南昌市。温州和潮汕风味的卤菜，也已让南昌市民们接受了"卤菜就是这个味道"的味觉概念。况且，煌上煌烤禽社没有特色风味的主打烤卤菜品。因而在南昌市卤菜熟食市场的激烈竞争中，煌上煌一度经营状况平淡。

…………

但徐桂芬闯过了一道又一道难关。

终于，她确立了烤禽社清晰的经营方向——以酱鸭为主打特色风味卤菜产品，以其他佐餐凉菜为花色品种。

为了让酱鸭一炮打响，徐桂芬从一位酱鸭制作技术高超的师傅那里，花重金买下他的技术和配方。可是一开始，她带着小伙子范旭明按照技术配方做，酱鸭烤卤技术却怎么也过不了关，成锅成锅的半成品卤菜不得不忍痛倒掉。但她坚持不懈，历经上百次的试制终于掌握了酱鸭烤卤技术。她还先后到浙江、广州拜师学艺，不断改进工艺与风味。

功夫不负苦心人。当风味独特、色泽诱人的酱鸭成功出炉后，那沁人心脾的味道赢得了众口一致的赞叹声，顾客争相抢购。面对此情此景，徐桂芬禁不住热泪盈眶，百感交集。

以酱鸭为主打特色产品、辅以各式风味凉菜的系列烤卤菜制品，日渐赢得越来越多南昌市民的青睐。

"卤菜要品尝，认准煌上煌"，"满城尽闻酱鸭香"。

几乎每一天，煌上煌烤禽社门前都会出现顾客排起长龙的情景，这成为南昌市的一道独特的风景，短短两三年煌上煌烤禽社便在南昌家喻户晓！

二

1996 年，在徐桂芬的创业历程中是具有转折意义的一个年份。

这一年，她的丈夫褚建庚果敢辞职"下海"来助力煌上煌做大做强，徐桂芬以胆略魄力，决心实现由作坊式烤禽社向公司模式转变。

于是，她义无反顾打破原来的家族式管理模式，大力实施管理变革，引进各方优秀人才，推进技术改造升级……这一系列创新举措，让煌上煌实现着由家族式企业向现代化企业的深度蜕变。

在经营模式上,她大胆采用加盟连锁这一新兴商业模式。此后几年中,煌上煌凭借风味独特的酱鸭和各式特色风味卤菜走出南昌,快速走向江西省其他地市。在此过程中,她又以前瞻的眼光实施品牌战略,"煌上煌"品牌的美誉度和知名度与日俱增,"江西名牌产品""全国第一家独特酱鸭产品""国际博览会金奖""驰名商标"等省级、国家级、国际性奖项纷至沓来。

与此同时,煌上煌又不失时机地向省外市场进军。

2001年,江西煌上煌集团有限公司成立。在不到十年的时间里,煌上煌由当初的一家作坊式烤禽社,快速稳健崛起为一家现代化的民营企业。

新千年,农业产业化发展呈现蓬勃之势。

"当抓住大好发展机遇!"凭借前面近十年打下的坚实基础,徐桂芬紧扣江西农业产业化发展大方向,再度规划布局煌上煌新的发展蓝图——坚持突出"农"字头,紧扣"鸭"字业的主产业发展方向,以农产品深加工为龙头从而不断延伸产业链,实施新一轮全国市场的布局扩张。

煌上煌的新一轮发展中,各产业版图齐头并进、气势磅礴。

2001年到2003年,煌上煌全外加速省内外市场扩张的步伐,对内实施以生产设备工艺现代化、管理服务标准化和生产养殖专业化等为中心的一系列提升工程。

2004年,煌上煌建成全国最大的现代化中式食品加工基地。

从2001年到2010年,煌上煌在江西和全国其他各地陆续建成一批肉鸭养殖专业合作社、绿色农产品及油茶等种养殖基地(小区)。它们不仅为煌上煌深加工产业链延伸提供了强有力保障,而且成为带动农民长效增收、脱贫致富的示范点。

这十年之中,"煌上煌"品牌叫响大江南北,享誉全国市场。在销售市场的新一轮战略布局扩张实施中,直营和加盟连锁专卖店,以江西省为核心渐次覆盖到二十多个省市。

这十年之中，煌上煌已拥有占地近600亩的现代中式烤卤食品工业园，大型家禽屠宰、深加工厂区被列为全国农产品深加工示范基地，成为国家农业产业化开发项目示范企业和农业产业化国家重点龙头企业。

历经新千年的第一个十年，煌上煌实现了令人惊叹的蝶变，先后跻身"中国食品工业100强"和"中国民营企业500强"之列。

此外，公司还涉足餐饮、酒店、茶油、地产等多元化产业经营。

…………

人生就像一场长跑，成功属于那些砥砺前行的人。

新千年的第二个十年伊始，徐桂芬再立更为宏远的大目标。她志在把煌上煌发展成为全国最大的酱卤肉制品加工企业，打造成"中国烤卤领域的百年老店"！

上市，是煌上煌向宏远目标迈出的第一步。

2012年9月5日，煌上煌集团食品股份有限公司在深交所正式挂牌交易。煌上煌由此成为国内酱卤肉制品行业第一家上市公司。

成功上市后，雄厚的资金为煌上煌的超常规发展插上腾飞的翅膀：

启动企业信息一体化平台建设，借助先进的管理方式和技术手段提高企业核心竞争力。

建立食品质量安全检验与研发工程技术中心，实施科技兴企，大力提高创新能力，抢占行业发展的制高点。

在江西省内新增年产3万吨食品精深加工生产线，形成江西、广东、福建、辽宁、河南五大加工基地，以江西省为核心，向辐射华中、华南、华东、华北、东北的肉品精深加工现代化基地布局。

每年投入巨资，不断进行技术改造，提升产能，在市场开发与扩张中创新品牌，开展以促销带动品牌，以品牌拉动市场等一系列规划，全面铺开实施，纵深推进。

上市后煌上煌成为更受社会关注的公众企业，需要接受严格的监管，公司治理必须更加规范。为提高产品的安全系数，公司积极推动传统食品产业转型升级，打造智能化自动传输系统，新建 3000 平方米 10 万级净化标准的包装车间，引进德国先进设备等，积极推动产品升级，去散装化，逐步推动乐鲜装产品，着力打造实体店、电商、外卖、自媒体、自动售卖机、无人智能店"六位一体"创新营销模式，丰富销售渠道。

在紧紧围绕"鸭"字延伸产业链，大力拓展熟食业的同时，充分利用环鄱阳湖地区生态麻鸭养殖优势，重点推出麻鸭冷鲜制品，进军冷链物流生鲜领域，在这一新天地实现"再造一个煌上煌"的目标。

煌上煌日臻完善的"肉鸭养殖—屠宰—生鲜—深加工—销售"产业链中，销售是龙头。到 2018 年初，已形成了以江西为核心，以广东、福建、辽宁、河南为重点，覆盖全国的连锁销售网络近 3000 家。

…………

成功上市后正迎来的"裂变式"发展，成了煌上煌发展历程中的一座崭新里程碑！

在企业成功上市后，徐桂芬也逐渐完成了把执掌煌上煌发展"接力棒"，向二代接班人交接的过渡。

然而，她却并没有停下砥砺前行的人生事业脚步。"我好比是运动场上的一名运动员。我六十岁打完了上半场球，我还紧接着打下半场球，这样才能让我的人生更加充实。"徐桂芬的雄心犹在！

在倾心文化公益事业的同时，徐桂芬开始了"二次创业"！

她关注江西旅游产业的发展，成功投资武功山温泉项目。她积极融入国家"一带一路"建设，与丈夫褚建庚一起推进煌上煌向海外市场的进军。

风物长宜放眼量。徐桂芬还有更壮美的二次创业愿景——煌上煌已把赣味推向了全国，还要跨出国门！

2016 年，继成功投资新西兰农业开发项目后，煌上煌又布局进军巴西牛羊肉市场的开发。同时，东南亚市场也被列入煌上煌国外市场的规划布局之中……

更为壮美的二次创业蓝图，正在徐桂芬眼前舒展开来。

三

一路风雨兼程走来，徐桂芬常怀感恩之心。

"我深知，自己人生命运的改变和成就的事业，都源自于党和国家改革开放政策赋予我的机会。如果没有这个前提，那一切都无可能。"徐桂芬心中无限感念，是党的改革开放政策给了自己书写人生精彩画卷的机遇。

她将这真挚深厚的感恩情怀，化作了倾情社会公益慈善事业的实际行动。

从抗洪救灾、捐资助学到扶贫助困，从敬老助残到帮扶下岗工人，再到精准扶贫、带动农民增收致富……她的慷慨之举情真意切。

至今，徐桂芬在公益慈善事业中捐款捐物已累计 5000 多万元。

更让人们充满敬意的是，在企业一路辉煌的发展历程中，煌上煌始终情系"三农"。

通过热心扶持贫困村农户发展肉鸭养殖，煌上煌共带动全国养殖、种植农户达 3 万余户，累计帮助农户增收超过 5 亿元，为农民致富奔小康撑起了一把遮风挡雨的"保护伞"和"连心伞"。

20 多年来，煌上煌先后安置解决下岗、就业人员上万人次。

…………

走过坎坷，走过艰辛，最终走出了一道壮丽的人生风景。

徐桂芬心怀担当的精彩人生，成为煌上煌不断前行发展的强大精神动力，也让煌上煌二代接班人深切懂得，在煌上煌朝着成就"百年老店"发展愿景砥砺前行的进程中，定要有社会责任担当，始终与大爱同行。

在煌上煌成立 20 周年之际，煌上煌爱心基金会正式成立并运行，煌上煌二代接班人也接过了爱心事业传承的接力棒。

第一章
艰辛磨砺的年少时光

年少时的徐桂芬是在苦难中长大的。

因全家全部的收入来源就是父母微薄的工资，家里兄弟姐妹众多，她在贫困的家境中度过了艰辛苦涩的童年。

"文革"中，父亲被打成"牛鬼蛇神"，关进了"牛棚"，母亲则被分派到南昌市郊区去工作。念初中的徐桂芬，背上了"黑五类分子"子女的身份，不能进校门。无书可读的她，回家担起了照顾弟妹和独立应对家中生计的重担。

此后，十七岁的徐桂芬又跟随母亲和弟妹下放到了江西奉新县农村插队落户，在那里度过了五年的知青时光。在艰苦的农村生活与沉重的劳作中，她先后患上了钩虫病和严重的肾病。

因病返城后，在三年多时间里徐桂芬一直没有正式工作。为了挣钱治病和自食其力，她给人家带小孩，到工厂做临时工，甚至到建筑工地上做搬运工卖苦力。

艰辛磨砺是一笔宝贵的人生财富。

曾背负过的生命重荷，在徐桂芬内心深处悄然化作了人生前行的力量。

"岁月终将把你磨砺成一个坚强的人，只要你在前行的道路上越挫越勇而不是一触即溃。这种心灵深处的坚强，就是引领你终将走向希望和成功的路标。"在历经艰辛磨砺的岁月后，徐桂芬有了这样的内心深刻感悟。

···········

这些是徐桂芬珍藏在生命里的永恒记忆，也是与她后来坚强创业之路紧密相连的力量之源。因此，每当徐桂芬在叙述自己人生与创业历程时，她总是深情地从重温自己年少与知青岁月的开始。

而在那些深情的记忆里，她又那般由衷地感念，自己每一次对往昔岁月的深情重温，就仿佛又增添了一份前行的动力。

第一节　稚嫩肩头担起生活之重

时光深处，那些仍清晰跃动在岁月记忆里的情景总是纷至沓来，一幕幕触动起心间的无限感怀。或许，是年少岁月历经的生活苦难，曾磨砺了太深刻的心灵烙印。

——题记

记忆从 1951 年起笔。

那时，在位于江西省会城市南昌火车站旁，有一条名为三交通路的街道。当年的那条街道，如今已归为火车站一角。

因紧邻火车站，同时街道两旁民居稠密，大小商铺和客栈林立。因而，那时的三交通路可谓是南昌市最为热闹的地方之一，也是人们对 20 世纪 50 年代南昌城市记忆里最深的一处地方。

在三交通路上，有一家夫妻经营的小小米店。

这家米店的男主人叫徐士兵，女主人叫喻九芝。在夫妻俩的勤劳操持之下，这家小小米店的经营收入尚可勉强维持着一家人的基本生活，日子就这样过得平常而平静。

1951 年农历十月里一个普普通通的日子，徐士兵和喻九芝夫妻俩迎来了他们第四个孩子的出生。

这孩子是个女孩，生下来时很是瘦小，让人看着不禁心生怜爱之情。

"小名就叫丁丁吧。"夫妻俩给自己刚出生的女儿取了这样一个乳名。在南昌当地方言里,"丁丁"是十分瘦小的意思。

这个小名叫作"丁丁"的女孩,就是徐桂芬。

谁也不曾料到,就是这个小名叫作"丁丁"的小女孩,将来有一天会成为江西乃至全国商界中一位风云人物。

⋯⋯⋯⋯⋯

女儿徐桂芬出生后,其时,对于已有4个孩子的徐士兵和喻九芝夫妻俩来说,靠这间小小米店的日常经营收入,还不曾太明显地感到家中生活负担的吃力。在他们看来,只要将家中的生活安排得再节俭简单一些,那一家人基本衣食的吃穿用度是可以勉强打理过去的。

这是一户吃了千辛万苦才在南昌城里落下脚来的人家。

清苦的生活,让他们早已习惯了粗茶淡饭,勤俭持家。当然,他们曾经也过怕了困窘的日子。对于现在能过上这样普通的节俭生活,他们心里其实有着无限的幸福。

然而,从1952年起,他们这样平常而平静的生活开始被打破了。

这一年,在全国开展"三反五反"运动的过程中,城市工商业试行"公私合营"的帷幕也同时拉开。徐士兵和喻九芝积极响应国家试行"公私合营"的政策,把自家的米店并入了南昌国营粮油公司下统一经营的国营米店。徐士兵从此也开始在国营商业单位上班,成为拿固定工资的普通职工,喻九芝则成为大集体下面土杂店的员工。

也正是从这一年开始,徐士兵和喻九芝夫妇渐渐感到了家中生活的拮据艰难——两人的工资收入用以维持一家人的生活,开始显得有些捉襟见肘起来。

在此后几年里,又随着后面几个孩子相继出生,这已是一个有8个子女的家庭了。

对于这样一个子女众多的城市普通职工家庭来说,一家人的生活来源,全仅靠着徐士兵和喻九芝夫妻俩每月的微薄工资收入来维持支撑，其艰辛不易的程度可想而知。

童年，对徐桂芬来说充满着沉重与苦涩，全无快乐可言。

到她记事的年纪，当时正逢国家经济困难时期，生活物质极度匮乏。那些年月里，从城市到乡村的很多家庭情形都一样，缓解饥饿和能吃得饱饭几乎就是人们心底里最大的期盼。

徐桂芬仍那样清晰地记得，父母亲为了让他们那份微薄工资能应付一家人的生活，须处处精打细算，一家人的日子常年里过得紧紧巴巴的。关于自己年少时光的记忆，她最深刻的就是家中生活的清贫艰苦以及做家务、带弟妹。

最难以忘怀的还是饥饿。

一年中有不少日子里，只能是吃得半饱，吃到鱼肉等荤腥菜，那更是难得的奢望。饥饿感一天到晚总在身体里挣扎，这样的时候就只有硬生生地扛着，除此之外别无其他办法。

还不光是要硬生生地撑着难以忍受的饥饿，年幼的徐桂芬还有各种家务劳动要做。因为父母每天上班早出晚归，五六岁年纪的徐桂芬要在家照看弟妹和帮助父母做家务活。

人还只有灶台高，做起饭来不得不踮起双脚；取水的水亭距家里有差不多半里的路程，担着几乎挨着地面的两只水桶，一路步履蹒跚，磕磕碰碰，用尽全力；弟弟妹妹们淘起气来的时候，要把他们哄得不哭不闹了，往往也累得满头大汗……然而，让父母无限欣慰的是，每天他们下班回来时，女儿徐桂芬总是把家里的事情做得妥妥当当的，弟弟妹妹也带得好好的。

更让父母怜爱心疼的，还是女儿徐桂芬的乖巧懂事。

贫穷清苦的生活，让出生时就十分羸弱的徐桂芬在童年岁月里身体一直单薄瘦弱，还时常生病。但大多数生病的时候，年幼的徐桂芬总是默不作声，不会告诉父母。因为她已经懂得，父母上班挣钱养活一家人非常不易，自己要尽力帮着做家务，还要带好弟妹，替父母尽可能分担一些辛劳。

一次，生病的徐桂芬在家照看两个弟弟。

其间，弟弟们哭闹着要去找爸爸妈妈。于是，徐桂芬将一个弟弟背在背上，一只手扶着背上的弟弟，另一只手把另一个弟弟夹在腰间，去妈妈上班的土杂店。时值酷暑，烈日炎炎，刚走到妈妈上班的土杂店门前，她突然感到眼前一黑，一头栽倒在了地上，后来就什么事也不知道了。

正在上班的喻九芝听到外面人声嘈杂，说是有个小女孩晕倒了，于是跑出来一看，发现晕倒在地的竟是自己的女儿丁丁，而且女儿的眼睛直往上翻。喻九芝见状惊恐不已，心痛万分，急切地大喊："快来人啊，赶快来人帮忙呀……"

土杂店隔壁是一个理发店。店里的理发师傅见状，连忙跑了出来，一看晕倒在地上的小女孩，判断是中暑所致，于是情急之下就用掐"人中穴"的办法来抢救，这样徐桂芬才慢慢苏醒了过来。

父母心疼女儿徐桂芬，于是买了半斤鸡蛋糕给她吃。正好那次五婶来串门作客，得知小侄女徐桂芬生病了，也赶紧去买来一袋饼干放在她的枕头边。

那半斤香酥诱人的鸡蛋糕和那袋香脆可口的饼干的味道，徐桂芬至今都难以忘怀。那是她对于自己童年时光里的最美味记忆，也是在那样清贫艰难的家境中感受到父母和亲人挚爱的温暖记忆。以至于这样的幸福感，在那时让她想生病，因为生病了就不用做家务，不用带弟妹，还能吃到鸡蛋糕和饼干等美味……

小时候，穿上新衣服几乎是每一个孩子的最大期盼。

但在徐桂芬家里，即使是在过新年的时节里，经济窘迫的家里也很难为每个孩子做上一身新衣来过年，往往是姐姐的衣服穿不下了，就往下传到妹妹或弟弟身上穿。

年幼的徐桂芬已深深懂得家境的艰难，她把期盼能有件新衣穿的愿望深藏在内心，从不曾向父母流露出自己心底的半点向往。

她怕触动起父母的自责与伤心。

…………

在这样清贫的时光流年中，徐桂芬度过了童年岁月。

家庭的经济贫困，父母的终日忙碌操劳，让上小学的徐桂芬就变得格外懂事起来。平日里，除了好好学习，课余时间帮母亲用心带好弟弟妹妹，她想得最多的，就是如何力所能及地帮助父母减轻一些他们肩头的负担。

尽管子女多，家庭负担沉重，但在徐桂芬的记忆里，父母对 8 个孩子中的每一个都很疼爱。有些时候，因为徐桂芬和兄弟姐妹们顽皮淘气而惹得父亲打过他们几回，可徐桂芬心底分明又知道，那是生活的重负使得父亲脾气暴躁，她理解父亲。她还特别难忘，当年因为家里太穷，二姐送给了别人，父母心里一直不好受，心里有着深深的挂念。二姐即使是送出去了，家里再穷，每到过年时，父母宁可身边的子女一件新衣也不做，也要确保给二姐添制新衣服。可实际上，因为二姐送往的那户人家也十分贫穷，父母送去的过年新衣，二姐并没有穿上，而是那家人给了自己的儿子穿了。

父母的爱怜，让徐桂芬和她的兄弟姐妹们，在那清贫的年轮里备感温暖。

由此，她也懂得了要主动去替父母分忧，也学会了以坚强的个性和阳光的内心，去面对生活里的艰难与不易。

一家人清贫而平静的生活，在悄然的时光流逝中向前。这些年少时来自父母潜移默化的温情教益，在徐桂芬成年后尤其是在后来下岗创业的过程中，感受是那么真切与深刻。

由小学到初中一年级，徐桂芬学习一直十分刻苦认真，她是老师眼中的好学生，成绩优秀的她也曾梦想着通过好好读书来改变命运。然而始料不及的是，轰轰烈烈的"文化大革命"突然而起，与全国其他地方的学校一样，南昌市的各中小学校纷纷"停课闹革命"。

学校里一切乱哄哄的。

更让徐桂芬没有想到的是，"文化大革命"爆发不仅打破了她读书的平静时光，也从此彻底打破了他一家原本清贫但平静的生活。

因为，"文化大革命"刚开始不久，徐桂芬的父亲徐士兵就被定为"出生于经商世家"的阶级成分，而且又经过商，于是被划为"黑五类"分子之列。这样，正读初中一年级的徐桂芬就背上了"黑五类"分子子女的身份，她因此不能进校门、不予准许上课。

已无书可读。心中难过却又无可奈何。于是，徐桂芬也就索性借这个机会干脆在家里帮父母做家务、带弟妹。

被划为"黑五类"阶级成分，这也就意味着，徐桂芬一家突然成了"家庭成分不好"的人家。

但真正的事实却是，徐桂芬的爷爷是一位贫苦的小商人。

徐桂芬的爷爷徐国记，出生于南昌市郊外农村罗家集，小时候父母双亡成了孤儿，从小就给村里的教书先生磨墨赚口饭吃。因为家里穷，到了三十多岁才娶了媳妇，生下七男三女。他年轻时颇有些做小买卖的头脑。后来，他大胆离开农村，到南昌市金盘路上开了间小米店谋生，靠着吃苦耐劳和艰苦打拼，一家老小才在南昌慢慢立下脚来。后来，终因那间小米店的经营难以维系一家人的生活，家境十分艰难贫苦，徐国记同样不得已将两个女儿送给了别人做童养媳。

在那个特殊年代里，但凡祖上三代哪怕只是做过点养家糊口小的小买卖，在划家庭成分时，也往往会被划定为"黑五类"家庭成分。

按照当时的政策规定，"黑五类"分子属于要"接受学习改造"的批斗对象。这样，徐桂芬的父亲被打成了"牛鬼蛇神"，关进了"牛棚"。

父亲被关进了"牛棚"之后，工资也随之停发了。这样，一家人的生活来源就全靠母亲的那份工资收入了。

生活的境况由此更为艰难。

"对此，母亲没有过多地去伤心哀叹，她安慰子女说，日子再苦再难，总是有办法可想的。"面对家里被划成"黑五类"成分的打击和随之而来的愈加艰难的生活境况，母亲所表现出的那种坚强，在年少的徐桂芬内心里刻印下了永恒的记忆。

在徐桂芬父亲被关"牛棚"后不久，母亲也受到牵连，被调往离家非常远的郊区龙王庙上班。往来路途很远，从此，母亲每天天蒙蒙亮就要骑着破自行车出发，赶往位于南昌市龙王庙郊区的单位上班，而每天晚上回到家中已是夜幕降临了。

父亲被关进了"牛棚"，现在母亲又调往远郊上班而无法顾及家里。其时，徐桂芬的姐姐已经出嫁了，弟弟妹妹尚小，最小的弟弟只有两岁。

家里这突如其来的变故和生活的艰难，还有一个家庭成分不好的人在那个年代里必然会招致的各种异样眼光，这一切仿佛让徐桂芬那样真切地感到，自己一夜之间已经长大了。她好像懂得了，自己必须要去直面这样的现实，还必须要坚强地担起家中的重担——照看好弟弟妹妹，还要解决家中的生计问题。

也正是从母亲被调往郊区工作的那一天开始，年少的徐桂芬从母亲手里接过了操持家务的重担，稚嫩的肩头开始扛起家中的生活之重。

对一个十四五的女孩来说，要独立面对这样的生活之重，该是何其辛酸艰难。但少女徐桂芬却以惊人的胆量与勇气直面这一切，母亲不在家时，她做家务，照料好弟妹们的生活。

还有要独自面对的，就是隔三岔五上门来抄家的"红卫兵"。

气势汹汹的红卫兵们，隔几天就会上门来抄家。每一次来到家里抄家的红卫兵，总是呵斥相逼，要徐桂芬交出她家中"藏起来"的所谓金银财宝。

家里连吃饭都艰难，哪里来的什么"金银财宝"？！

在多次抄家都没有抄到值钱的东西后，红卫兵们仍不甘心。他们为了解气，再来抄家时，在徐桂芬家里见什么就砸什么，看上件像样的家什就连吃饭的桌子、木椅子等也要搬走。最后一次，见的确抄不出半件值钱的家什来了，红卫兵们竟然将徐桂芬家里仅余的三条板凳也拿走了。

抄家过后，再后来又是被逼着要交出什么"变天账"。

逼交"变天账"的那天，烈日炎炎。中午时分，徐桂芬正在家里做家务。突然，一群气势汹汹的红卫兵，押着一个低着头、脖子上挂着一块大牌子的人进到家里来。

徐桂芬定眼一看，被押着进来的人正是自己父亲，他从头到脚湿淋淋的，脸上的神情漠然……

见到父亲被整成了这个样子，徐桂芬的眼圈一下子就红了。

原来，红卫兵把徐士兵从"牛棚"押到家里，要逼着他交出藏匿起来的"变天账"。

从红卫兵们的呵斥声中，徐桂芬大致清楚了：父亲在被押回家来交"变天账"的途中，经过南昌市彭家桥的一条河边时，他趁着红卫兵们一时没注意，挣脱后猛然跳进了河里想自杀。结果，被红卫兵们从河里捞了起来，在岸上又被以"想畏罪自杀"的罪名狠狠斗了一回，然后接着继续被押着回家交"变天账"。

父亲一定是对这样的折磨屈辱实在难以承受了，才在激愤之下做出要跳河自杀的举动来。徐桂芬心里涌起莫大的悲伤。

"徐士兵，你现在老实交代，快把'变天账'交出来！你还想畏罪自杀……"红卫兵们大声呵斥道。

随后，他们又找来一条长凳，让徐士兵站在长凳上面示众。

此时，徐桂芬的家门口也围满了人。

个别不明就里者，在红卫兵们煽起的对"阶级敌人"的激愤情绪中，也应和着他们的口号大喊起来："徐士兵，你不老实就罪该万死，还不赶快交出'变天账'来……"

继续沉默下去已无济于事！

于是，徐士兵抬起头来，目光里充满着无奈与无助的神情，他望着女儿徐桂芬问道："丁丁，你知道家里的'变天账'在哪里吗？"

家中已是家徒四壁的景象，就是想藏起什么也没有地方藏啊！徐桂芬十分清楚，家里哪里来的什么"变天账"。

但徐桂芬十分镇静，她脑袋飞快一转，继而对父亲回答道："什么'变天账'哦，我不知道你说的是什么？！"

"就是那上面写了金戒指几个，金元宝几个……还有其他值钱的东西的一张清单……"父亲嗫嚅着说道。

"哦，那张纸呀，早就被我给撕毁了、烧掉了，不毁掉烧掉，你还想变天呐！"徐桂芬这样大声脱口而出。

如此一来，红卫兵们也就无计可施了。

徐桂芬以聪明机灵为父亲解了困！

最终，交不出"变天账"的徐士兵，挨了"红卫兵"们狠狠的一通拳脚。

眼巴巴地看到父亲挨打，望着被红卫兵们押着去继续关"牛棚"的父亲的背影，看到已一贫如洗、空荡荡的家，在历经红卫兵数次抄家打砸之后只剩下了一张破床和一张破饭桌，还有被吓得大哭的弟妹。

那一刻，少女徐桂芬心里有无限的酸楚与委屈……

同样心酸的还有，一贫如洗的家，要靠母亲一人的微薄工资收入来养活，一家人生活实在难以为继。每当听到弟弟妹妹们喊饿，要吃的，徐桂芬的心里都仿如针扎一般难受。

一天，徐桂芬带着弟妹在火车站玩，耳边突然传来一阵嘈杂的声音，其中有人说，"看，那个小女孩真可怜，在垃圾堆里捡东西吃啊……"

徐桂芬转身回过头一看，发现一个瘦弱的小女孩蹲在地上，正在垃圾桶里捡一块别人丢弃的、没有啃干净的西瓜吃。而这个小女孩不是别人，却正是自己的亲妹妹。

看到这样的一幕，徐桂芬心如锥刺般痛。

但此时此刻，一种难以抑制的气愤也随即从心底升起，她的脑海里瞬间闪过一个念头——"人穷志不能穷！"

飞快跑上前去的徐桂芬，不由分说地重重打了妹妹一巴掌，同时对妹妹怒声说道："你怎么这样没有志气，捡别人丢掉的东西吃呀！"

然而，打过妹妹之后，徐桂芬心里转而又是那样痛苦难言。她何尝不知道，妹妹这是实在饿得难受啊！

望着被打得哇哇大哭的妹妹，徐桂芬鼻子一阵酸楚，她一把将妹妹紧紧拥在怀里，那一刻，她不禁泪水潸然……

"自己要想办法去挣钱，要替父母分担家庭生活的重负，让弟弟妹妹们吃饱饭。"徐桂芬心中萌生了这样坚定的念头。

"那怎样才能挣到钱呢？"徐桂芬开始琢磨起来。

这一天，正在苦思冥想着挣钱方法的徐桂芬，目光突然被火车站密密麻麻的人群所吸引。随即，一个挣钱的想法也从脑海中冒了出来："天这么热，如果在火车站卖凉茶，那肯定能挣得到钱！"

当时，正值 1966 年盛夏，红卫兵开始了全国"大串联"行动，所到之处乘火车免票、吃饭免费。一时间，四面八方的红卫兵向火车站汇聚。与全国各地火车站的情形一样，南昌火车站也是每天人山人海、喧嚣躁动。徐桂芬的家就紧邻火车站，当时红卫兵等火车的长长队伍一直排到了她的家门口旁边。

在用心打量潮涌般的人群过程中，徐桂芬发现，烈日之下的红卫兵们口渴难耐。买冰棒吃不解渴，而且一根冰棒三分钱，对于很多人来说舍不得。

于是，她产生了卖凉茶这个念头。

说干就干，徐桂芬立即在家烧了一大壶开水，而且十分幸运的是，父亲平时爱喝茶，家里还剩了半盒茶叶。等茶泡好冷却后，徐桂芬一手提着壶一手拿着碗，来到火车站排队的人群之中。

"卖凉茶嘞，一分钱一大碗……"

凉茶又便宜又解暑，果然十分受欢迎。

让徐桂芬没有想到的是，一壶凉茶没有多久就卖完了。回到家一数，这一壶凉茶居然卖到了好几角钱！

没有人知道，这卖凉茶所得的收获，对徐桂芬来说是何等的重要和兴奋惊喜——于是，她决定靠卖凉茶来解家中的生存之艰。

从此，在南昌火车站，人们总能看到，炎炎烈日之下，有一位扎着两根羊角辫的女孩，热得满头大汗她全然不顾，一手提着一个水壶，一手拿着蓝边大茶碗，在人群中不停地穿行，专注而用力地吆喝叫卖着凉茶。

一碗两碗，一分两分……一天下来，虽艰辛无比，但一般一天都能挣上几角甚至一块多钱。这一块多钱，就够一家人基本吃饭的钱了。

后来，徐桂芬索性在自家门口摆起了茶摊，让妹妹守着茶摊，她则专门负责挑水烧茶。

卖茶的收入来源，对徐桂芬全家来说，实在是来得太及时了！

没有任何人的指点和提醒，完全是凭着自己的用心观察和大胆尝试，一碗毫不起眼的凉茶，就那样触发了十五岁少女徐桂芬心底里为父母分担艰辛的强烈念头。

少女徐桂芬，终于找到了解决家中生计问题的方法！

几个月后一个风高月黑的夜晚，父亲偷偷从"牛棚"回家来看望孩子们。当他得知女儿徐桂芬不但靠卖茶水解决了家中的生计，而且还把弟弟妹妹带得好好的，他惊讶不已！

父亲深深挂念孩子们的心，终于稍许放下了些，她对女儿徐桂芬小小年纪承受的这般生活之重，心里充满了难言的苦涩，同时又刮目相看。

"丁丁这孩子，看来遗传到了我经商方面的基因，将来她长大了，说不定是个人才。"徐士兵这样对妻子喻九芝说。

…………

卖凉茶，是在生活的困境里，徐桂芬内心决意要以努力去改变现实的最早行动自觉。而其实，早在上小学时，她就把平日里搜集来的"小人书"以每本一分钱的价格出租给班上的同学看，用这样积攒到的微薄零花钱为弟妹买点糖果或冰棒吃。也许，是出生于生意人家的商业敏感基因，赋予了徐桂芬敏感的商机识别和判断意识，以及经商的天分。还或许是，在清贫生活家境中年少的成长经历，早已在不知不觉的潜意识里，激发了她直面人生艰难的勇气与智慧。

这让人不禁又联想到后来的 1993 年。

在人到中年面对下岗的现实处境中，徐桂芬虽一度有过失落有过迷惘，然而却最终心怀坚强，勇敢地直面人生风雨。正是因为如此，为了寻求一条力所能及的谋生之路，徐桂芬却发现了此后彻底改变她人生命运的商机。

发生在徐桂芬身上这时隔 20 多年的两件事，是那么的耐人寻味。

如果说，两者之间似乎有着某种关联，那则是，内心深处对于改变个人和家庭困境的强烈愿望，让徐桂芬的个性中有一种对于机遇的执着与敏锐。在那艰难的岁月里，靠着在南昌火车站卖凉茶，少女徐桂芬用尚且稚嫩的双肩为父母分担了家庭生活的重负。

随后，夏去秋冬而至。无法再依靠在南昌火车站卖凉茶来获得家里生活的经济来源了，但已懂得如何去寻找机会的少女徐桂芬，又将目光转向了其他挣得维持家中生计的机会，她也最终找到了一个个需要付出巨大艰辛才能挣得微薄收入的机会。

"只要是能挣得钱来维持家里的生活，再苦的活我也不怕，也会去干！"这份心底的强烈信念，在父亲被关进"牛棚"和母亲被分派到远郊上班、早出晚归无暇顾及家中的那些日子里，让少女徐桂芬独自支撑起了家中的家务与生活。

在徐桂芬珍藏的年少记忆里，那些所有的经历和过往，不仅是一种成长中的懂得与感悟，还是岁月磨砺对于自己的一种恩赐。

因为，年少时的那些磨砺坎坷，悄然给予了她从年少时起就历经的种种生活艰辛体验，让她深深懂得了只有直面人生的艰难，勇敢走过去，就终会迎来生活的阳光。

第二节　蹉跎知青岁月

在艰难时光中，少女徐桂芬心中时时怀有无限的期盼。

她期盼被关进"牛棚"批斗的父亲能早日回到家里来，那样，母亲也就不会因此而受到牵连，也自然就会从远郊重新调回南昌市内来工作了。她期盼一家人亦如往昔，过着清贫但却平静的生活……

是啊，她还只是一个十几岁的孩子，多么渴望温情的父爱母爱！

然而，徐桂芬却不知道，一家人漫长的艰难时光仅仅才刚开始。

1968 年，怀着强烈期盼的徐桂芬，等来的竟是父亲继续被关"牛棚"，而她和母亲以及 3 个弟弟还有妹妹要被下放到偏远农村去的消息。

这一年，随着城市知识青年"下乡上山运动"的热潮刚过，全国又开始了"城镇居民下放"运动。

所谓的城镇居民下放运动，主要是将一些城市居民全家陆续下放到农村去落户。而这些城镇居民，都是由家庭成分不好的"黑五类"等家庭组成，有的是在"文革"中被批斗的家庭，有的是被打成"牛鬼蛇神"的人家。

在这些被列为"下放户"的城市居民当中，往往是全家人一起被下放到农村去落户定居。这也就意味着，他们将失去在城市生活与工作的机会，要到农村去插队落户和"接受改造与教育"，在那里与当地农民一样，过着在土地里劳作谋生的生活。

事实上，"城镇居民下放"与"知青下放"是有很大区别的。

因为，被列为"城镇居民下放户"的那些家庭对象，其家庭成员中一位或多位大多是有各类"问题"而被批斗的。因而，他们下放的境遇自然就比知青们要差，他们大多是按照"农村有老家的回老家落户，农村没有老家的由组织上来安排"这一原则来下放的。其时，由组织上来安排的，一般是随便给找一个穷乡僻壤的农村落户，把人往那里一送就了事了。

好在后来政策进行了调整，"城镇居民下放户"家中与知青年龄相仿的子女，可以比照下乡知青享有同等待遇。如此一来，徐桂芬后来的身份，就是一名下放到农村插队落户的"知青"了。

南昌市"城镇居民下放"运动开始后不久，徐桂芬一家就被列为"下放户"对象。

正是在这个时候，母亲得到一个消息：听说是父亲要被下放到江西武宁县的偏远山沟去，而且一家人都要跟着下放到那里去落户。

武宁县位于赣北地区，那里大部分地方是大山区。茫茫大山，道路阻隔，十分闭塞贫穷。

对此，母亲忧心忡忡。

为了一家人不被下放到那样偏远的大山里去，她四处托人。最终，辛得一位亲戚帮助，徐桂芬的母亲在江西奉新县农村找到了一个接受落户的村子。这个村子叫喻家村，算是母亲喻九芝娘家同姓大家族的一个村庄，也就是徐桂芬外婆大家族的同姓村庄。而且，奉新县相距南昌市 100 多里路程，虽也是丘陵山区县，但相比群山绵延的偏远武宁县山区的条件还是要好一些。

然而，下放的地方找好了，徐桂芬的父亲却又被规定要继续在南昌被关"牛棚"接受批斗，不能随家人一起下放到奉新农村去。

这样，徐桂芬的母亲就带着孩子们离开南昌，到奉新农村下放落户。

1968 年 12 月的那天，虽时隔今日已是那么遥远，但在徐桂芬的脑海里却有着难以抹去的深切记忆。

当城市在身后渐行渐远，一种莫名的忧伤开始袭上心间。

十七岁的徐桂芬心中知道，母亲带着她及弟妹们正作别自己无比熟悉的南昌这座城市，而行进的前方是一个完全的未知地方。

其实，徐桂芬心底还有另一种无法言说的伤痛：就在一个多月前的一天，她突然接到了自己初中学校寄来的一张"迁校通知书"——学校迁往江西奉新共产主义劳动大学半农半读。

徐桂芬当时着实惊喜兴奋。因为，这样一来可以读书，二来天天与同学同住同劳动。然而她知道，自己不得不忍痛放弃这个机会。

是啊，面对现实，她不得不忍痛放弃这求学的机会。其他的一切不说，就单说家里的生活现实境况——家里只有一床被子，如果她去念"共大"，带去学校用，那母亲和弟弟妹妹们也就没有了被子盖。

这就是当时徐桂芬家里的现实境况，可谓一贫如洗！

把心中对上学的向往伤感深藏，徐桂芬与弟妹，跟随母亲离开了南昌，踏上了去奉新县农村插队落户的路途

徐桂芬一家被安排下放插队落户的具体地方，是在当时江西奉新县赤岸人民公社一个名叫历付大队（后更名为下付大队）喻家村的小村庄。那是一个交通十分闭塞，各方面条件极为落后的一个小山村。

在通往历付村的那条寂静小路上，徐桂芬跟随母亲和弟弟妹妹一起，走向他们落户安家的这个小山村。令人欣慰的是，这个小山村的淳朴村民们，以厚实的善良接纳了他们。

时至今日，徐桂芬心里仍对此感念不忘。要知道，对于来自城市到农村插队落户的"家庭成分"不好的家庭而言，最担心的，就是害怕因为他们的家庭成分而受到村民们的议论和冷落。

在这一点上，徐桂芬感到自己和家人是无比幸运的。

接下来的一段时间，初至乡村的新鲜感很快就淡去了，繁重而单调的体力劳作，于是就成了生活里的几乎全部内容。

与当时下放到农村的所有知青一样，农村生活的清苦、交通闭塞、条件简陋以及文化的匮乏等这些，在一段时间过后，让徐桂芬的内心深处渐

渐生发出一种莫名的惆怅。

而要适应的还远不止这些。

下放到农村落户后，一家人的生活就得与生产队的社员一样，只有靠挣工分来获得。

弟弟妹妹年纪还小。自然，徐桂芬就成了家中挣工分的主劳力了。

日出而作，日落而息，农村的劳作单调而沉重。

对于从未经历过繁重体力劳动的徐桂芬来说，首先就是需要闯过一道道"关"。这就是学干农活关、吃苦关、手上磨出厚茧关，甚至是劳动过程中出现的各种风险关。如此，她才有可能获得在乡村安身立命的基本能力。

徐桂芬内心里还深知一点：因自己的家庭成分原因，她与母亲和弟弟妹妹来农村落户，实际上是属于所谓的"接受劳动改造"的"下放户"。因而，不仅全家要自食其力，而且还要争取各方面更好的表现。

"自己只能做得更好，而没有任何借口和理由！"徐桂芬在心里这样暗暗地告诉自己。

那年下放落户后，年后开春就是挑牛栏粪。牛栏粪，是牛圈里长期浸压于牛粪便中的稻草，一担就达一百多斤。而且，是要直接挑到水田里去。当时村里出于照顾，让徐桂芬挑五十斤一担。纵然如此，她还是被压得弯不起腰，脚踩在泥巴田里，肩上挑着上百斤的重担，负重行走的每一步都异常沉重艰难。

徐桂芬就这样开始了在农村艰苦沉重的劳作时光。

犁田、整地、育苗、插秧、拔草、收割、背稻子、脱谷、打场、挖沟、修渠……在下放插队落户后的第一个年轮四季里，时光里的每一个日子，几乎都是不断地在一轮接一轮的劳动"大会战"中度过的。

根据农事劳动的时节特点，每一次"大会战"都要持续很长时间。在这个过程中，徐桂芬每一天都拼尽全力，劳动期间她处处都是奋勇争先。

她告诉自己，不但不能落在别人后面，而且处处还要抢在别人前头。

徐桂芬几乎是拼着命一般地在劳动。至今，对那些异常艰苦岁月中的许多点滴，徐桂芬仍记忆无比清晰。

一开始，第一天下田劳动，两只手连锄头柄也握不紧、握不稳。一天的劳动结束后，两个手掌上布满了一个个的大水泡，为了不影响第二天的劳动，晚上回到家徐桂芬就用针把手上的一个个水泡挑破。

可她哪里知道，这样做适得其反。

第二天出工，两只手一沾水，手掌上那些头天晚上被挑破的水泡阵阵钻心地疼痛，而且握着劳动工具的时候，水泡挑破的地方后来皮肉都与木柄粘在了一起。

之后，是每日在水田或是旱地里摸爬滚打，对于从小在城里长大的徐桂芬来说，无论精神上还是体力上，那都是一种严酷的考验。

但是个性好强的徐桂芬，不想被别人看不起，更不想遭人嘲讽，被说成是身上带着"资产阶级小姐"习气的城里人。因而，在繁重的劳动重荷中，她始终紧咬牙关坚持着，纵然身体再不舒服，也从不轻易吭声。即使有几次因过度劳累而昏倒在了田间地头，但短暂休息后一醒过来，徐桂芬就依然拼命地劳作……

干农活，看似简单，对于在城里连锄头都未曾摸过的徐桂芬来说，起初也是极为不易的。

记得秋收后，要把部分水田的水放干，平整干田种油菜等小春作物，每个社员每天的劳动量都是划分了任务的。

第一年头一次平整干田时，徐桂芬一锄挖下去，在往回挖泥土填脚边不平的地方时，谁知锄头角一下挖在了右脚踝关节上，将一块皮肉也锄去了，顿时鲜血直流，疼痛万分。

春季初临，乍暖还寒。

第一次清早挽起裤腿下田，田里的泥水寒冷刺骨，踏着冰凌到水田淤地、挖畦、育苗。后来接着就是平整插早稻秧的水田，徐桂芬挑着两筐沉重的猪栏粪，跟跟跄跄，两条腿像灌满了铅一样沉重，这样沉重的劳动往往一干就是一整天，其间只是在吃早饭和中饭时歇息一阵子……

每年的五月，就要开始插早稻秧了。

一天下来，双腿在水田里泡得既红又肿，脚板上还常常被田里的石头尖子划得小血口比比皆是。由于长时间低头弯腰，累得连腰都抬不起来，傍晚收工后回到家里，不想吃、不想喝，无法形容的疲惫，让人只想躺下好好睡一觉。

最为难忘的，还是夏季的"双抢"。

所谓"双抢"，即是抢收抢种。由于既要及时地抢收早稻，又要赶在"立秋"前在早稻田里插上晚稻秧苗，所以，这是农村一年四季当中时间赶得异常紧张的一段高强度劳作日子。最关键的就是体现一个"抢"字上面——抢时间。否则，若早稻不能及时收割上来，等到"立秋"后再插晚稻秧苗，那晚稻将来的收成就会大受影响。

酷暑时节的三伏天，烈日的威猛炙烤，让旷远的田野上滚涌着令人仿佛要窒息的不散热浪。而此时，南方水田里的实际水温往往已超过 40 摄氏度，人赤脚在水里蹚着都觉得发烫，更何况还要身负着沉重的体力劳动。

在整个"双抢"季节里，徐桂芬始终咬牙坚持着。

这样酷热天气里的高强度劳动，可谓是对一个人身体承受极限的挑战。

一开始，那样挑战极限的劳动强度，让从来没有经历和适应过这样几近严酷劳动环境的徐桂芬感动窒息：

"大颗的汗珠不停地滴落，融入田里。水田里的蚂蟥也是令人害怕和讨厌的东西，蚂蟥特别大一个。发现蚂蟥牢牢地吸在了腿肚子上，我就吓得跳起来，只会去硬抠，然后被蚂蟥叮吸的地方就会流血、溃烂……更可怕的是旱蚂蟥，又叫草蚂蟥，只有火柴棍那么大，黑色，两头着地，一拱一拱地爬行，头上好像有类似红外探测器的器官，只要人往草地上一站，立刻从四面八方围拢来，叮上人时没有感觉，等发现时，它早已吃饱跑掉了。有一次劳动，看天气不热，我便把草帽摘下来放在地边，等收工后没细看就往头上一戴。谁知里面藏了一只草蚂蟥，后来发现时，已经把我的额头叮得鲜血直流了。"

"在田里收割稻子时，一百多斤一担的稻谷，刚开始村民照顾我挑五十斤，后来挑一百斤没问题。肩负重担，在田埂小路上走，重压本已让两条腿前行无比沉重，却不能有任何闪失，因为一不小心踩空到两边的水田里，就有可能闪到腰。"

"在滚烫的水田里插秧，起初自己插秧速度不快，但前后都有人在赶，自己一刻也不敢停下来，弯着腰，连抬头也怕耽误了时间，拼命地干，一心想着就是不能落后。"

后来，徐桂芬对这一切不但习以为常，而且其超强的忍耐力让生产队很多青年社员都很是佩服。

在年复一年春夏秋冬的时节轮回中，只有大雨大雪，才能得到难得的休息。

小雨小雪不停工也是常有的事。隆冬腊月里，生产队往往要展开兴修水利的劳动。每天顶着风雪在水利工地上，抬土块、挖土方或是夯土坝，徐桂芬从没缺过一个工。

一年四季的辛勤劳作，使徐桂芬饱尝了风吹雨打与日晒的磨砺，经受了艰苦的锻炼。

插队落户一年，徐桂芬干起各种农活都已十分顺手。而且，在艰苦的农事劳作过程中也锻炼出了她的体力与耐力，后来，她上山能砍柴，下地可犁田，虽挑着近百斤重的担子也走路快而稳。

时光前行，徐桂芬在艰苦的时光磨砺中成长。

记忆中的细节至今都如此清晰，那是因为，昔日的艰辛磨砺刻骨铭心。

刻骨铭心的还有那些辛酸往事。一年过年时，生产队杀猪分肉。那一天，家家户户都去分肉回来过年。徐桂芬也早早地去等着分肉，这可是一家人苦盼来的一年一次的吃肉机会啊。然而，轮到徐桂芬准备领肉时，却被告知她家没有肉分，理由是她家属于"黑五类分子"家庭，没有资格分肉。她只好提着空篮子，伤心地回家。

原来，是村里一个心术不正的人，向生产队举报徐桂芬是"黑五类"子女，不能参与分猪肉。

"凭什么不分给我们家？！"徐桂芬决定去县里找上山下乡办公室的干部反映情况，理论此事。

"孩子，我们就认了吧……一年到头没有肉吃，我们不也过来了啊……"母亲一再劝阻女儿徐桂芬。

但徐桂芬心底的那股倔劲，却怎么也压不回去了，她还是执意要去。

当天下午，她骑着破自行车赶到了奉新县革委的上山下乡办公室，反映了生产队个别干部对自己家里不公正的做法。

对此，上山下乡办公室干部很是重视，随后通知到公社必须及时纠正生产队个别干部的这种错误做法。但因为猪肉已全部分完了，于是，生产队就按徐桂芬家本应分到猪肉的价格，补发给了她家二元一角钱。

徐桂芬最终争来了对家里的公正相待！

那天，从上山下乡办公室出来后，已是傍晚时分了，徐桂芬又赶紧骑车往家里赶。

走到一半路途时，天已完全黑下来了，这时她正好快走到一处坟山遍布的地方。一阵阵山风吹过，还不时传来野物的叫声，徐桂芬心里陡然紧张起来，一种无法言说的恐惧感顿时笼罩在她四周。她不由自主地停下自行车，待在原地，她想等有人经过此地时再一起同行翻过这座坟山。可是，等了许久也不见有人来。最后，她一咬牙，壮着胆子再次骑上自行车，一路拼命踩着踏板往前飞奔。

…………

苦难中磨砺出的好强个性，让徐桂芬不但要求自己在劳动中处处表现出色，也要在思想学习上争得先进。

知青下放农村后，就得和农民一样，适应贫乏的物质生活与超强的体力劳动。与农民们不同的是，知青们读了书，有对文化知识的追求。"文化大革命"时期的农村，生产劳动再繁忙沉重，但"以阶级斗争为纲"的政治形势同样不能落后。公社下发文件，将修好水渠、多打粮食，与支援世界革命、解放全人类联系起来，要求各生产队社员在搞好生产的过程中还要积极学习毛泽东思想。

在下放插队三个月后，徐桂芬就因突出的表现获得了奉新全县知青中的"优秀分子"称号，她还先后作为优秀知青代表，出席了公社和县里的"活学活用毛泽东思想积极分子"代表大会。

但在几年下放插队农村的时光里，每一年的艰辛劳作结束后，徐桂芬一家人也能品尝着生产队里分粮分红的喜悦。此外，徐桂芬在家里菜园里栽种的瓜菜也总是长势喜人，一畦一畦的应季瓜菜，春夏绿意葱茏，蔬果满园，秋冬则丰硕磊磊。自家吃不完，还经常送给其他下放知青吃。

在艰苦磨砺中成长的徐桂芬，也逐渐成了方圆几十里几个生产大队都知晓的一位女知青。

值得一提的是，当年的农村生产队，是根据劳动力标准划分来计取工分的。一般成年男劳力干一天的最高标准是 10 个工分，女劳力最高是 6 个工分。在下放两年后，因为做农活既肯出力，活又做得好，徐桂芬就拿到 6 个工分，她是整个生产队里女社员中为数不多的骨干劳动力之一。只不过，还是因为被人举报是"黑五类"子女的原因，她每次评工分被评了 6 个工分后，生产队都要扣到 4 个或 5 个工分。

还有令人对她都刮目相看的是，在生产队插秧比赛中，徐桂芬连续几年都是第一名。

第三节　积劳成疾后返城

长期的沉重劳作，那是对身体的长久透支，这不知不觉侵蚀着徐桂芬的身体健康。

更何况，少女年纪的徐桂芬正是长身体的时候。

时光行进到了 1972 年。

这一年从年初开始，徐桂芬渐渐开始感到身体十分疲惫乏力。而且，在劳作过程中还时常伴随着头晕，不停出虚汗等各种状况。

不久，身体的这些情况也变得越来越严重。最让徐桂芬痛苦不堪的是，只要是喝一口凉水，肚子就痛得十分厉害。

一开始，徐桂芬以为是自己长期的体力透支与生活艰苦所致，只需休息一段时间就会好转。因此，她并没有把这一切太放在心上，更没有对母亲声言起此事。因为，母亲经常向生产队反映"女儿徐桂芬可能是有'妇科病'而导致身体不适，希望生产队照顾减轻一些劳动量"，这让徐桂芬感到十分尴尬和难为情，为此她多次嗔怪过母亲。其实，徐桂芬也不愿意让母亲为自己的身体担心。

她依然强忍着身体的隐痛，每天坚持按时出工收工，在田间地头劳作。

后来，感觉到身体实在是支撑不住了的时候，徐桂芬也去大队部的卫生所看过几次。

那时，农村的医疗条件很差。乡村卫生所里的赤脚医生，也大多是只能对付点感冒发烧的小毛病而已。每次，赤脚医生也就是给徐桂芬开点普通的常规药，但吃了这些药之后，身体却始终不见有任何的好转。

再后来，徐桂芬又越来越明显地感觉到，自己的腰部时常隐隐作痛。仅仅过了几天，在劳作过程中，当疼痛发作起来的时候，就似如钢针猛刺般那样的钻心难忍。

其间，母亲也发现了女儿徐桂芬身体很是虚弱，关切地追问，而徐桂芬总是告诉母亲她身体并没有任何问题，让母亲放下心。母亲担心女儿的身体这样下去会出问题，于是向生产队长提出请求，希望给女儿徐桂芬分派轻松一些的活，但被徐桂芬拒绝了。

性格好强的徐桂芬，一声不吭，咬牙忍痛硬撑着。每天，徐桂芬依旧按时和生产队的社员、知青们一起照常上工，在田间地头挥汗如雨般地劳作，样样事情不落在别人后面。

她不愿哪怕是请一天假休息一下。因为，按照生产的规定，社员请假是有严格规定的，批准请假要有正当的理由方可准假。

徐桂芬心想，尽管自己身体疲劳、头痛和腰部疼痛已越来越严重，人也日渐消瘦，脸色蜡黄，但这又不是医生写在纸上的病，那请假也就没有了理由。此外，如果因身体疲劳、头疼腰痛而请假，这说出去，岂不是让大家觉得自己思想上出现了"资产阶级做派"的倾向。另外，社员请一天就没有一天工分，对于一心想给家里多挣工分的徐桂芬来说，她舍不得因请假而耽误了挣工分。

…………

小病久拖成大病。

一天，徐桂芬又突感肚子疼痛，随后这种疼痛越来越剧烈。

"你这样下去，怎么行，一定要去公社医院检查！"这一次，母亲说什么也要带徐桂芬去公社医院检查。

可仍然还是没有检查出有什么问题。但随后一个星期，徐桂芬吃不下任何东西，整个人已处于严重虚脱的状态。

于是，母亲执意要把她送去县城医院做检查。

检查结果一出来，这才知，徐桂芬原来是得了"钩虫"病。这"钩虫"病，最明显的一个症状，正是喝一口凉水就会导致肚子痛，这也就是徐桂芬时常肚子剧痛的真正原因。

找到了病症，好在经过及时治疗，病治好了。

但病魔非但没有远离徐桂芬，反而从此如影随形。"钩虫"病治好了过后，徐桂芬还是日渐显得更加消瘦憔悴起来，人整日虚脱无力又吃不下东西，头发又枯又黄，掉头发的现象也一天天严重起来。

显然，徐桂芬的身体依然还有问题。

一天，正在茂密油菜田里干活的徐桂芬，突然眼前一黑，晕倒在了油菜田里，就什么也不知道了。

不知过了多久，等她醒来，想挣扎着爬起来。可是，却感到腰部一阵阵地剧痛，任凭怎样挣扎，就是无法站立起来。于是，徐桂芬想喊人来帮忙，但喉咙里怎么也发不出声音来。

当徐桂芬再次醒来、张开眼睛时，她发现自己躺在家里的床上，床边是神情焦急不已的母亲。

从母亲的讲述中徐桂芬才得知，是村里的妇女队长偶然发现了晕倒在油菜地里的她，于是把她送到了家，才避免了不可设想的后果。

对村里妇女队长的救命恩情，徐桂芬此后多年都感念在心里。

2015 年 3 月，时隔近四十年，徐桂芬还特意专程去奉新历付村看望这位救命恩人。当年英姿飒爽的生产队妇女队长，如今已是八十多岁高龄的老人，徐桂芬的到来让老人惊喜感动不已，她怎么也没有想到，近四十年来徐桂芬仍念念不忘当年那件事，还专程来看望自己。

再回到当年。

这一次，徐桂芬并没有像往常几次晕倒那样休息一下就好了，她腰部的剧痛无法消去。情况越来越严重，随后又逐渐被疼痛折磨得整夜难以入睡，人也迅速消瘦虚脱下来，脸色十分苍白……

母亲意识到，女儿的身体可能出现了比较严重的情况，于是再次把徐桂芬送往县城医院检查。

"怎么拖到了这么严重才来上医院呢？"县城医院的医生拿着检查结果，责怪徐桂芬的母亲：徐桂芬得的是肾炎，而且病情已经很严重！

病情已拖延了很长时间，加之县级医院的医疗条件有限，在治疗了一段时间后，病情非但不见好转而且更趋严重。

徐桂芬日渐消瘦和虚弱。

"这是长期劳累过度加上营养不良引起的，如果不彻底治好，就会转变成慢性肾炎，而慢性肾炎则是非常可怕的，可引起身体各种器官逐渐出现衰竭。"医生建议：徐桂芬要到城市大医院去治疗，而且，她的身体状况也已不能继续再干重体力活了。

下放到农村的知青要想回城，在20世纪70年代初期，其艰难的程度是令人难以想象的。但其中有这样一项规定，就是知青在农村生病严重并根据病情实际确实需要回城治疗的，可以"病转"的理由回城治疗。

"女儿的病情已如此严重，已不得不选择回城了，况且也完全符合回城的政策……"徐桂芬的母亲给丈夫徐士兵写信，告知了女儿的情况。

当时，徐桂芬的父亲虽然还没有"摘帽"，但已不再被"关牛棚"了。

父亲接到信后，立即焦急地赶来奉新县。

看到病中的女儿如此消瘦虚弱，徐士兵心痛不已。为了能让女儿尽快回到城里去治病，他多方奔走，恰好徐桂芬母亲正在落实政策、迁户口带弟妹回城，最后终于争取到了让女儿因病回城的指标。

1973年6月，徐桂芬因病返城，她和母亲弟妹们一起，就这样回到了南昌市。

告别历付村之际，来时的情景倏然又清晰浮现在了眼前，不觉已在这座小山村度过了1000多个日子。

回城的那天，徐桂芬行走在乡间路上，一次次回头遥望历付村。村庄炊烟缭绕，绕村的溪水缓缓地向西流去，一间间土坯茅草房静默在宁静之中，她仿佛那样真切地觉得，自己眼里的历付村竟突然变得那样的美。

是的，对自己用汗水浸染过的这片乡村土地，在自己青春岁月刻印下了深深印记的那些时光，徐桂芬心中尽是难舍的深情。

…………

第二章
不让年华付水流

回城之后，徐桂芬又历经了三年多的困顿时光。

一家人靠父母那微薄的工资，生活十分艰难。强烈的自尊心和个性中的坚强，促使她执意要自食其力，同时还想尽可能地帮助父母减轻家里的生活负担。

为此，在没有正式工作的情况下，徐桂芬到处打临工挣钱，历尽苦累。三年多时间里，她靠着做各种临时工，不但养活了自己而且还力所能及地帮助父母支撑起了一家人的生活。

1976年，十年"文革"终于结束。

这一年，徐桂芬终于等来了令她兴奋欣喜、百感交集的人生机遇。

这一年，她还邂逅了幸福的爱情，拥有了美满婚姻。

随后，因为父亲所在的国营南昌市蔬菜公司的下属单位招录普工，根据相关政策规定，徐桂芬可以参加招工。在激烈的招工中，她又如愿以偿被录用，得以顺利进入了南昌市国营蔬菜公司羊子巷门店。1979 年，她调入食品公司肉食总店。

在徐桂芬看来，这一切都是命运对自己的眷顾与垂青。

深知这一切来之不易，徐桂芬无比珍视，踏实勤恳工作。

心中有梦自奋力，不让年华付水流。从走上工作岗位的第一天起，徐桂芬就在心里默默告诉自己，自己一定要以百倍的努力去踏实工作。从此，她把全部的身心融进了工作，勤勉敬业，踏实上进，她连年被评为单位先进，赢得了全公司上下一致的肯定与好评。

1984 年，徐桂芬被公司提拔为门市部经理。

从一位普通员工到门市部经理，在十多年时间里，徐桂芬没有辜负岁月时光，而岁月时光也回馈她以沉甸甸的人生欣喜收获。

那是徐桂芬人生中一段挥洒激情的岁月时光。

第一节 "我要靠双手养活自己"

回城，意味着新生活的开始。

除了大弟弟年满十七岁继续下放之外，徐桂芬和母亲及其他弟妹们一起回到南昌。母亲重新开始工作，父亲正好也暂时结束了挨批斗的日子，得以回到家里，而且工作也得以落实。

经历数年不堪回首磨难的一家人，总算是团圆了。

几经磨难浩劫，家中的境况已是一贫如洗，但徐桂芬和弟妹们却感到是那样的温暖。无论如何，这意味着一家人又重新开始了新的平静生活，这一切来得辛酸而又是那样幸福。这是一家人心里最大的慰藉。

但接下来，徐桂芬一家人要面对的，就是现实生活问题。

徐桂芬的母亲刚落实政策回城时，一边等待分配工作一边在商场前卖茶叶蛋，这样艰难维持着一家人的生活。后来，虽然父亲和母亲的工作得以恢复落实，但全家人的生活来源仅仅靠父母微薄的工资来维持，那显然是捉襟见肘的。

面对家里这样的艰难状况，徐桂芬内心深处更有一种隐痛的负疚感——自己一个二十多岁的大姑娘，不但不能替父母分担一些家里的生活重担，却还要靠父母来供养。

"我不能再要父母养，我要靠自己的双手来养活自己！"

强烈的自尊心和好强的个性，让徐桂芬决心，首先是要想方设法去自食其力。其次，她还想替父母尽可能地分担一些家庭经济的负担。

这时，恰好有一位亲戚家里需要一个人帮带小孩。

于是，徐桂芬就去给这位亲戚带小孩，亲戚说好每月给她5元钱。如此，尽管收入微薄，可她的心底也算是稍微安宁了一些。因为，自己多少也解决了一点自己的生活着落问题。

开始只说是帮带小孩，因为徐桂芬回城，首先是要把病养好，不能做过于劳累的活。而到了亲戚家之后，其实在带小孩的同时，每天还要洗衣烧饭做家务，一点也不轻松。

尽管是这样，可能是脱离了农村"晴天一身泥，雨天一身湿"的艰苦生活环境，在亲戚家带小孩做家务一段时间后，徐桂芬的病居然慢慢痊愈了。

于是，她开始想去找一份可以多挣些钱的工作。

首先，心里当然是渴望得到招工的机会，能进入国营单位工作。

可是，在那个年代，无论是城市还是乡村，人们的生活轨迹就如同当时的计划经济体制一样，很多方面由不得个人去做各种设想，也没有什么空间由自己去选择。对于城市的绝大多数人来说，就更是如此。

按照知青回城后的工作安置政策，与后来从四面八方陆续返城的许多南昌知青一样，徐桂芬只能是在家里耐心等待招工的机会。

但这样的等待让人感到渺茫。

这一方面的原因，是"文革"的十年期间，农村青年与城市青年实行逆向流动，即大量城市青年下放到农村而一部分农村青年进城工作，国营企事业单位除了从农村招收了少量正式工人之外，几乎没有面向城市青年招过工。此外，就是随着后来下放知青逐渐返城，即使是有国营企事业单位招工，连招一个临时工岗位也是应考者甚众，竞争十分激烈。

在焦虑的等待过程中，徐桂芬也遇到了两次招临时工机会，先后去应考过南昌防疫站和民政局下属单位的招工考试，但她尽了最大努力，却两次都没能如愿。连这样很一般的单位招工都竞争如此激烈，那可想而知其他国营企事业单位招工的竞争激烈程度了。

"正式工作没有指望，那我就找临时工作来做，只要是能挣到钱，什么临时工作我也愿意做，事情再苦再累我也不怕。"徐桂芬决定边等待招工机会，边做临时工挣钱。

终于，在姑父的介绍下，徐桂芬在南昌市湾里区找到了一份临时工作。

这份临时工作每月能有20元的工资，这对徐桂芬来说，可谓是一份收入十分不错的工作了。但一开始，她并不知道这份临时工作是何等的辛苦——这是一份整天在建筑工地搬砖、扛水泥和装卸石块的工作，这种活计也是男同志干的重体力活。

更何况徐桂芬的身体还只是大病初愈。

第一天，徐桂芬到建筑工地来上班时，工地上就有人劝她不要干。

"这建筑工地上的每一样事情，都是又累又苦又脏的，还要很大的力气才做得了这样的活，你一个大姑娘，怎么能做得了这种事啊……"一个工地上的工人劝说徐桂芬道。

"就是再苦再累我不怕，我能干得了！"徐桂芬回答道。

说罢，她就挑起满满两泥桶的砂浆，十分吃力但倔强地一步步走向陡而窄的脚手架竹梯，等把两桶砂浆挑到了房屋第三层的脚手架上，人早已是满头大汗，气喘吁吁，仿佛虚脱了一般。

随后，她一趟赶着一趟挑，始终没有一趟落在工地上的男工人后面。

这情景让工地上的工人们都深为触动。

在这处建筑工地上干活的那段时间里，徐桂芬每天和工地上的男工友们一样，挥汗如雨般地劳作，从挑砖头到运砂石，再到扛水泥……每一样都沉重而艰苦，但她默默咬牙坚持着。

终于，徐桂芬苦苦坚持做到结算工钱的日子，一共20多块钱。

领工钱的那天，她无比高兴也无比感怀。她想的是赶紧回家，把这领到的 20 多元工钱交到父母手里。

然而，徐桂芬哪能料到，这拼尽气力挣来的第一笔 20 多元血汗钱才刚领到手，在口袋里还没有捂热，竟在坐公交车回家的路上被车上的扒手给全部扒了去，连分文都没有留下！

徐桂芬伤心不已，也伤感无比。

之后，徐桂芬又到湾里区一个拉链厂去做临时工。

做拉链的活比在工地上要轻松许多，也没有了日洒雨淋，徐桂芬觉得，这是一份很好的临时工作。

拉链厂是按照计件方式来计算工人的劳动报酬的，只有做得多才能多挣到钱。性格要强的徐桂芬，从进厂第一天就拼命地接拉链，她太想为家里尽可能多地挣一点钱了，她想让爸爸妈妈不为一家人的生活发愁，还想赶在深冬来临之前为弟弟买一件棉袄……

为此，徐桂芬不仅每天干到深夜十二点才拖着疲倦的身体收工回到宿舍休息。而且，为了省钱，她在生活上节俭到了近乎对自己极其苛刻的地步。每餐吃饭，徐桂芬总是打一二两米饭，买上一分钱一份的毫无油水的萝卜干，这样对付一餐，就连厂里食堂一份价钱最便宜的荤菜，她也从都舍不得买来吃。

第一个月辛苦下来，徐桂芬接拉链的数量在刚进来的"新手"中最多，她拿到了近 20 块钱！

徐桂芬心里说不出的欣喜，她用八元八角钱为弟弟买了一件崭新的军棉袄，在自己支付了厂里的饭菜票钱之外，她把余下的几块钱悉数交给父母，及时缓解了家中已捉襟见肘的生活境况。

接下去的日子，徐桂芬接拉链的技术越来越娴熟，后来她竟然一天能接拉链两万多条，这让人惊叹！在整个拉链厂接拉链工序的工人当中，她一直是每个月计件数量最多的一个。

但每天这样"连轴转"的超负荷工作，加上极度生活节俭产生的营养不良，也对徐桂芬的身体造成了巨大的透支，她的身体本身就历经过大病初愈。

她慢慢感觉到自己是在吃力支撑了。

一天清晨，徐桂芬起床后去拉链厂附近的厕所上厕所，在毫无征兆的情况下，她猛然感到一阵头晕袭来，随后两只腿脚也不听使唤起来，接着，她眼前一阵眩晕，便倒在了厕所旁的路上。

当时，幸得一位大妈到自家菜地去种菜，从此经过时发现了徐桂芬。于是，她赶紧跑去厂里喊来工人，将徐桂芬抬回了宿舍休息。

开公交车的五叔最早得到消息后，赶来湾里拉链厂，当他知道侄女徐桂芬在厂里如此拼命做工挣钱且全然不顾身体时，不禁心痛不已。五叔把她接到家里，专门烧了一大碗红烧猪脚给她吃，让她好好恢复身体。

父母心痛女儿，叮嘱徐桂芬不要再去外面做临工了。然而，强烈的自尊心和个性中的坚强，让她执意坚持要去继续工作挣钱。

她甚至后来还做过货运场的装卸工，还做过肉联厂的香肠配料工。

…………

回城后的三年多时间里，徐桂芬就这样拼命做着一份份临时工作，不但实现了自食其力的愿望，也帮父母分担起了家庭生活的重负。

在为生计而做临时工的那些日子里，徐桂芬用孱弱的肩膀扛起难以扛起的沉重，迈着踉跄的脚步，丈量艰辛的人生路途。与此同时，她尝遍生活艰辛的滋味，也那样真切地感受到了岁月冷暖。

然而，在回城后与农村同样艰辛的时光里，徐桂芬心底仍有一种欣慰的感念，毕竟自己重新拥有了城市户口，吃上了商品粮。

第二节　守得云开见日出

再长再泥泞的路也总会有尽头。徐桂芬心底坚信，总有一天自己会有苦尽甘来的日子。

终于，在返城三年多之后，这热切渴盼的日子悄然而来了。

1976 年，这是人们难以忘怀的一个历史年份，也是徐桂芬迎来命运转变的一年。

这一年，十年"文革"的阴霾终于散去，整个社会开始逐渐呈现出令人充满希望的欣喜气象。

希望与欣喜，也就在这时先后走近了徐桂芬的生活。

首先不期而遇的，是幸福的爱情。

这一年，经亲戚介绍，徐桂芬结识了在国营江西氨厂工作的褚建庚——一位十分优秀的俊朗青年。

褚建庚来自南昌郊区的农村家庭，从小读书成绩特别好，父母节衣缩食送他念书。他从南昌市十四中学毕业后，当时正逢当时全国城市招工政策进行重大调整，其中的一项政策，就是城市国营单位面向农村招收一批农村户口的优秀知识青年。

在招工考试中，褚建庚以优异的成绩被招工进了江西氨厂工作，实现了令人羡慕不已的"喜跃农门"，成为吃商品粮的国营单位职工。

当时，像褚建庚这样靠读书走向城市的优秀农村青年，可谓凤毛麟角。因而，褚建庚在身边的很多青年同龄人中，是他们钦佩与学习的榜样。

进入国营单位后的褚建庚，在工作中勤奋努力，深得单位领导与同事好评。而在老家，人们眼里的褚建庚不仅是一位有志向、才华出众的优秀青年，而且还是一位十分朴实孝顺的小伙子。比如，在结婚之前，褚建庚每天下班一回到家，第一件事就是把家里屋前屋后打扫得干干净净，连大哥大嫂家的卫生也一起打扫。然后接下来，他就帮着父母干农活，晚上还和父亲一起编竹篾篓到深夜，周末或年节时就与父亲一起挑着这些竹篓子到南昌市的大街小巷去卖，以此来补贴些家用。村里人对褚建庚称赞有加，很多人都说，以后哪个姑娘嫁给了褚建庚那她一定是个享福之人。

徐桂芬和褚建庚两人相互倾慕，真挚相爱，徐桂芬心里充满了对爱情的甜蜜憧憬。经过半年的相处相知，他们结婚成家。

婚后的日子里，丈夫褚建庚的工作上进、勤劳朴实，更是让徐桂芬处处都感到婚姻美满与家的温馨幸福。在左邻右舍和亲朋好友们的眼里，他们两人真可谓是珠联璧合的一对。

只是徐桂芬不曾想到，在此后的岁月里，丈夫褚建庚还将成为自己创业路上最为坚实的后盾力量，在风雨兼程的创业路上，丈夫褚建庚始终在背后默默殚精竭虑且运筹帷幄，与自己携手共创大业。

…………

紧随幸福爱情而来的三个月后，一个让徐桂芬这些返城知青们无比激动的消息又突然传来：1976年下半年，国家做出重大决定，城市国营和大集体企事业单位第一次面向上山下乡返城知青和城市待业青年招工。

这意味着，封冻了整整十年的城市招工开始解冻！

这一年，城市招工中，大部分是招学徒工，其中有微少的普工。恰好，父亲所在工作单位南昌市国营蔬菜公司也在招工单位之列。根据当时的招工政策规定，徐桂芬家是可享受招工照顾的家庭。

因为当年出台的招工政策中，有一个条件是年满二十五岁才可做普工，普工工资比学徒工要高。为此，徐桂芬将自己户口本上的年龄改大了。

机遇就这样不期而至，她终于有了参加普工招工考试的机会！

徐桂芬格外珍视这一招工机会。因为，南昌市国营蔬菜公司是上了一百人以上的国营单位，这次招工的指标中有一个普工招工指标。自然，这次普通招工考试竞争十分激烈。

结果，幸运降临在了徐桂芬身上。在参加招工的人当中她脱颖而出，被顺利招录为一位普工，被分配到了南昌市羊子巷菜场当营业员，属于国营单位下属企业的集体编制。

拥有了幸福美满婚姻，现在又如愿以偿解决了工作问题，此时的徐桂芬仿佛那样真切地感受到，命运竟是如此青睐与眷顾自己！

是啊，历经了这么漫长的生活磨砺与艰难，终于守得云开见日出，明丽的阳光照进了自己的生活，这怎么不让徐桂芬心生喜悦。

沉浸在幸福之中的徐桂芬，心中更是充满了对未来美好生活的无限憧憬。她告诉自己，要以百倍的努力去工作。

从此，徐桂芬把自己全部的热情和精力都投入工作当中。

徐桂芬家在郊区农村，距离上班的羊子巷菜场有十多里路。为了确保上班不迟到，也为了争取每天第一个到达单位，她早上都是四五点钟就起床，骑着自行车去上班，在菜市场卖菜营业结束后，又紧接着要骑三轮车到农场去送菜。不管春夏秋冬，无论风雨，徐桂芬每天如此。几乎每一天，徐桂芬都是最早一个来到菜场的职工，早早地为清晨就要开始的营业工作做好一切充分准备。即使是在怀孕期间，徐桂芬对待工作也都是如此。

改革开放之前，"发展经济，保障供给"是国营菜市场的宗旨。当时，"计划"的特色体现得淋漓尽致，人们的衣、食、住、行都离不开票证。居民们购买粮油，要用"城镇居民粮油供应证"，并到专门定点的门市部排队购买，国营食品公司各类门市部的经营也不担心盈亏的问题，反正国家已经定好了计划。虽然没有现在的市场经济压力大，但是再普通平凡的工作，在用心去做的人那里，总能显现出亮点。

菜场营业员的工作岗位，根据菜品不同而分属不同的营业窗口。自徐桂芬来到羊子巷菜场上班后不久，顾客们渐渐发现，有一个营业窗口，每天无论是菜品摆放还是卫生环境，都是井井有条，干干净净，令人爽心悦目。而且，这个窗口营业员的服务态度特别热情周到。

这个营业窗口，就是徐桂芬担任营业员的窗口。

"菜场营业员虽然是一个再普通不过的岗位，但却是直接体现和反映我们单位对人民群众服务质量好坏的一个重要窗口。"上班第一天，徐桂芬就把菜场领导的话牢牢记在心底，她暗自下定决心，一定要用自己的优质服务去赢得每一位顾客的满意。

怎样才能做到让每一位顾客满意？这是徐桂芬每天都认真琢磨，总结去改进的一个问题。

在营业服务过程中做到热情、周到和细致，这些对于徐桂芬而言没有任何的困难。因为，这既有她个性中的严谨细心使然，更有她内心深处对这份工作无比珍视的动力原因。

徐桂芬认为，要做到优质服务，要让每一位顾客满意，那就是处处要做到超过单位制定的服务要求和服务标准。为此，徐桂芬给自己的工作定了更高的标准和要求：除了做到笑迎顾客，服务热情、周到和细致等这些之外，还要练就一手过硬的营业服务本领。

在平时的工作之中和业余时间，徐桂芬还利用工作间隙和柜台实践，熟记各种菜品的价格，一有空就练习包扎和计算功夫，在营业过程中逼着自己提高心算、口算能力。

凭着一股锲而不舍的钻研精神，一段时间过后，徐桂芬终于练就了一套"快、准、稳"的过硬本领。"快"即称装、包扎、递拿快；"准"即计量准、报价准；"稳"即各种菜品包扎牢固、美观，递给顾客稳。

无论柜台前挤着多少顾客，生意多么繁忙，徐桂芬都能始终从容有余，有条不紊，动作干净麻利，笑脸盈盈地服务每一位顾客。

营业窗口服务是联系客户的桥梁和纽带。一声亲切的问候，一个微笑，拉近了顾客与营业员之间的距离。在工作中，徐桂芬本着"沟通从心开始"的服务理念，热情、真诚地接待每一位客户，让客户高兴而来，满意而归，让他们真正地、实实在在地享受了优质、满意的服务。

逐渐的，徐桂芬的工作不仅得到了众多顾客的高度评价，也屡屡受到菜场领导和同事们的赞誉表扬。

多年以后，当徐桂芬成为南昌市家喻户晓的企业家，她的人生经历广为人知之后，不少人恍然大悟，那样亲切与感慨地回忆道："原来就是她啊，那个当年在国营南昌市菜市场营业窗口态度认真、服务热情、手脚利索、端庄大方的那位营业员……"

1979 年，南昌市商业局决定将蔬菜食品公司分为两个公司——蔬菜公司和食品公司。同时，对职工进行了调整。

在调整过程中，徐桂芬被分调到了食品公司肉食中心，具体工作单位是绳金塔地段的经营门市部。也就是现在的煌上煌专卖店。

在肉食品公司绳金塔门市部工作过程中，徐桂芬同样以出色的工作表现，不但赢得了领导同事们的好评，而且也逐渐显露出雷厉风行的工作风格。

尤其是在经营格局出现变化的过程中，徐桂芬开始显露出在经营上的能力，更是让肉食品公司的领导们刮目相看。

…………

然而,时代正悄然渐变,计划经济体制下的平静商业潮汐开始缓缓涌动。

20 世纪 80 年代初，随着家庭联产承包责任制在全国普遍实施，国家大力推进农副产品流通体制改革。

在改革开放市场的快速变化中，国有商业市场原来"一统天下"的格局正逐渐发生深刻巨变。最初，是随着各类物资的日渐丰富，供应购买各种商品的票证也慢慢退出市场。在这一过程中，如雨后春笋般蓬勃兴起的各类商品市场，也随之对国营商业系统造成越来越大的冲击。

以南昌市肉食品公司的各个门店为例。到 1983 年前后，原来每天顾客排起长队卖猪肉的现象，在短短几年间便出现了变化。这其中最主要的原因，就是在国家流通体制改革的政策变化中，生猪市场逐步放开，个体肉食品经营商贩可以自行从市场购买生猪宰杀经营。

于是，在南昌市各个农贸市场里，个体经营的猪肉摊点出现了。

农贸市场里的个体经营猪肉摊点，猪肉价格随行就市，灵活经营，猪肉价格有时比国营肉食品公司门市部的还便宜。而且服务态度又好，自然吸引着越来越多的城市居民。

在这样的市场变化中，食品公司肉食中心店下属各门市部经营状况开始受到冲击。

肉食中心店领导平时就觉得徐桂芬头脑灵活、点子多，而且还能吃苦。于是，就找到她，希望她带着其他两位职工另找店面，尝试自负盈亏的新路子。

领导的提议，正中徐桂芬下怀，她本来就不甘心寂寞在这里浪费时光"等靠要"，再加上家里上有老下有小，经济不宽裕，时刻寻找着赚钱的机会。所以，她欣然接受了领导的提议。

领导给徐桂芬定了任务——每天销售一头半的冻猪肉，按照门市部的规定价格上交销售款，如果有盈余，那可算作是徐桂芬他们的自行收入，总之自负盈亏。

"采取怎样的方法，才能一天销售掉一头半的冻猪肉呢？"徐桂芬和另外两名职工琢磨起来。

在三个人相互商量中，徐桂芬了解到，几年来不少南昌市民在包饺子时，为省去剁肉馅的麻烦，就直接购买绞好了的猪肉馅。

于是，徐桂芬想出了一个方法：不直接卖猪肉，而是把猪肉加工成肉馅来买。

由于当时在市场上没有卖饺子肉馅的，成了独行，自然肉馅很受欢迎，顾客越来越多，每天天蒙蒙亮就排起了长队，等候徐桂芬他们运来肉馅售卖，不到中午就全部卖完了。除了上交给门市部的规定款额，徐桂芬他们每人每天还能额外挣到几元钱。

徐桂芬和另外两名职工，为门市部业务自负盈亏起了带头示范作用。

徐桂芬他们这样的经营举动，对肉食中心店的领导带来了新的启发，鼓励各门店积极走自负盈亏的新路子，打破了大锅饭的格局。

因为出色的工作表现，特别是在门市部改革经营过程中起到的积极带头作用和显著成效，徐桂芬连年被评为单位的"先进工作者"和"优秀职工"。

后来，为改变原有单一的经营状况，南昌肉食品公司又开始逐步采取一些改革措施。在门市部经营方式上实行一些灵活经营方法，可以零售也可以适当批发，甚至还鼓励门市部实行自负盈亏经营。

针对门市部的这些改革措施，特别是市场的新变化，让习惯了原来经营思维和方式的大多数职工一时很难适应，对尝试着去接受改变、去创新，不少人更是有畏难情绪。

徐桂芬不曾意识到，在改革开放市场初变时期，南昌肉食品公司开始探索对原有经营机制的突破，为自己提供了初识正在发生变革的新市场的机遇。

更为重要的是，正是在大胆迎接这机遇的过程中，徐桂芬逐步显露出其商业上的天赋与胆识！

第三节　担任门市部经理

20世纪80年代初期，短短几年里，在全国商业领域改革的市场之变大潮下，国营商业单位感受到的市场冲击力度越来越大。

在这一过程中，尽管许多国营商业单位开始采取一些应对的改革措施，但相比个体私营商业户的经营，仍然日渐显现出经营不活、竞争力不强的弊端来，经营效益持续下降。

南昌市国营商业系统面临的情形同样如此。

1984年，南昌食品公司肉食中心决定对门市部普遍采取自负盈亏经营。由此，过去一直沿袭以来的"大锅饭"经营体制开始被打破，那种干多干少一个样、干好干坏一个样的状况得以改变。

这一年，南昌食品公司肉食中心的许多门市部开始出现亏损，绳金塔门市部也同样出现了亏损的状况。

面对变化越来越大的市场经营环境，必须实施新的改革措施，南昌食品公司肉食中心绳金塔门市部决定公开推举门市部经理。

最终，经过领导提名和门市部职工们推选，徐桂芬当选为门市部经理。

徐桂芬深知，这是领导和同事们对自己莫大的信任，同时她更深知，这是一份沉甸甸的责任——要带领门市部职工搞好经营，否则门市部经营没有效益，那大家就发不出工资。

提升门市部经济效益，这是首先要解决的问题，也是大家最为期盼的。

怎样才能改变门市部原来经营上竞争力不强的状况呢？徐桂芬在认真了解市场经营环境变化的基础上，提出了门市部"两条腿"经营的方法。这即是：在国营商业系统体制的经营之外，还要敢于走向外面的自由市场。

于是，在门市部猪肉的经营思路上，她大胆做出了重大调整。

首先是在门市部的货源上打开新思路。

按照南昌市商业局的规定：肉食中心门市部在猪肉经营中，可以从肉联厂调拨猪肉也可以到乡下食品站去自行收购生猪和屠宰。后者，每斤猪肉可补贴两分钱。

徐桂芬决定，在调拨猪肉销售之外，门市部还从市场上自行进购猪肉来销售。这样，每斤猪肉就可以多得两分钱的补贴。

而且，在乡下食品站收购和屠宰生猪，在数量上不受限制，生猪货源充足。而门市部在肉联厂调拨猪肉，要受到数量限制。

徐桂芬早已敏锐地看到，在统购统销的生猪经营体制之外，自由生猪交易市场已越来越活跃，只有敢于参与这样的市场竞争才能改变被动局面。更为重要的是，在此前有一段时间，她和另外两名职工每天为门市部销售一头半冻猪肉的过程中，已经积累了和自由市场打交道的初步经验。

在徐桂芬的带领下，她和门市部职工们不畏辛苦，到南昌市周边县区的乡下肉食品站去自购生猪屠宰，然后运回门市部销售。

自行组织到乡下去进购生猪，其间的过程十分辛苦。每天下午三四点左右，徐桂芬带上职工坐货车出发前往乡下。乡下的路坑坑洼洼，十分颠簸，到了乡下食品收购站，整个人的身子像散了架一般。而一到之后，徐桂芬他们便开始称猪、屠宰，几头猪下来就到了次日凌晨。接着又装车，一路颠簸着往南昌市开，猪肉运到门市部，天才刚蒙蒙亮。但徐桂芬紧接着要和门市部职工一起切分猪肉，一直忙到中午十多点钟才能结束，回到家洗个澡然后随便吃一顿饭就休息，睡三到四个小时就又要起来，准备前往乡下收猪。

这样，根据收购量，一车猪肉可得到三四十块钱的补贴。

"日复一日，起早贪黑，好像浑身有使不完的劲。"徐桂芬回忆起当年的情景，心中充满了感怀。

其实，这样长期的高强度劳累对身体的损伤是难以避免的，只不过当年徐桂芬年轻身体好，难以察觉到而已。此后多年，这些高强度劳累导致的身体损伤才逐渐显现出来。

…………

"只要门市部经营好，效益好，那吃苦受累就值，谁让我是门市部经理呢。"这是徐桂芬的心里话。

经营上的新思路和新做法，为绳金塔门市部创造了良好的经营效益，经营之路渐宽了起来、活了起来。

除了货源上另辟新思路，在销售方式上，徐桂芬也大胆进行创新。

过去，猪肉凭票供应，门市部的猪肉供应紧俏得很，而现在外面农贸市场里已经有很多猪肉个体摊点。徐桂芬认为，在这样的市场变化情况下，如果门市部还是和过去一样坐等顾客，那肯定不行。

"放得下架子，放得下面子，实事求是面对市场变化，真心实意对顾客服务！"徐桂芬继而又提出，门市部全部职工转变经营思想观念。

于是，紧随在货源上另辟蹊径之后，徐桂芬又对门市部的销售进行了调整。在销售途径上，门市部批零兼营；同时，还和一些农贸市场的猪肉经营个体户合作，门市部向他们批发猪肉。渐渐的，周边农场市场的个体户猪肉都是由徐桂芬供应。

为了门市部的经营，徐桂芬还挨过打。

事情是这样的：看到绳金塔门市部的生意好，另外一家肉食品公司员工认为这个"码头"位置好，于是也在此摆了个猪肉摊位，而且直接挡在门市部门口。为此，徐桂芬和门市部职工们多次与他们讲道理，可对方根本不予理会。一天，徐桂芬再次和对方交涉此事。却不料，霸道的对方人员竟然纠集来十几个人，手持木棒，专门围攻殴打徐桂芬一个人。何其嚣张！结果，徐桂芬的胳膊、手和腿等全身各处伤痕累累。

看到徐桂芬为门市部付出的一切，员工们感动不已，当天下午自发带着慰问品前去看望。就连那些平时因徐桂芬对工作要求严格而产生磕磕碰碰的员工，也被深深打动了，自发带着慰问品去看望她。

…………

为了经营新局面的打开，徐桂芬和职工们付出了艰辛努力，也换来了可喜的收获。绳金塔门市部的经营效益开始出现显著变化。

徐桂芬上任一年，门市部实现了扭亏为盈！

绳金塔门市部这一巨大的变化，在整个南昌食品公司肉食中心产生了强烈反响。事实证明，徐桂芬对门市部经营思路的一系列调整极为正确。

"这样的效益是大家吃苦干出来的，那就要让门市部每一位职工都实实在在感受到，大家齐心协力干得好，辛苦就能得到回报。"为了奖励职工们的辛苦付出，也为了激励员工们的工作积极性，1984年底，徐桂芬决定分批次组织门市部职工们去北京旅游。

门市部职工们听到这一消息，无比喜悦兴奋。

但是，按照当时国营单位的管理机制，绳金塔门市部没有决定权，需要上级部门即肉食中心批准。中心的领导们研究后，对绳金塔门市部职工去北京旅游不予批准，而且还认为，作为门市部经理徐桂芬做出这样的决定，简直是"无法无天，无组织无纪律"。

可此时，职工们去北京旅游的火车票都已买好了。

这下可怎么办？！

"不能让大家失望，更不能对大家言而无信！"徐桂芬心里只有这样的念头。

"大家去北京旅游，天塌下来由我来承担！"在多次与肉食品公司领导们沟通无果后，她豁出去了，随后"擅自"做出了这样的决定。

徐桂芬已做好了受处分的准备，她宁可自己挨处分，也不愿亏待自己的职工，还要对职工们说话算数。

门市部职工们如期去北京旅游。

而肉食中心的领导们后来又经研究，认为徐桂芬这样激励门市部职工的做法并无不妥。更为重要的是，绳金塔门市部全体职工在徐桂芬的带领下敢闯敢干，实现了扭亏为盈，职工们去北京旅游的经费，也来自于门市部效益增收的部分。

因此，最后公司决定免于对徐桂芬进行处分。

徐桂芬以敢于担当和敢闯敢干的工作风格，赢得了门市部职工们的支持，大家工作中更加心往一处想，劲往一处使。

…………

把目光瞄准市场的变化，尽可能突破国营商业体制的桎梏。

徐桂芬继而不断对绳金塔门市部的经营进行调整，带领全体职工勤劳苦干，从而使得门市部在越来越激烈的市场经济竞争环境中求得了生存，赢得了良好的经营效益。

绳金塔门市部，也成为南昌食品公司肉食中心下属经营效益最好的门市部。

1989年，绳金塔下那个破烂的"老猪行"被拆，进行了重新规划改建，徐桂芬所在的门市部连经营店面也没有了。

"没有店面了，那我们就在围墙外面搭临时的猪肉摊位！"

在门市部被拆掉后的整整两年时间里，徐桂芬和门市部姐妹们，就在用钢材和石棉瓦搭建的一个猪肉摊点经营猪肉。

让人难以置信的是，就是这样一处简陋的猪肉摊点，徐桂芬和姐妹们却把生意做得还不错。至少，在当时南昌食品公司下属门市部普遍出现不能按时发工资或发不出工资的境况下，徐桂芬所在门市部的职工不但能按时领到工资，而且每月工资加奖金收入都还有一些增长。

对门市部的职工姐妹们来说，自从徐桂芬担任门市部经理以来，她为大家所付出的这一切，大家心里都深深懂得。

而作为门市部经理，徐桂芬在经营上的能力与才华，尤其是敢闯敢干的风格，也得以较为全面地展现出来。

第四节　业余经商改善家境

在亲历国家改革开放的时代渐变过程中，对于那些目光敏锐者而言，总是能在自己身处的行业发现宝贵的机遇。

徐桂芬正是这样的目光敏锐者。

自担任门市部经理后，在想尽各种办法去搞活经营的过程中，徐桂芬也逐渐发现了自己可以在工作之余去赚些钱来补贴家用的机会。

一开始，是利用工作之余贩卖猪肉皮。

而之所以会发现这一机遇，不能不说到结婚后徐桂芬的家境情况。

徐桂芬和丈夫褚建庚结婚后，由于双方的家境实际情况，一切都只能是靠他们白手立家。随着婚后孩子的出生，以及解决住房等问题接踵而来。而她每个月的工资只有 30 多元，丈夫每月的工资也与她差不多，就这点钱要养活三个孩子，还要孝敬双方家庭的老人，一家人的日子自然过得十分拮据。

在单位，每个月发工资时，一些家庭经济状况好的同事领了工资后就去银行存钱，这让徐桂芬心生羡慕。

"要是自己家里什么时候也能有钱存银行，那该多好啊……"

徐桂芬心里，迫切地希望改变自己家境拮据的现状。但她又十分清楚，仅仅靠着自己和丈夫两人的工资收入，要实现这个愿望那是不切实际的。

"那有没有什么机会，可以在工作之余做些事情来改善家里的经济状况呢？"徐桂芬心里开始产生了这样的念头。

这样的念头一旦产生，徐桂芬从此也就处处留心起来。

1990 年有一段时间，徐桂芬发现，一位操赣南口音的男子总是来门市部收购猪肉皮。徐桂芬对此很是好奇。

"你总是来买猪肉皮干什么？"有一天，那位男子来门市部收购肉皮时，徐桂芬向其问道。

徐桂芬之所以会这样好奇而问，这是因为她很清楚，在南昌几乎很少有人会专门买猪肉皮吃的，猪肉皮往往要在猪肉销售过程中被一点点地搭售出去。因而，屠宰场在宰杀生猪过程中，也总是将猪皮搭售或卖给皮革厂，国营肉食品门市部和菜市场私人猪肉摊点，在卖猪肉过程中的情形也是如此。

"这你就不知道了，我们赣州人喜欢吃猪肉皮，我从南昌把新鲜的猪皮收回去，加工成半成品猪肉皮卖。"这名男子告诉徐桂芬。

说者无意，听者有心。

徐桂芬心里顿时一亮——在南昌，猪肉皮是人们不怎么稀罕的东西，甚至不少市民在购买猪肉时，为买到了一块不带皮的猪肉会感到十分庆幸。南昌有的是猪肉皮收，而且收购价格便宜。

"那自己何不收购猪肉皮，卖给收猪肉皮的贩子呢！"

徐桂芬心想，如果能在工作之余贩卖猪皮，赚点钱补贴家用，是再好不过的办法了。

说干就干！她决定利用业余时间来收购和加工猪肉皮，为此借了250元钱作为本钱。

每天早上三四点钟，无论寒冬酷暑，徐桂芬就起床，骑着自行车到南昌市肉联厂附近的猪肉售卖点，还有市内各大农贸市场的猪肉摊点一家家跑，一点点收购猪肉皮，然后用自行车运回来。这个过程紧张忙碌，因为收完猪肉皮、运到家后还要准时赶到单位去上班，每一次收完猪肉皮回来，徐桂芬都浑身湿透了。徐桂芬印象最深的是，时值寒冬季节，出了一身的汗，等她到了店里上班，身上的汗凉了，就感到特别冷，但她无暇顾及这些。

下班回来，等打理好家务、安顿好孩子后，晚上她又顾不上一天的劳累，接着要连夜把当天收购来的猪肉皮全部都加工好。

收购来的生猪肉皮，上面附着不少的猪毛。加工的第一道工序，就是要用刀仔细地刮去猪毛，然后一遍遍地仔细清洗。那时也没有什么橡胶手套戴，寒冬腊月，双手长期浸泡在冰冷的水中清洗猪肉皮，十个手指冻得通红，肿胀地像一根根红萝卜。

刮干净猪毛、清洗干净的生猪肉皮，要放在锅里用水煮，待煮熟后捞起来，一点点把皮上的油脂刮去，再晾晒干。

经过这些加工程序后，软绵绵、油亮亮、鲜嫩嫩的猪皮就被制作出来了。待贩子来收购之前，再用沙炒制或油炸一遍，这样的肉皮既酥松又好吃。而其间的辛劳，在徐桂芬心里被一种信念全然抛之身外——"只要能挣到钱，让一家人的生活得以改善，那吃再大的苦也值得！"

徐桂芬加工制作的猪肉皮，质量好品相好，自然很受收购猪肉皮贩子的欢迎，从不愁销售的问题。

第一年下来，徐桂芬业余收购加工猪肉皮就挣到了 500 多元钱。于是，她马上还掉了借来的 250 元本钱。

第二年，徐桂芬拿出头一年所挣的本钱扩大收购加工量，又是一年辛苦下来，居然挣到了 1000 多元钱！

由于注重加工质量，徐桂芬加工的猪肉皮渐渐有了知名度，因而在南昌收购猪肉皮的商贩纷纷主动上门要求收购。甚至，收购者先放订金在她那里订货。如此，徐桂芬又带动亲戚们也一起收购加工猪肉皮。

再后来，左邻右舍也纷纷效仿，收购加工猪肉皮这一挣钱之道在南昌大街小巷越传越广……

在这样的情况下，南昌的猪肉皮加工市场渐渐供大于求。

"赣州人可以到南昌来收购猪肉皮，那我们也可以将猪肉皮送到赣州去销售呀。"面对南昌猪肉皮销售市场出现的新变化，徐桂芬想到了直接把猪肉皮运到赣州去卖。

为稳妥起见，褚建庚在一个周末专门前往江西赣州市，帮助妻子徐桂芬了解市场和联系销路。

在赣州，褚建庚发现，赣州市民确实喜欢吃猪肉皮，几乎每个菜市场里都摆设有专门卖加工好了的猪肉皮的摊点。市民家里买回这些加工好了的猪肉皮之后，只要用水浸泡半小时，放上辣椒稍微炒一下，就是全家人饭桌上一道津津有味的可口下饭菜。而且，猪肉皮炒辣椒是很多赣州市民家中日常的一道家常菜，因此，猪肉皮在赣州市的销量很大。尤其是过年时，以猪肉皮为原料的一道菜是年节菜中的上等菜。

褚建庚天生就是搞市场营销的好手，对于找买家，他首先就想到了以南昌国营单位的名义和赣州食品公司洽谈业务。

果不其然，在赣州食品公司，褚建庚得到了令他兴奋不已的答复："猪肉皮，你有多少我们就要多少！条件只有一个，要开发票。"

发票好办！因为徐桂芬的妈妈在1980年初就干起了个体经营，注册了个体经营户，也是改革开放后南昌市最早的一批个体经营户之一。

随后的一段日子，徐桂芬和褚建庚日夜兼程，赶制加工出了一批质量上乘的猪肉皮。

说来十分幸运，正当徐桂芬发愁怎样将这批猪肉皮运到赣州去的时候，丈夫褚建庚偶然得知了一个消息——江西省食品公司的一位货车司机，那段时间正好往返于南昌与赣州之间拉家禽。

于是，褚建庚找到这位司机胡师傅，想让他帮忙。没想到，胡师傅满口就答应了！

约定前往赣州的那一天，徐桂芬和褚建庚坐着胡师傅的大货车，将几十袋猪肉皮一次运往赣州，天蒙蒙亮从南昌出发，夜幕降临时抵达赣州。

车整整跑了一天，到达赣州市已是华灯初上。当时，南昌到赣州路途遥远，一趟要走十多个小时。路面尘土飞扬，沿途还要多次摆渡，到了赣州全身满是灰尘。

"胡师傅只收了我们微薄的运费，这还不说，在途中他请我们一起在他单位下属的食品收购站吃中饭，到了赣州我们要请他吃饭，他怎么也不肯，他是念及我们为挣那点钱艰辛不易啊！"徐桂芬把这份感激之情，一直在心里珍藏了几十年，念念不忘。几年前，徐桂芬和褚建庚经过多方打听，终于重新联系上了已定居深圳的胡师傅。

夫妻俩怀着感激深情，特意专程前往深圳去看望胡师傅。

胡师傅怎么也没有想到，几十年前的那一程，至今仍让徐桂芬和褚建庚念念不忘！

心中感念的情愫，还有生意过程中彼此的朴实、真诚将彼此的心又拉近了。

"几十麻袋的干猪肉皮，几千块钱的货啊，一下子全交出去了，发票给了对方，但当时拿不了现钱，要通过转账。为了资金安全到账，我们还买了一些礼品送给出纳，对方拒绝接受。我们心里相信，人家不会骗我们，于是我们交完了猪肉皮后就回南昌。结果，第二天我们人还没有到家，钱就到了账上……"

那是徐桂芬个人为自己第一次做的"大生意"。其中，她赋予对方的，不但是质量上乘的货，还有百倍的真诚与信任，也赢得了别人同样的信任与真诚。这样的真诚与诚信，在此后的事业岁月中，鲜明而深刻地体现于徐桂芬的商业思想及行动中。

市场信息越来越活跃的过程中，赚钱的生意总是传得那么快。后来，南昌做猪肉皮的人渐渐多了起来。

做的人多了，那肯定就不怎么赚钱了。于是，徐桂芬就寻思着去做其他的生意。

…………

改革开放打开了渐宽渐广的商品市场，同时随着人们生活水平的逐步提高，农贸市场的摊点越来越丰富起来，人们的餐桌上也开始出现了渐变渐新的花样。

香肠，就是其中的一种。

于是，徐桂芬又决定在加工制作猪肉皮的过程中加工制作香肠来卖。因为她曾经学过香肠配料。

徐桂芬心想，南昌人喜欢吃香肠，如果自己会做香肠，卖给附近的街坊邻居，就不用这么辛苦地跑到赣州去卖猪肉皮赚钱了。

正在这时，她得知湖南长沙一带农村的香肠做得特别好吃。

1991年底，就在大家都在为即将到来的春节忙碌着的时候，徐桂芬带着门市部两位原来一起合作做饺子肉的伙伴，前往湖南长沙农村去学做香肠的手艺。一下火车，徐桂芬就在火车站附近买了70斤香肠，但她此行的主要目的是要学会制作香肠的流程。徐桂芬在当地了解了长沙郊区一带农村香肠做得最好的一家人，由于这户农家几代人做香肠，因而数代相传的做香肠的手艺堪称是原汁原味的当地手艺正宗嫡传。

"要是能向这户人家拜师学艺，那该多好！"徐桂芬这样想。

可别人又明确地告诉徐桂芬：别说是外地人想学那正宗嫡传的做香肠手艺，就是长沙郊区当地很多本地人想学，那户人家也不肯教！

该怎么办？！

徐桂芬一番苦思冥想之后，终于有了办法——他们多方打听找到了这户人家，以慕名前来买香肠的顾客身份，将身上带的所有钱除留下路费之外全部用来买香肠。

徐桂芬此举取得了那户人家的信任！

他们一行被带到香肠加工作坊，这里正在紧张地加工制作香肠。

"这真是天助我也！"原来学过香肠配料的徐桂芬，此时，她的眼睛仿佛成了"摄像机"，耳朵成了"录音机"。她装作无意地边走边问，却在这看似不经意间，悄然把那一整套制作香肠的技术操作方法一一熟稔于心里。

可是，当香肠贩子把一百斤香肠称给她们时，徐桂芬却不依了。不是赖账，而是她发现，与之前买的 70 斤香肠做对比，这一百斤香肠没烘干。

"做生意就要讲诚信，货真价实是最基本的！"徐桂芬对于这样以次充好的做法，完全不能接受。

可没想到，对方竟摆出了一副强买强卖的架势。

无奈之下，徐桂芬就向当地派出所寻求帮助。

最后，在派出所民警的帮助下，香肠小贩向徐桂芬退货还款。

当徐桂芬带着"智取"来的香肠制作技术，兴高采烈地打道回府时，火车已经没有座位。一路上她一直站着，半夜时分实在又累又困，就用报纸垫在座位底下蜷缩着身子躺下来。

回到南昌后，徐桂芬第一件事就是把 70 斤香肠放在天灯下农贸市场售卖。不到一个小时，70 斤香肠就全部卖光了。一结账，除了本钱，还挣了此行出差的一切费用。

于是，徐桂芬开始试做香肠。由于她做出的香肠味道浓辣，非常符合南昌人的口味，因此声名很快传开来，销量日渐增大。后来上门到徐桂芬家慕名买香肠和预定香肠的人络绎不绝，甚至就是徐桂芬的街坊邻居不提前打招呼，也难以买到她制作的香肠。

就这样，徐桂芬每天在门市部上班的时候认真工作，下班后她又以极大的热情忙着制作香肠卖。

制作香肠一般在年底，有很强的季节性。后来，一年中的上半年不适宜做香肠的季节，徐桂芬又卖拆骨肉，还调制饺子馅，赚取手工费……

日子就在这样忙碌而辛劳的一天天悄然翻过。

在肉食品公司门市部业务境况逐渐走向冷清的过程中，徐桂芬却越来越繁忙与充实起来。

只是，或许徐桂芬自己都全然没有意识到，她在带领门市部全体职工为竭力改变业务冷清境况而努力的过程中，同时又向着日益繁荣的个体私营市场走得越来越切近和深入。

而这一过程，让徐桂芬又恰恰身处于改革开放初期计划经济向市场经济逐步转轨的开端时期，此间时代的巨大变迁，从一开始，徐桂芬就是亲历者与见证者！

而在由制作猪肉皮卖偶然走进的另一片"马路市场"，却是一派日渐兴盛的景象。从往返南昌与赣州间贩卖猪肉皮到制作香肠、饺子馅和拆骨肉在南昌市销售，徐桂芬强烈真切地亲历着自由市场的蓬勃发展。

面对这欣欣向荣的新兴市场，徐桂芬身处其中，又无比好奇、兴奋，这一切对她内心产生了强烈的吸引力和冲击力。

从加工猪肉皮到制作香肠、饺子馅和拆骨肉，短短几年，徐桂芬居然在工作之余赚到了几万块钱，成了名副其实的"万元户"！她不曾想到，自己利用工作之余辛苦挣来的那几万元钱，除了在郊区盖了两栋房子，还存了一万多元，这一万多元钱有一天会成为她下岗后创业的本钱。

要知道，在那个绝大多数城市单位职工月工资仅仅只有几十元钱的年代里，一个人靠着本小利薄的小生意，要在短短几年时间里积攒到几万多块钱，那是何等不可思议的一件事，又是何等的艰辛不易。

行进在潮涌而来的改革开放时代进程中，徐桂芬耳闻目睹和亲身感受着时代变迁所呈现出的一切此消彼长、衰兴交替，更见证市场经济大潮的洪波涌起。她真切地感知到，一个全新的时代已然到来。

在她内心深处，也同样涌动着与此密切关联的复杂感情。

第三章
重又走进人生风雨

回望改革开放激荡前行的宏大进程，国有企业改革的推进，那样深刻地影响和改变了众多国企职工的人生走向。

20 世纪 80 年代末、90 年代初，一边是民营经济的蓬勃发展，一边却是越来越多国有企业经营的式微与艰难。

在这样的背景之下，国有企业更广层面、更大深度的改革已势在必行。处于经济效益困境中的南昌市肉食品公司，为解决职工工资来源，决定对下属门市部采取自负盈亏、承包经营的改革措施。

1992 年，出于为职工也为自己谋得生活出路的考虑，徐桂芬带领职工承包经营了她担任经理的绳金塔门市部。她大胆对门市部进行转行经营——经营食杂，兼营神风烤鸡及卤菜。

这一经营转行，让门市部迎来了生意十分红火的局面。

然而却不料，刚出现生意红火的局面不久，门市部的经营承包又突生变故。

面对这一情况，徐桂芬再次以直面人生艰难的勇气，果断离开了南昌肉食品公司绳金塔门市部，成为一名普通下岗职工。随后，于1993年2月，开出了属于自己个体经营的烤禽社——南昌皇上皇烤禽社。

徐桂芬由此迈出了下岗创业的脚步。

从国营单位端"铁饭碗"的门店经理，到带领职工承包经营门市部、自谋出路，再到成为单位下岗职工中的一员，这是徐桂芬始料不及的命运转向。

人到中年，重又走进人生风雨，她感叹造化弄人。

然而，曾经的岁月苦难锻造，早已让徐桂芬拥有了坚强的性格。曾经的贫困生活磨砺，使她个性中具有鲜明的自立自强特质。

她心中坚信一点，唯有坚强奋力前行，才有走出人生逆境的希望。

第一节　直面困境现实

改革大潮之下，国企职工的人生起落转折呈现出鲜明的时代烙印。

1986 年 9 月 3 日，一张刊登于《中国青年报》头版版面上的黑白照片，在许许多多读者内心深处产生了极大震动。

在这张名为"倒闭后的滋味"的黑白照片里，整个构图内容十分简单：一辆半只车把手斜靠着窗户外的自行车，正在办理救济金证件的工人，还有一只搁在桌上的印花暖瓶，而在照片的左侧，则是一位皱着眉头、抽着闷烟的中年男子，他凝重的表情里分明透出内心的伤感。

照片的正下方配了这样一段说明文字："正在抽闷烟的，是原沈阳市防爆器械厂厂长石永阶……他在这里当过近两年厂长，此时此刻，不知他心里是啥滋味？"

这张被称作是"中国经济体制改革进程中富有符号意义"的照片，是当年国企改革带来的阵痛表情——国有企业的职工，突然在某一天不得不去面对离开原工作单位、失去"铁饭碗"这一现实时，他们内心深处所承受的难言痛楚是难以想象的。

也正是从 20 世纪 80 年代起，"下岗职工"这一打上了鲜明时代特征的群体，由此开始出现了。

…………

沈阳市防爆器械厂的状况，可谓是当时全国各地国有企业的一个缩影。

随着个体私营经济的蓬勃发展，国营商业企业在越来越激烈的市场竞争中普遍出现经营日渐困难的境况。

到90年代初，不少国营商业企业因经营效益低下，亏损严重，甚至连职工工资都难以按时发放。

前面说到，从20世纪80年代中期开始，因生猪个体经营市场逐渐放开，南昌市如雨后春笋般出现的个体私营猪肉摊点，日渐对肉食品门市部的经营带来了强烈的市场冲击。80年代末、90年代初，这种市场冲击力度越来越大，冲击面也越来越广，整个南昌市肉食品公司的经营状况，因激烈的市场竞争而被挤压得只有狭小的市场空间。

再加上国有企业经营机制上的种种弊端，又使得南昌市肉食品公司各门市部相比猪肉经营个体户，其竞争力明显处于弱势。因此，南昌市肉食品公司下属的大多数门市部经营效益差，出现严重亏损，连职工工资发放都困难。

那么，这个时候的绳金塔门市经营状况又如何呢？

同样也是经营压力越来越大！

尽管，徐桂芬和职工们想方设法拓宽经营思路，吃苦耐劳搞活经营，然而这些努力，都无法阻挡蓬勃崛起的个体私营经济对门市部经营的巨大冲击，经营效益的增长已越来越艰难。

市场经济大潮的锐不可当之势，不以人的意志为转移！面对这样的现实，国有企业要想走出困境，那就必须进行改革。

此时，改革终于一步步触及令门市部职工们最为痛苦、又无法回避的现实——或者从单位下岗、自谋出路；或者门市部转变经营方式，在蜕变中求生存。

然而，对于早已习惯了端"铁饭碗"的国有企业职工来说，以上两种选择都是短期内难以接受的，可又是不得不去面对的残酷现实。

1992年上半年，南昌市肉食品公司开始出台内部措施，鼓励各门市部经理或职工承包经营门市部。

恰好在 1992 年上半年，之前被拆除的南昌肉食品公司下属的绳金塔门市部原址上，房管所建的几栋楼房竣工并交付使用。按照房屋拆补政策规定，房管所将一间面积为 58 平方米的店面分给了肉食品公司，作为对绳金塔门市部拆迁的原店门使用权的补偿。

绳金塔门市部的这间新门面，要么由肉食品公司自行投资来继续搞经营，要么承包出去收取承包金来维持门市部职工的工资。

当时，肉食品公司没有钱来投资搞经营。

于是，公司决定把绳金塔门市部这间门面承包出去。

在承包经营上，公司有意考虑对内承包，这样就能解决绳金塔门市部职工们的工作问题。因为，对外承包，难以保证承包者会继续使用门市部的职工。

但是，在肉食品公司内部，却没有人愿意接这个摊子。

随后，肉食品公司经过研究，有意将门市部承包给徐桂芬，此举实际上是希望她带领门市部的职工们自谋出路。更为重要的是，公司领导认为徐桂芬具备这个能力。

"要是由社会上的个体经营者来承包，人家不大可能会留下门市部的职工们在这里工作，那大家也就没有了工作，都是家里上有老下有小的人，一家人的生活怎么办？"同时，徐桂芬也想到了自己的出路。

"徐经理，我们愿意跟着你干！"得知肉食品公司有意让徐桂芬来承包经营门市部，绳金塔门市部的职工们纷纷表示支持。

面对公司领导的信任，门市部职工的支持，徐桂芬深受感动，经过一番深思，她决定自己来承包门市部，既为了职工们，也为了自己的生活出路。

1992 年 4 月，徐桂芬承包了南昌市肉食品公司绳金塔门市部。

徐桂芬十分清楚，门市部从自负盈亏走到承包经营的现状，实际上已与下岗自谋出路没有什么区别，只不过是从形式上和情感上维系着国营大集体职工的身份而已。

而这样形式上和情感上的维系，又能坚持多久呢？

对于这一点，大家心里也都明朗，但谁也不愿去触动这个伤感的问题。

在每一个有"单位"的人根深蒂固的观念里，他们早已将自己与单位融为休戚相连的一体。在人们深切的潜意识里，单位也已不仅只是自己安身立命的工作生活所依、衣食所依，也是自己的情感归宿。而现在，"单位"在职工们心里已是一种情感的维系了。

但徐桂芬更明白，无论现实境况与前路如何迷茫，都必须直面这样的现实。现在，已到了不得去直面现实，也不得不去作出选择的时候。因为生活还得继续，带领职工们自谋出路，更需要直面困境的勇气。

"愿意留下来跟着我干的，我一定带领大家努力干好。自愿选择离开的，不管你们到了哪里、将来怎么样，我们永远都是姐妹兄弟，大家要相互帮助，共度人生风雨……"面对门市部十多位职工，徐桂芬满含深情地说道。

门市部的十多位职工中，最后有超过一半人选择留下来跟着徐桂芬干，其他的人自谋职业或继续摆摊卖猪肉。

那一天留下的记忆，在徐桂芬心里依然那样恒久深情。她永远难忘，从大家目光里读到的信任与支持，更有自己肩上沉甸甸的责任！

时至如今，尽管已经过去了30多年，但是徐桂芬却永远将这份同事情谊留在了心底。为了铭记这份同事深情，徐桂芬偶尔还会与这些老同事再次相聚到一起。

跨越30多载再聚首，曾朝夕相处的昔日情景浮现于眼前。大家沉浸在回忆里，说不够的同事经历和工作情谊，每一个人的心底无不感慨万分。临走时，徐桂芬还给每位老同事送上煌上煌的美食和礼物。

同甘共苦真情在，日月如梭友谊新。这恰是徐桂芬对这份同事情谊的真实写照。

第二节　承包门市部转行经营

门市部承包下来，接下来就是怎样去经营的问题。

根据肉食品公司的规定，承包经营后的门市部，依然只能经营猪肉销售，不得转行经营其他的产品。

"继续卖猪肉，那肯定是难以经营下去的！"

徐桂芬已十分清楚地看到，在南昌市大小农贸市场或菜市场，个体猪肉销售摊位已越来越多，无论是在市场竞争还是销售量上，国营肉食品门市部都做不过个体户。

经过一番认真的市场调查，徐桂芬最终决定，门市部一定要大胆转行经营。至少，也要在经营猪肉的同时兼营其他一些东西，这样才能弥补单一猪肉经营的效益不足和竞争乏力。

其实，面对市场已发生的重大变化与门市部经营效益日渐式微的现实，南昌市肉食品公司虽然对各门市部的承包经营做了"不得转行进行其他经营"的决定，但在实际施行过程中也只是睁一只眼闭一只眼而已。

那么，转行经营什么好呢？

徐桂芬首先想到的是经营食杂店。

虽然这是一个很普通的行业，利润也一般。但徐桂芬认为，经营食品杂货店的效益是比较稳定的，风险也较小，门市部首先必须保证有稳定的收入来源，这样大家的工资才能有保障。

门市部辟出一部分场地，开出了食杂经营部。同时，还代销省国防工办下属企业的乔家栅食品。

紧接着，徐桂芬又开始思考其他新的经营项目。

就在这时，一个商机悄然出现在她的面前，并且她果断抓住了这一商机——开烤鸡店。

这个商机，是徐桂芬在南昌市中山路上发现的。

20 世纪 90 年代初的中山路，已成南昌市最繁华的商业街。这里综合商场、各类店铺林立，每天车水马龙，人流如织。

在中山路上，有一家"一鸣烤鸡店"，可谓是繁华中的一处风景——几乎每天，这家烤鸡店门前都可见顾客排着长队，生意十分"跑火"。这样的景象，在中山路上林立的店铺中少之又少，令许多商家羡慕不已。

中山路上的一鸣烤鸡店，是南昌市食品公司下属的一家熟食、家禽销售门市部，后来转行经营做烤鸡。徐桂芬不但知道这家烤鸡店，而且还品尝过店里的烤鸡，外焦里嫩、油淋淋、香喷喷的烤鸡，给她留下了十分深刻的印象。

这一天，徐桂芬因办事到了中山路。在经过一鸣烤鸡店门前时，徐桂芬不由自主地抬头向这家店望去。但这一次，眼前的一幕却让她颇感意外：一鸣烤鸡店门前没有一位顾客，半边店门也是虚掩着，隐约可以看到店里冷清的景象。

"看上去，这家店好像是要关门停业的样子。"徐桂芬心里很纳闷。

于是，她走进了一鸣烤鸡店，想了解这是怎么回事。

店里只有一位十七八岁的年轻人，他坐在一张桌子上，显得有些慵懒。

"小伙子，你们店里今天怎么不营业呀？"徐桂芬向这位年轻人询问道。

"哦，这里的店面政府要拆建，所以我们的烤鸡店就开不成了，在准备清理东西。"这位年轻人回答说。

"一鸣烤鸡店不开了，那何不把这店里的烤鸡师傅请到门市部去做烤鸡！"听了这位年轻人的回答后，徐桂芬脑海随即闪现出这样的想法：门市部转行经营烤鸡！

这或许就是徐桂芬对商机敏锐的直觉使然，同时也因为她对一鸣烤鸡店生意十分红火的情况了解。

"那你这店里做烤鸡的师傅呢？"徐桂芬紧接着又问那位年轻人。

"我就是这店里做烤鸡的师傅！"那位年轻人答道。

"太好了，那你到我们门市部去做烤鸡，怎么样？"

"那可以的，你打算出我每月多少工资？"

"四百块钱一个月，你看可以吗？"

"可以，那就这样定了！"

得到一鸣烤鸡店这位年轻师傅的肯定答复，徐桂芬对门市部转行做烤鸡的想法，当即就在心里确定下来。于是，她又和这位年轻师傅攀谈了起来。攀谈中，徐桂芬得知，这位年轻师傅姓汪，安徽人。小汪师傅对徐桂芬讲了开烤鸡店的大致情况，还告诉她，做烤鸡的烤箱在杭州可以买到，可以陪同她一起去买。

这样一来，对门市部经营烤鸡，徐桂芬心里更有了底气。

当即，徐桂芬就带着小汪师傅到绳金塔门市部店面看场地，商量开烤鸡店的具体事宜。

"开烤鸡店？鸡都是炖来吃的，或者红烧着来吃，哪有烤来吃的？"当徐桂芬把经营烤鸡的决定告诉门市部职工时，大家却面面相觑，满脸疑惑。

门市部周边一些商贩得知后，也觉得徐桂芬头脑发热。

但徐桂芬相信自己的判断不会错！

可毕竟门市部的经营好坏关系到职工们的饭碗，徐桂芬为稳妥起见，决定把门市部分成两块来经营，大部分面积用来经营食品杂货店，只拿出不到八平方米来做烤鸡店。

说干就干！徐桂芬将原来绳金塔肉食禽蛋商店营业执照变更为"神风烤禽社"，她至今仍清楚地记得，这一名称是一位姓杨的职工想出来的。

烤禽社选好了"五一"这一吉日开业。

接下来，徐桂芬就和小汪师傅一起前往杭州购买烤箱。

烤箱 2500 元一只，购买很顺利。

却不料，因为徐桂芬是以个人名义购买的烤箱，那时社会上对个体经营户存在普遍的歧视，在运回南昌的途中一路通关过卡，颇费周折。

首先是货车行至杭州城郊快要上国道时，因为烤箱没有购买发票，被设在这里的一个检查站拦了下来，不准运走，任徐桂芬再怎么说好话，检查站人员就是不放行。最后磨到天都黑下来了，徐桂芬只好拿了包香烟，打点了一些"小费"，又好说歹说才被放行。后面的路程中，又是几番停车检查，好在徐桂芬带了两条香烟，一路打发才把烤箱运到南昌，也是第二天下午了。

看到徐桂芬和小汪师傅两人风尘仆仆回到门市部，大家顿时松了一口气。要知道，那时通信不发达，路上走了一天一夜，大家怎么能不担心啊。

同时，店里一切都准备好了，大家都翘首等待着烤箱运回来开业。

终于，在一阵热闹的鞭炮声中，神风烤鸡店于5月1日如期开业了。

神风烤鸡店主营烤鸡。又因为小汪师傅还会做卤菜，且另外还带了一个伙伴同来店里做事，所以，神风烤鸡店在经营烤鸡的同时，还兼带经营卤菜。

开业第一天，生意之好，出乎大家的意料。一天下来，神风烤鸡店的营业额就达到了1700多元钱！

第二天，店里又卖了1000元，这也是让人高兴的结果。

可是，接下来，神风烤鸡店的营业额却一天天下滑，最多的一天也只卖到两三百元钱，一天卖几十块的情况也有。这样的经营状况一直持续了几个月。

这到底是怎么回事？

徐桂芬心里焦急，不断找原因。

徐桂芬最后发现，原来小汪师傅的烤鸡技术并不过硬，烤出来的鸡外面烤焦了而里面还是生的，甚至肉里还有血水。而做的卤菜，味道一直平淡。原因是只加入五香桂皮，不如加入中草药的味道好。这样好看不好吃的烤鸡和味道平平的卤菜，生意自然一天比一天差。

"小汪师傅，你在烤鸡的技术上要进行一些改进，要把外焦内生这个问题彻底解决。还有卤菜，味道太平淡了，要怎样做得入味又有回味……如果这些问题不解决，店里生意冷清的情况就没有办法改变。"

这一天，徐桂芬找小汪师傅交谈，全无半点责怪之意，而是委婉地与他商量如何改进烤鸡和卤菜制作技术上的问题。

小汪师傅也很是诚恳地认为，自己做烤鸡和卤菜技术不过关，确实需要改进，并且应承马上着手进行改进。

然而，随后发生的事情却让徐桂芬怎么也没有料到。

第二天天刚蒙蒙亮，徐桂芬与往常一样来到了店里。她刚一走进店里，就感觉到不对劲地方——店里冷清清的，煤球炉也是封着的，灶台上干干净净，一只只清洗好了的白条鸡整整齐齐堆放在冰箱里。

往日的这个时候，小汪师傅就已来到了店里，开始准备做烤鸡了，而今天，怎么却没有半点准备做烤鸡的迹象？

正在徐桂芬感到疑惑时，她突然看到案板上放着一封信。

徐桂芬拆开一看，这是小汪师傅给她留下的信。

小汪师傅在信中说：一来快过年了，自己想回家去过年。二来是自己的手艺原因，感觉到压力很大，也觉得不好意思继续在店里做烤鸡了。

原来，小汪师傅不辞而别连夜回安徽老家了。

"小汪师傅这一走，那神风烤鸡店还怎么开下去？！"徐桂芬一时不知如何是好。

"烤鸡店今天一定要正常营业！"徐桂芬很快镇静下来。

于是，她让已来到店里上班的采购员把煤球炉捅开，把小汪师傅前一天做卤菜的卤汤加热，把冰箱里半成品卤菜放在卤汤里卤制成熟。

这样，卤菜就有了。

那做烤鸡怎么办呢？

"姐，要不让我来试一试。"看到姐姐徐桂芬着急，弟弟徐新民自告奋勇提出，他来试着做烤鸡。

徐桂芬的弟弟徐新民也是店里职工，在神风烤鸡店正式营业后，徐新民就对对小汪师傅做烤鸡的程序有关注，于是就模仿着来做。徐桂芬也在一旁和弟弟共同琢磨其中的诀窍。

徐新民悟性很好，他发现：做烤鸡的技术诀窍在火候的掌控上，先用大火烤，再逐渐从中火到小火，要耐心用心调控，在烤鸡的色泽上，刷蜂蜜水的时机要到位。一番摸索下来，他竟烤出了油淋淋、香喷喷的烤鸡。

就这样，在小汪师傅不辞而别的第一天，神风烤鸡店总算正常营业了。

后来几天里，徐桂芬和弟弟徐新民对烤鸡的技术又做了一些改进。最为重要的是两个方面：一个是火候的调控上，在鸡烤到刚转色的时候，增加了烤箱熄火后让烤鸡在烤箱里闷十几分钟这道程序，这样烤鸡由外而内就都熟透了，从而彻底解决了原来烤鸡外焦里生的问题。

如此一来，现在的烤鸡，竟比小汪师傅做的味道和色香更胜一筹。

不曾想到，坏事反倒变成了好事。

但这只能是暂时应对的权宜之策。因为毕竟烤鸡品种太单调了，一定要增加卤菜品种。

于是，徐桂芬开始挨家挨户请卤菜师傅。

一开始，徐桂芬想的是到南昌市各个烤卤店里去找。

徐桂芬想的找师傅的方向的确没错。可是，她没有想到的是——这不等于是"挖人家的墙脚"，怎么可能请得到师傅呢！

果不其然，开始到第一家烤卤店，徐桂芬就吃了闭门羹。

"请问，你这里有做南昌口卤菜的大师傅请吗？"徐桂芬在营业窗口前刚问了这一句，店主理都没有理会一声，就"砰"的一声把窗户关了起来。

第二家、第三家、第四家……在每家店遇到的情形都如此。

还有一家卤菜店，一听说徐桂芬是来店里请卤菜师傅的，店主随即阴阳怪调地冲着她大声叫道："我口袋里的钱，你要么？！"

一连几天奔波下来，徐桂芬一无所获。

徐桂芬知道，自己是不可能在别人的烤卤店请到做卤菜的大师傅的。因为，同行之间是竞争对手，哪家店里会把手艺好的大师傅轻易介绍给同行，那岂不是自砸饭碗！

接下来徐桂芬转而走向各个农贸市场去找。因为她想，那里有卖卤菜的摊点，也就有做卤菜的师傅，相信一定有做正宗赣味卤菜技术高超的师傅，正所谓"高手在民间"。

寻找方向一转变，果然让请师傅这件事很快就有了眉目。

这天，徐桂芬来到南昌市丁公路农贸市场。

一位摆卤菜摊的中年妇女，听说徐桂芬要请做卤菜的大师傅，就主动迎上来跟她说："我老公会做卤菜，而且是祖传的做卤菜的手艺。我这摊位上的卤菜，每天早早就卖得精光，就是我老公做的。"

"那真是太好了！"徐桂芬一听兴奋不已，"你家也做卤菜，那你老公到我们那里去做，你家做卤菜怎么办？"

"我家就这么一个小卤菜摊，没有关系。但工资不能低，我老公在南昌做卤菜行业里，手艺是数一数二的。"

"我们是诚心诚意要请做卤菜的大师傅，只要是做卤菜的手艺高超，工资高一些那是应该的。"

见徐桂芬这般诚恳，那位中年妇女也很实在，立即就跑回家去把她丈夫叫了过来。

师傅姓刘，人看上去很诚实。

徐桂芬和刘师傅进行了一番交谈，他也很乐意去神风烤鸡店当卤菜师傅。

双方很快就谈定：每月工资六百元，试完手艺没有问题，刘师傅就开始上班。

第二天，刘师傅就来到神风烤鸡店试手艺。

这刘师傅出手不凡，试做出来的几样卤菜色香味俱佳，独具风味。而且他的一招一式也是有板有眼，做事手脚麻利。

徐桂芬对刘师傅十分满意。

于是，刘师傅来店里做卤菜大师傅就当即定了下来。

风味品质是酱卤产品独具特色的关键。而决定一款卤菜风味品质的，除了食材本身之外，便是其中的卤料方。因此，酱卤行业所讲的"秘方"，也就是指卤料配方。

翌日，刘师傅上班的第一天，他拎着一个塑料壶来，里面装着卤水——他在家里已把卤水制作好了。

徐桂芬见此想：刘师傅的确是个做事踏实的人，卤水都提前在家里做好了带来。

但随后她发现，刘师傅每天都是在家里做好卤水用塑料壶带来，从不在神风烤鸡店里配制卤水。而且，在卤制卤菜过程中，一到放卤水这一关键环节，他也总是要避开别人。

徐桂芬终于懂了，刘师傅这样讳莫如深，是担心别人学到他的卤料配制秘方。

事实上，徐桂芬从来没有动过窥觑刘师傅秘方的念头。

对于刘师傅这样的做法，徐桂芬心里理解——"人家祖传的做卤菜秘方，就是人家吃饭的手艺，秘不示人没有什么不妥。"

…………

自刘师傅来后，神风烤鸡店推出的卤菜，因风味独特而逐渐受到顾客欢迎。因此，店里的生意开始一天天好起来。

接下去的日子，也越来越忙碌。

在店里，徐桂芬既是经理，又是员工，既要统管全店事务，又要和大家一起搞采购、忙销售，甚至烤卤过程中当帮手。可她却丝毫感知不到疲惫，浑身仿佛有使不完的劲、用不尽的力。

只要店里生意好，这就是徐桂芬深切期待的，为此，再苦再累她也心甘情愿。

一个人长期超负荷工作何尝会不累！不觉累只是因为，深切的期待赋予了内心强大的精神力量支撑。

忙碌中的日子过得飞快，转眼快到春节了。

一天，刘师傅来找徐桂芬。

"我来事先打个招呼，过几天我就要回去，不在你这里做了。"刘师傅对徐桂芬说，他准备辞职了。

"什么，刘师傅你要辞职？！"徐桂芬突然闻听刘师傅说要辞职，十分吃惊。她可是一点心理准备也没有啊！

徐桂芬实在想不出刘师傅有什么要辞职的理由。

掐指一算，刘师傅已来神风烤鸡店两个月了。平日里他工作勤勤恳恳，卤菜技术也得到了印证，店里生意一天比一天更好，刘师傅功不可没。对此，徐桂芬感激在心。

莫不是自己每天太忙碌了，有什么地方疏忽，对不住刘师傅？徐桂芬这样想。

"刘师傅，如果是我有什么疏忽的地方，你莫怪啊，你就直接说出来，我一定解决。"徐桂芬诚恳地刘师傅说。

"没有……没有……这是绝对没有的！"刘师傅连连摆手。

"没有别的原因，就是我家里春节忙，所以不能再在你这里做了……"刘师傅再次这样对徐桂芬说道。

可徐桂芬还是隐约觉得，这不是刘师傅辞职的真正原因。

"刘师傅，你要是家里碰到了什么急事、难事，你告诉我，我一定会想办法来帮你的。"徐桂芬紧接着又关切地询问刘师傅。

刘师傅连连否认。

"刘师傅，要是没有什么原因，那你就一定不要辞职。我这烤禽社开起来不容易，现在生意才刚刚好起来，还有半个月就要过年了，最忙的时候也马上就要到了，还指望着趁过年前把生意做起来。这个时候，你千万不能走，你要帮帮我的忙……何况，来之前我们就谈好了，你是会在我这里长期做的。"

徐桂芬言辞恳切，再三挽留刘师傅。

徐桂芬怎能不言辞恳切地再三挽留呢，一听刘师傅说要辞职，她心里急呀！要知道，承包门市部开食品杂货店和神风烤鸡店多么不易。她几乎没日没夜地忙里忙外，才终于有了现在比较好的生意，要是刘师傅一走，那神风烤鸡店今后还怎么开下去……

面对徐桂芬这样的一番恳切真诚之言，刘师傅似乎被打动了。

他刚刚十分坚定的态度，开始缓和了一些。

"那这样，如果我不走那也可以……可就是……"刘师傅突然又吞吞吐吐起来："就是我继续在烤禽社干，可不可以考虑再给我加点工资？"

刘师傅终于道出了他心里的真实想法。

原来，刘师傅称家中有事要辞职，只不过是一个借口而已，他心里真实的想法是想要加工资。

徐桂芬这才恍然大悟！

于是，她想都没有多想，就很爽快地答应了。而且，她答应把刘师傅的工资加到每月 1000 元。

为何？因为徐桂芬心里想：神风烤鸡店的生意一天比一天好，这与人家刘师傅手艺好，又用心做卤菜、勤恳踏实地工作分不开，他提出加工资合情合情，给他加工资也应该。

…………

然而，转身徐桂芬的想法却变了。

"要是以后刘师傅再提出辞职怎么办？那是不是又要加工资来挽留？如果要是留不住呢……"

自己没有技术，受制于人，而要想掌握主动，那就必须先得掌握技术。刘师傅的节外生枝，让徐桂芬深刻地意识到了这一问题。

于是，徐桂芬产生了一个想法：与其这样受制于人，不如花一笔钱，让刘师傅教会自己来配制卤料和制作卤菜，就等于是自己花钱买他的技术。

"这是最好的办法！"徐桂芬决定跟刘师傅开诚布公说自己的想法，她也想好了，在钱上绝不亏待刘师傅——一次性出5000元钱！

徐桂芬为把事做好，大方舍得花钱。她心里也算了笔账：刘师傅的工资加到一个月1000元，这样下来，五个月就得5000元。还有，到时候如果刘师傅又辞职要走，那自己岂不是竹篮打水一场空，又要回到没有技术的起点。而如果自己掌握了卤料配方和卤制的技术，那节省下的请师傅的工资钱相比这五千元钱，要多得多啊。

做出这个决定后，第二天刘师傅一来上班，徐桂芬就找到他。

"刘师傅，我一次性给你5000元钱，你把你的卤料配方制作技术和卤菜技术交给我，怎么样？"

"5000块？！"刘师傅心生惊喜！

20世纪90年代初，5000元钱可着实算得上是一大笔钱。

"当然可以，我一定包教会，丝毫都不会有保留……"刘师傅满口答应。

"那这是一半的定金，你数数，等你全部教会我了，我卤出来的菜和你的卤出来菜一模一样，我再把另外的一半钱给你。"见刘师傅答应了，徐桂芬当场就拿出2500元现金交到他手里，并签下了双方的合同约定。

技术还没有开始教，事情刚一说定，就先付了一半定金，这让刘师傅深感徐桂芬做事大气大方，干脆利落。

"行，你看什么时候开始教？"刘师傅问道。

"今天就可以开始，如果你一个月教会我，我就一个月后把另外一半钱付给你。如果你二十天教会我，二十天后我就把另外一半钱给你。一天一天给也可以。总之一句话，你什么时候教会我，我就什么时候把剩下的钱给你。"徐桂芬回答道。

当天，刘师傅写好中草药配方单交给徐桂芬。这时徐桂芬恍然大悟，原来要放中草药做配方。随后，徐桂芬亲自去中药材店，按照配方单购买各方中药材，她还请教中药材店和原食品公司的卤菜师傅，做卤菜还需要什么配方。接下来，刘师傅手把手教她制作卤菜。在此后的一个星期时间里，刘师傅教会了徐桂芬做二十多道卤菜，直到她每一道卤菜做出来的味道和刘师傅做出来的一模一样。

当然最关键的就是配制卤料。

刘师傅把一样样的配方原料和原料数量，一一讲给徐桂芬听，徐桂芬除了用心记、用心领悟，还认认真真地写在笔记本上。

"不对，你还有其他的卤料配方，一定还有没拿出来的！"徐桂芬对刘师傅的语气里咄咄逼人。

"真的……真的是没有了哇……"刘师傅满脸涨得通红，显得无奈又委屈。

见刘师傅这番情状，徐桂芬心一软，觉得自己刚才因心急而一时太过气势逼人。徐桂芬连忙向刘师傅表达歉意。

这一次，徐桂芬相信刘师傅真的没有保留了。其实，刘师傅也的确没有留一手。

经过一个星期，刘师傅教会了徐桂芬做卤菜、配卤料，徐桂芬当场兑现自己的承诺——把剩下的 2500 元钱交到了刘师傅的手里。

…………

翌日，刘师傅就要离开了，徐桂芬心有感念，她特意备了酒菜，执意要请刘师傅吃顿饭。

这天中午，向来不怎么喝酒的徐桂芬，恭恭敬敬敬了刘师傅几杯酒。在徐桂芬心里，她所敬的这酒，既融含着对刘师傅在神风烤鸡店用心做卤菜、勤恳工作的感激，也是对刘师傅教会自己做卤菜、配卤料的出师答谢之情。

徐桂芬知道，刘师傅平日里爱喝酒。

于是，她就想到了在刘师傅走时，送些好点的酒给他，以表达感谢之情。

吃完饭，刘师傅临走之时，徐桂芬将事先准备好的汾酒和"竹叶青"各6瓶绑在自行车后座上，这些酒连带自行车一起送给了刘师傅。

人心换人心。看到徐桂芬如此相待自己，刘师傅心里非常感激，临别时对她说，如果今后烤禽社制作卤菜过程中有什么需要他帮忙的，就尽管打我的BP机，定尽全力帮助。

刘师傅离开神风烤鸡店之后，徐桂芬开始自己做卤菜。

这时的徐桂芬，在经营发展过程中，她对南昌卤菜市场的了解也已逐渐加深。这其中，有一个现象引起了她的深刻关注：在南昌市大大小小的卤菜店中，以浙江温州和广东潮州人所开的卤菜制品店为主，生意也最好。

说到温州和潮汕风味卤菜，都是当地具有源远流长历史的地方传统特色食品。而具有强烈经商意识头脑的温州人和潮汕人，借助改革开放的春风，从20世纪80年代初期开始，把本地卤菜作为特色产品来做，走市场化之路。在不断开拓卤菜市场的过程中，又抓住全国各地美食尚没有出现大品牌的大好商机，让一道道温州、潮汕卤菜成为人们餐桌上的美食佳肴。

1990年前后，温州和潮汕卤菜纷纷在南昌市开店。当时，温州风味卤菜"博林""老字号"等在南昌已很有名气，每天门庭若市。

尽管神风烤鸡店的生意一天比一天好，可对比"博林""老字号"的火爆经营状况，却相差甚远。

对此，徐桂芬感到压力很大，同时也开始寻找神风烤鸡店与"博林"等卤菜店存在差距的原因。

徐桂芬在品尝对比卤菜产品中发现，神风烤鸡店的卤菜味道相较"博林"等卤菜店的，的确要逊色一些。这也不得不承认，刘师傅的手艺与人家店里师傅的水平还有差距。

为此，在刘师傅交给的卤菜配方和工艺技术基础上，徐桂芬一遍一遍摸索，不断完善和改善了卤制的技术。

其中最主要方面，就是从适合南昌人口味来调辣，并添加各种中草药等来改进配方。从而，逐渐形成了更具风味特色的赣味卤菜制作工艺和卤料配方，使得卤菜从色泽到风味特色的赣味元素更加鲜明、独到。

与此同时，徐桂芬还精心研制出了多个适合南昌人口味的卤菜品种。又在民间市场上引进很多顾客喜爱的豆类制成品，这又让卤菜的种类丰富了起来。

苦心人，天不负！

就这样，神风烤鸡店开始以品种丰富、风味特色鲜明的卤菜，赢得越来越多的顾客青睐。

第三节　开出自己的烤禽社

神风烤鸡店的生意日渐红火起来了，大家对门市部承包期的经济效益充满了信心，人人铆足了劲想要努力干。

徐桂芬更是期待，来年要带领大家把神风烤鸡店的卤菜经营得风生水起。

然而，随后出现的情况却让她始料不及。

因为，有消息传出来，看到神风烤鸡店的生意如此红火，有人心里开始打起主意来了——想以对门市部承包经营进行重新调整为由，换过其他的经营承包人，从而达到神风烤鸡店"易主"的目的。

而这个打起神风烤鸡店"算盘"的人，不是别人，正是肉联厂派来的南昌市肉食品公司肉食总店新上任的一位负责人。

原来，这位新来的负责人得知神风烤鸡店的生意这样好，就想把徐桂芬所在的绳金塔门市部承包给自己的一个关系户。

"这该怎么办!"

得到确切消息的徐桂芬,内心焦急不已。

与此同时,她也开始多方了解类似于自己这样承包经营单位门市部的情况。她相信,既然国家和单位因为改革的需要,鼓励本单位职工承包经营,那也就不会这样随意地变更经营承包期限,一定是有妥善解决措施的。

徐桂芬所想到的一点没错!

20世纪90年代初期,与全国各地的情形一样,江西从省会城市南昌到各地市以及县城、乡镇,正在改革开放东风的吹拂下悄然发生着巨变。在这样的巨变中,个体私营商业的气息越来浓厚。

而自改革开放之初到20世纪90年代,农贸市场、小商品市场、生产资料市场、劳动力市场以及大街小巷随处可见的各类个体小商店、饮食店、自行车修理店等应运而生……在改革开放的大潮中,江西的市场经济不断孕育与成长,尤其是如雨后春笋般萌发的个体私营经济,正快速催生着市场的活力。

在这样的背景下,国家开始大力鼓励个体私营经济的发展。

与个体私营经济发展相适应,国企改革的力度也随之加大。这其中十分显著的一个政策举措,就是允许从原来的承包租赁经营转向经营主体的变更——即承包国营单位门市部或经营场所的承包经营者,不再需要以"挂靠"国营单位的方式,而可以申请办理个体经营的方式来经营。

按照国务院1991年10月发布的《关于鼓励个体私营经营发展的通知》精神,鼓励过去以"挂靠"国营单位名义的承包经营者,脱掉挂靠名义上的"红帽子",加入到个体私营经济大军中来。

"这真是太好了!"了解到这些政策后,徐桂芬兴奋不已!

随后,她又到南昌市工商管理部门进一步了解具体情况,更加印证了政策的方向性。并且,工商管理部门工作人员还热情地告诉她,南昌市大力支持和鼓励国营单位承包经营者"脱帽",这一方面顺应了国企改革的大势,另一方面是壮大全市个体私营经济发展的需要。

心中所有的困扰,就此全部消散。

徐桂芬果断决定,摘掉了挂靠国有企业承包经营的"帽子",正式到工商部门办理属于自己的个体经营营业执照。

1993 年初,徐桂芬到南昌市工商管理部门申办了"南昌市皇上皇烤禽社",并正式领取了营业执照。

这一年的 2 月 9 日,她大大方方地挂上了"南昌市皇上皇烤禽社"的招牌,替代了神风烤鸡店的店牌。

徐桂芬还将原来神风烤鸡店的古铜色字体,改成了"南昌市皇上皇烤禽社"的大红色字体,寓意将来的经营红红火火。

凝望着"南昌市皇上皇烤禽社"的那一刻,徐桂芬心中百感交集:这是真正属于自己经营的烤禽社,这也是自己人生全新的起点!

不得不说,徐桂芬在决定开出自己的烤禽社后,及时到工商部门办理个体经营执照,这充分显现了她的长远商业眼光。

当肉食中心新换的那位负责人,试图以"南昌皇上皇烤禽社擅改单位门市部牌子"的名义,阻挠徐桂芬继续经营下去时,徐桂芬拿出自己在工商部门正式注册的个体经营执照,退还了原来的绳金塔肉食禽蛋商店营业执照,于是这位领导只得知难而退了。

…………

定准了努力方向的徐桂芬,从此每天起早贪黑,苦累辛劳。

但在她内心深处,却是那样的澄明敞亮,她仿佛真切地触摸到了那渴望与深藏了许久的人生希望——要努力经营出自己和家人的美好生活!

徐桂芬就这样迈出了艰辛创业的脚步。

第四章
赣味酱卤满城香

徐桂芬终于如愿开出了属于自己的烤禽社。

然而，20世纪90年代初的南昌卤菜市场，温州与潮汕风味卤菜店已遍布大街小巷，而众多南昌市民也似乎接受了"卤菜就是这个味"的现状。

因此，尽管南昌市煌上煌烤禽社发展初期很快有了较好知名度，但若想要与温州潮汕风味卤菜店一比高下绝非易事，要赢得行业魁首的地位那就更难了。

事实上，温州和潮汕风味卤菜店"大佬"们，也的确没有把南昌市煌上煌烤禽社纳入竞争者的阵营之中。

但徐桂芬的个性，要做就要做最好，她志在将煌上煌烤禽社经营成南昌卤菜行业中的佼佼者。

为此，她确立了煌上煌烤禽社主打赣味卤菜产品的主方向，走与温州风味和潮汕风味卤菜店差异化的经营方向。继而，她又看准了酱鸭这一独具特色的产品，同样通过先花钱买断他人的酱鸭制作技术，后不断地进行卤制技术改进提升，煌上煌烤禽社形成自己的酱鸭制作技术与独特风味。

更为重要的是，拥有了酱鸭制作技术后，徐桂芬果断把酱鸭作为煌上煌烤禽社的主打特色产品，从而确立了清晰的经营方向——以酱鸭为主打特色卤菜产品，以其他佐餐凉菜为花色品种。

这一经营方向，使得煌上煌烤禽社在激烈的市场竞争中，拥有了独一无二的烤卤特色和竞争优势，也终于日渐崛起。

这也意味着，在南昌卤菜行业，温州和潮汕风味卤菜长期占据的难以撼动地位与市场格局，终于被打破！

从此，煌上煌烤禽社风味独特的赣味酱卤逐渐香满南昌。

第一节 赣味卤菜打响美誉

凭借神风烤鸡店打下的良好基础，转换过渡到南昌市皇上皇烤禽社后，其经营状况日渐在南昌卤菜市场初露锋芒。

而徐桂芬心里非但没有轻松惬意，反而越发地产生了紧迫感。

前面已提到，在对整个南昌卤菜市场的情况有了越来越全面深入的了解后，她深知，皇上皇烤禽社要想与"博林""老字号"这些温州、潮汕风味卤菜店抗衡直至超越它们，无论是经营实力与品牌知名度还远远不及。

事实上，这时的温州和潮汕风味卤菜店"大佬"们，也的确没有把南昌市皇上皇烤禽社纳入他们的市场竞争者行列。甚至还有人觉得，"皇上皇"开不了多久就会关门。

然而他们不知道，徐桂芬此时已悄然把经营发展的目光向他们看齐了。

"要做就要做最好！"这就是徐桂芬的个性风格。在经营上，她从来不会亦步亦趋跟在别人后面走，而是有自己独特的视角眼光。

她志在将皇上皇烤禽社经营成南昌卤菜行业中的佼佼者，不但在一定时间里要赶上"博林""老字号"这样在南昌市牌子响当当的知名卤菜店，而且今后还要超过它们！

可要实现这样的目标，谈何容易。

最为主要的就是，由于温州和潮汕风味卤菜确实风味佳、好吃可口，加之从 20 世纪 80 年代进入南昌卤菜市场到 1993 年已历时五六年。因此，对南昌市众多的市民们而言，"卤菜就是这个味"。

"首先，就是要让消费者认可我们的卤菜特色风味，逐渐接受正宗赣味卤菜就是皇上皇卤菜这个味！"徐桂芬坚定地认为，在神风烤鸡店阶段确立的主打赣味卤菜产品的主方向，走与温州风味和潮汕风味卤菜店差异化的经营之道，现在要成为皇上皇烤禽社更加明晰的经营大方向。

徐桂芬还意识到，作为拥有百万人口之众的大城市，南昌要有真正属于这所城市的正宗赣味卤菜。同时，正宗赣味卤菜本身就是具有独特风味的卤菜品系，它应该也完全能在全国卤菜行业中占据一席之地。

"南昌皇上皇烤禽社，就要做集正宗赣味卤菜经典于一店的响当当的卤菜牌子，成就赣味卤菜经典并实现自己的经营发展目标！"

或许，徐桂芬在思考烤禽社近期与将来经营发展目标的过程中，并不曾意识到自己的眼光格局已渐渐开阔高远，其间还有一种高扬赣味卤菜大旗的责任担当流淌在心底。

…………

经营目标与方向，决定发展格局。

皇上皇烤禽社的卤菜销量日渐增加，名气也随之不断提升。

销量扩大和品牌美誉度传播是一个相互促进的循环。不知不觉中，徐桂芬逐渐惊喜地发现，皇上皇烤禽社的这种良性循环正在形成。

这对于徐桂芬来说，是一种莫大的欣喜！

但是，面对烤禽社开始出现的这令人欣喜的红火势头，徐桂芬并没有沉浸于满足之中。

相反，她开始敏锐地意识到，乘势快速发展的时机已经来临。

徐桂芬心里的目标，已渐渐不满足于只是开家生意"跑火"的小卤菜店，她想把烤禽社的经营做得有规模、上档次。

把经营规模做大，一方面要把卤菜品质做得更好，一方面要把卤菜销量做上去。

于是，在拥有了卤料配方和卤菜技术后，徐桂芬认为，继续丰富皇上皇烤禽社的卤菜系列品种，就是接下去一个阶段的重点了。

上面说到，在刘师傅离开后的一段时间，皇上皇烤禽社的卤菜品种已达到了二十多种。

但徐桂芬觉得，卤菜系列品种还少了。

研制开发新的卤菜品种，一个方向是研制开发新食材的卤菜，一个方向是研制开发同种食材的不同风味的卤菜。但无论哪一个研制开发方向，都必须以卤料配方和卤菜制作技术的改进提升为前提。徐桂芬深知，这是一个逐步完善的过程中，急不得，也急不来。

那么，该怎样丰富卤菜品种呢？

"研制开发新品种卤菜慢，那何不从其他卤菜店引进？"徐桂芬的思路，顿时开阔，她决定采取"三条腿"走路：一是自己研发，在温州卤菜的基础上，研发出更适合南昌人口味的赣味卤菜；二是从民间继续引进有特色的豆制品系列品种，让产品更加多样化；三是从同行业购买老百姓认可的卤菜，平价放到自己店里销售。

从南昌市其他一些知名度高的卤菜店，采购风味独特的卤菜到皇上皇烤禽社来卖。这样，不但丰富了卤菜品种，而且关键是稳住顾客，提升品牌名气。最终目的是，徐桂芬让自己有充足的时间，研发适合江西人鲜、香、辣的口味，这样就不会流失顾客。

在这里值得回忆的是，在购买同行业的卤菜时，皇上皇烤禽社首先选择了名气比较大的"博林"卤菜。还没买到一个星期，被"博林"跟踪发现了，就拒绝卖给皇上皇烤禽社卤菜。对此，徐桂芬又安排采购员转到"老字号"去买卤菜，同样一个星期后，"老字号"也发现了，也拒卖给她。这个时候，徐桂芬通过不断换人的方式，这样折腾了两三个月。经过不懈的努力，徐桂芬终于研发出了超越温州卤菜和同行业卤菜的、适合南昌人口味的产品。

接下来的事实证明，徐桂芬想到的这一方法的确效果不错，吸引了越来越多的新老顾客，皇上皇烤禽社的生意越发火红起来。

这样，烤禽社每天门庭若市。

可就在这时，一件商业经营上的大事突然出现。

一天，徐桂芬收到一份来自江西省文化、工商等多部门联合下发的文件，她一看文件内容，心里陡然就紧了起来……

原来，这是一份关于江西省统一集中开展"清理文化垃圾"的专项行动文件。按照专项行动的要求，对于各类文化产品、娱乐文艺节目内容、经营场所的名称等，涉及思想内容不健康或不规范的必须统一进行清理。

根据统一专项清理行动的要求，南昌市文化、工商等部门认定，南昌市皇上皇烤禽社店名中的"皇上皇"三个字不符合规范（"皇"字属于"破四旧，立四新"的范围），需要对店名进行更改。

"我们烤禽社的经营好不容易才刚有起色，现在突然要改店名，这不是要前功尽弃么？"

徐桂芬知道，对一家店来说，随意更改店名可谓是大忌，如果一旦处理不当，就有可能前功尽弃。

但省里的专项清理行动又必须要积极配合。

这该如何是好？！

"改是必须要改的，但怎样做到既符合店名整改的要求又不让已打出去的店名受影响，这是最关键的。"一连几天，徐桂芬为店名的事情纠结不已。

"可不可以这样，用谐音的方式来替换'皇上皇'三个字？也就是说，找到与'皇'字同读音的字。这样，消费者一听店名还是与原来一样。"

这天，南昌市西湖区文化、工商部门的几位同志再一次来皇上皇烤禽社督促店名的整改，在这一过程中，有人提出了以"煌上煌"来代替"皇上皇"。

"这个方法好！店名听上去没有变，而且加了'火'字旁，象征着今后生意红红火火！"徐桂芬连连点头，当即同意。

由此，南昌皇上皇烤禽社的牌子，换成了"南昌煌上煌烤禽社"。

随后，徐桂芬又到工商部门，正式办理了店名由"皇上皇"变更为"煌上煌"的相关手续。

徐桂芬怎么也不会想到，这一店名变更与注册登记手续的办理，还为二十年后的煌上煌集团成功上市埋下了伏笔。

2012 年，在煌上煌集团上市前的关键阶段，广东一家冠名"皇上皇"字样的食品企业，突然以煌上煌集团盗用其企业名称、侵犯其合法权益为名，将煌上煌集团告上法庭并要求赔偿其经济损失。但随后法院查明，煌上煌集团早在二十年前的初创起步之时，就办理了"煌上煌"的正式注册登记，所谓"盗用"纯属子虚乌有！广东那家企业自编自演的一场闹剧，很快就在事实面前草草收场。

…………

店名更改之后。经营状况果然如徐桂芬预期的那样，南昌煌上煌烤禽社的生意不但没有受到任何影响，而且还越发地一天比一天更红火。

煌上煌在整个南昌卤菜市场的异军突起之势，着实令人惊叹！

第二节　酱鸭更赢声名鹊起

卤菜攻关问题解决了，生意一天比一天好起来了。这时，还吸引了很多制作卤菜的小店老板来洽谈合作。

有一天，一位拎着一个大包的中年男子，来到了煌上煌烤禽社。

他找到正在忙碌的徐桂芬，说是有件事想和她商量。

"请问，你找我什么事？"徐桂芬礼貌地问道。

徐桂芬怎能料到，这个中年男子的到来，将悄然催生煌上煌烤禽社经营主打产品的巨变，也将使其品牌声名鹊起。

　　"是这样的，我听人说你烤禽社的卤菜生意很好，刚才看到确实是这样。我想，我把我店里的酱鸭放到你这里来代销。"中年男子开门见山地说。

　　"酱鸭？可我烤禽社卖的是卤鸭还有各种卤菜。"徐桂芬解释说。

　　"增加卖酱鸭，不就又增加了你烤禽社的一个新品种么？"中年男子连忙补充道。

　　徐桂芬一听，也觉得有道理。

　　"那可以。"徐桂芬点头同意。她心想，反正是代销，又不压货也压款，而且自己还可以赚钱，这没什么不妥。

　　"你这酱鸭味道怎么样？"徐桂芬紧接着问道。

　　"我这酱鸭好不好吃，你尝一尝再说。"中年男子请徐桂芬试尝。

　　中年男子打开装酱鸭的塑料袋，放在徐桂芬面前。就在那一瞬间，一阵香酥诱人、让人食欲顿起的酱鸭香味飘散开来。徐桂芬好生惊喜——这酱鸭之香闻之让沁人心脾呵！

　　她拿起一块一吃，这酱鸭的味道的确风味独特！

　　"这酱鸭的味道真是好，确实不错……"徐桂芬连连称赞。

　　"味道确实是好吧，哪个吃了哪个都说好吃，可我的卤菜店没有名气，顾客少，所以这酱鸭就是卖不出多少。"中年男子对徐桂芬说道，"所以我就想到了你的店，现在你的煌上煌烤禽社名气不小哇，南昌好多人都晓得，我前两天还专门过来看了一下，顾客这么多呀。我就想，要是把我这酱鸭放到你这里来卖，那肯定每天都会卖到好多，这样我们两家店都赚钱。"

　　原来，这位中年男子也姓徐，南昌本地人，也是开烤卤店的，他的店开在南昌市天灯下那条街上。开始，他店里也是以各种南昌风味的卤菜为主，可无奈温州和潮汕风味的卤菜在南昌名气太大，自己店里一直生意平平。几个月前，他请来一位温州烤卤师傅，也想做温州风味的卤菜，以改变店里生意平平的经营状况。可没有想到，竟无意中发现这位温州师傅做的酱鸭太好吃了，于是他就让这位师傅也给店里做酱鸭。

一边是风味独特的酱鸭欲借助名气大店打开销路，一边是名气开始做大的煌上煌烤禽社更增规模效益。这实是互惠互利之举。

"那我们就这样说，先试试这酱鸭在我烤禽社好不好卖。要是好卖，我们以后好好合作。"徐桂芬当即同意代销徐老板的酱鸭。

徐桂芬怎么也没有想到，她的这一决定，将由此给煌上煌烤禽社的经营发展带来重大转折！

商定代销后的第二天早上，徐老板送了十来只酱鸭过来。

既然是代销别人的产品，那自然是不会放在销售窗口最显眼位置的。可那酱鸭的独特香味，却让窗口的顾客闻香而随之关注，顾客看到了酱鸭后，那色泽又更让人增添食欲，产生购买的想法。

"旁边餐盘里的不是鸭子么，你们做酱鸭了？"

"那个鸭子真香啊，看上去就觉得会蛮好吃的。"

"味道怎么样，给我来一只，吃吃看。"

…………

尽管那十来只酱鸭放在营业台上不显眼的位置，然而却还是那样吸引了顾客们的注意。看的、问的、买的，那盆酱鸭俨然成了今天店里最令顾客感兴趣的。

结果，一个上午，这十来只酱鸭卖得一只不剩。

这出乎煌上煌烤禽社所有员工的意料，也着实让徐桂芬惊讶——这酱鸭果然好卖！

当天下午，来结账的徐老板高兴不已，一边数着钱一边说："明天我再多送十只来！"

隔天，送来的二十多只酱鸭又是卖得一只不剩。

一段时间下来，酱鸭一天比一天销量多，一天最少能卖出一百多只。

又往后一段时间，徐桂芬更是惊讶地注意到了一个现象：在来煌上煌烤禽社买卤菜的顾客中，不少人一开始就是先看酱鸭、买酱鸭或问酱鸭，然后再选购其他的一些卤菜。

顾客进一家店先注意什么，再买什么，这是一个购物的自由选择过程。然而，徐桂芬凭借多年的销售经验却敏锐察觉到，这其中已显露出一个重大变化，那就是，酱鸭开始成了煌上煌烤禽社的主打特色产品。

的确如此，徐桂芬的敏锐察觉和分析判断一点没错。

代销酱鸭紧紧一个多月时间后，酱鸭的销量逐日快速增长。更有一些顾客，就是专门来买酱鸭的。

根据这一巨大的令人惊喜的发现，徐桂芬心里瞬间产生出一个决定——煌上煌烤禽社自己来做酱鸭！

自己做酱鸭，那首先就是要掌握这酱鸭的制作技术。

可师傅在徐老板那里。徐桂芬觉得，自己向徐老板开口，把那位温州师傅请到煌上煌烤禽社，这等于是挖人家的墙脚，徐老板肯定不会同意的。

"那就自己来琢磨研制。"

于是，徐桂芬想到了这样一个方法：让徐老板送一些他店里那位温州师傅做酱鸭的卤料，对卤料的配方进行研究，如果卤料主要配方研究出来了，那制作酱鸭的关键技术也就有了。

"徐老板，你酱鸭卤料的香味很好闻，你能不能把里面的主要配方包一点给我，放到营业窗口吸引更多顾客。"一天，徐桂芬向徐老板说了这个想法。

"你要做酱鸭的卤料配料干什么？"徐老板很不解。

"你想，你这酱鸭的味道可好闻了，这酱鸭的味道不是来自于卤料的味道么？如果把卤料主要配方放在我们这里，那闻到的顾客就有了食欲，买酱鸭的人不就多了，那你的酱鸭不久销得多吗？"徐桂芬回答说。

"对，有道理，这是一个不错的主意！"徐老板满口答应。

但当徐老板送来了酱鸭卤料后，徐桂芬对这卤料进行一遍遍的分析研究，才发现自己想得过于简单了——这酱鸭卤料的配方根本没有办法配制出来！

徐桂芬只好作罢。

不久后的一天，事情却突然出现了令徐桂芬惊喜不已的转机。

"你想学做酱鸭吗？"这天，徐老板送酱鸭过来，突然这样问徐桂芬。

"当然想啊！"徐桂芬回答道。

"那我把我店里的那位做酱鸭师傅叫来跟你见面。"徐老板说。

"可以，那这真是太好了！"徐桂芬高兴不已。

为何徐老板会主动把自己店里那位做酱鸭的温州师傅介绍给徐桂芬做酱鸭？他就不怕自己店里以后没有生意么？

原来是这样的：在市中心的一个农贸市场，有一家名气很大的"老字号"风味酱鸭店。这家"老字号"最初是两个温州人合伙开的，掌管经营的是姐夫，负责做酱鸭的是其小舅子。后来，看到店里生意一天比一天好，姐夫就动起了心思，想拿点钱把小舅子踢开，自己独开"老字号"。小舅子一气之下就从店里出来了，出来之后就到天灯下徐老板的店里当做酱鸭的师傅。这徐老板是个热心肠的人，后来得知这位温州师傅想回温州去自己独立开店，于是就跟他讲了煌上煌烤禽社徐桂芬创业开店的经过。徐老板一方面想帮助徐桂芬掌握酱鸭制作技术，一方面也想介绍那位温州师傅去传授技术、多赚些开店的本钱。这样，也就有了徐老板主动想把他店里做酱鸭的温州师傅介绍给徐桂芬。

第二天，徐老板果然带了他店里那位做酱鸭的师傅来跟徐桂芬见面。

徐桂芬十分热情，好酒好菜招待那位温州师傅，两人边吃边聊：

"我原先店里做卤菜的刘师傅，我出的是 5000 元钱买断了他的技术。你觉得，你教会我们做酱鸭的技术多少钱合适？"

"那我也和他一样，你给我 5000 块钱吧！"

"我给你 6000 元！我听你们徐老板说，你要准备回家去开店了，我加这 1000 元算是对您回去开店的一点支持。"

价钱就这样定了。对徐桂芬的大气和干脆爽快，温州师傅很是敬佩，决心毫无保留地传授做酱鸭的技术。

接下来，温州师傅来煌上煌烤禽社用心传授做酱鸭技术。

徐桂芬指派了员工范旭明来跟着温州师傅学。范旭明来自南昌县的一个普通农家，17 岁就来到徐桂芬身边与她一起打拼。在徐桂芬眼里，这位农家小伙为人忠厚诚恳，做事踏实，而且人聪明又有韧劲。

以后的事实证明，徐桂芬看人的眼光十分准，范旭明没有让她失望。这是后话。

一段时间过后，范旭明跟温州师傅学做酱鸭出师了，他担起了煌上煌烤禽社酱鸭制作的重任。

然而，真正掌握配方及技术流程，绝非是想象中的"照葫芦画瓢"那样简单。其中，需要很多细节的把握，可谓差之毫厘，失之千里。比如，浸泡的时间、火候的掌握、温度的掌控，处处都与烤卤出来的酱鸭品质有很大关系。一只酱鸭到成品要八小时精制而成，而其中的每一道环节，必须是要在不断的摸索中才能去领悟掌握的。

范旭明一开始制作酱鸭时，不是鸭子外面烤焦了就是里面夹生，而且他做的酱鸭味道就是比不上温州师傅做的。

一炉出来不行，那就接着再试制。范旭明毫不气馁。

徐桂芬非但没有责怪，还总是给予他鼓励，并与他一起一遍遍试制研究，反复揣摩和卤制。

"一炉一炉的酱鸭那样倒掉，当时那心里的难受，真是不知用什么话来形容啊！"那些当初为掌握酱鸭卤制技术的锲而不舍，此后几年，点点滴滴依然是那样清晰地印记在徐桂芬的脑海里。

　……………

"转益多师是汝师。"徐桂芬懂得，集众家之长，方能自成特色。

在酱鸭和卤菜初步形成自我特色的基础上，她又带领几位员工前往温州、广州、四川等地学习酱鸭和卤菜的技艺，以期集众家之所长，全面提升煌上煌酱鸭与卤菜的风味特色。

温州地道的酱鸭，其独到所在，在于卤制的深厚功力和独特风味；而广州，在禽类烤制的技艺和风味特色上，独树一帜。正是集温州和广州、四川酱卤技术于一体，从而又针对南昌人口味偏爱而扬两地之所长，避两地之"短"，最终形成了煌上煌烤禽社具有浓郁赣味特色的酱鸭和卤菜。在广州，徐桂芬凭借对熟食制作超凡的领悟力，仅用几天的时间就掌握了广式烤鹅的技法，而且几乎达到了炉火纯青的地步，再将烤鹅工艺精华与酱鸭烤卤技术结合，使得烤制的酱鸭自成风味。

风味独特的美食，往往总是与选用上乘的食材密不可分。

在浙江学习期间，徐桂芬发现，温州制作的酱鸭之所以具有独特的口味，这是因为，酱鸭除了在制作工艺上有着独特的工艺特色之外，在鸭子的原料选择上，也特别讲究。

这其中，用于制作酱鸭的鸭子肉质好、瘦肉率高，就是一个重要的选材标准。比如浙江酱鸭中的一款"文虎鸭"，原材料选用的就是生长在绍兴一带的优质肉鸭，这种肉鸭肉质鲜嫩，口感独特，而且瘦肉率很高。

徐桂芬学艺回来后，根据这一选材特点，通过大量比较斟选，最后决定选择以鄱阳湖滨湖地区野食放养、被誉为"禽中明珠"的鄱阳湖麻鸭为原料。这一品种的鸭子具有瘦肉率高、脂肪低、肉质上乘等诸多特点，历来就是江西优质板鸭生产的首选原料。

自成一派的火候到了！

在取各家所长的基础上，以鄱阳湖麻鸭为原料，加进草果、党参等30余味中草药，经过数百次反复试制和不断改进，徐桂芬和员工师傅们成功烤卤制作而成的第一炉酱鸭，终于出炉了。

当酱鸭出炉的那一刻，氤氲中诱人而独特的醇香扑面而来，转而又沁入人的心脾，徐桂芬和在场的所有员工师傅们内心无比激动。

包括徐桂芬在内的所有人，品尝那第一口的记忆至今难忘——辣、鲜、香，香酥鲜爽，风味独特，口味纯正、鲜美且带有诱人的烧烤香气，回味悠长，极富咀嚼魅力……还有那酱鸭的色泽，金黄中透着油亮，油分饱满诱人而无油腻之感，看着就让人食欲大开，品尝之后更是让人回味无穷！徐桂芬至今仍清楚地记得，那段时间她每天进门吃一块、出门也要吃一块，百吃不厌。

这其中，凝聚了徐桂芬多少付出了，历经了多少曲折艰辛，承载了她多少期待。

而在卤菜制作技术工艺的提升上，通过在温州的学习，徐桂芬将温州卤菜配方及制作技术精华融入煌上煌烤禽社卤菜配方和工艺之中，使得各款卤菜的口感更加丰富，回味更加悠长。

此外，徐桂芬尝试着把煌上煌烤禽社的卤菜制品分成四大类：烤制、卤制、凉拌、油炸。

在此基础上，逐步对这四大类产品进一步细分，比如在酱鸭之外增加鸭掌、鸭翅和鸭舌等。又比如凉菜有海产品类凉菜、蔬菜类凉菜等。同时，又逐步开发新的食材卤菜，如开发酱卤猪脚、猪内脏、酱卤牛肉……

终于，南昌煌上煌烤禽社的酱鸭和卤菜，让人们赞叹不已！

口碑效应，一传十、十传百，将煌上煌酱鸭的美誉在南昌快速传播。一时间，"煌上煌的酱鸭真好吃"的说法，就如同广告词一般，在南昌大街小巷流传。

酱鸭热销，又带动了卤菜的销量。

"要让我们酱鸭和卤菜的名声传得更广、更快，那还要念起来朗朗上口口才好。"徐桂芬又经过认真推敲，编出了和顺口溜一样好念好记的广告词——"卤菜要品尝，认准煌上煌"。

这样的"广告"效果，着实是让徐桂芬事先完全不曾想到的！

很快，在南昌市民中间甚至在小朋友当中，这句"卤菜要品尝，认准煌上煌"不胫而走。

煌上煌酱鸭和其他各种卤菜，开始渐渐成为南昌市民心中的上乘美味！

让徐桂芬想不到的惊喜还在后面。

中秋节那天早上，还不到6点，徐桂芬来到烤禽社店，门还没有打开，可她惊讶地发现，烤禽社大门外面顾客就已经排了长长的队伍，顾客们早早地在等待着烤禽社开门营业。

这么多人排队买东西的情景，只有过去旧社会的米店才出现过。

出现如此火爆的情况，是徐桂芬怎么也没有想到的。

"当时我的心情很激动、很高兴。结果，开门营业一阵子后，顾客越来越多，烤禽社外面排起了几条队。顾客是这样的，看到人多，他们就会凑热闹去买，门口就挤满了黑压压的一群人……像有些年纪偏大的老人，挤在人群里，买到了酱鸭后，在队伍里出不来，急得一头大汗……看到这样的情况我和员工们突然特别紧张，担心发生踩踏、挤压的事故。"

那一天的情景，徐桂芬一辈子都忘不了。

顾客仍在不断汇聚而来，几条队伍渐渐向烤禽社对面的马路延伸，开始造成过往车辆的严重拥堵。而营业窗口前面，顾客还在不断增加，开始拥挤、躁动，向着营业窗口的位置争抢……

"这样不行，如果再营业下去，恐怕就会出现顾客们拥挤失控而发生挤压、踩踏事故！"徐桂芬看到情形，吓坏了，心里十分紧张。于是，告诉她和营业员商量后，赶快关门。

"实在是对不起大家了……真是十分抱歉……"营业窗口关闭的那一刻，徐桂芬悬着的心才终于放下。

而1994年的端午节那天，同样的"险情"再度出现。

那天，煌上煌烤禽社门前排起的顾客队伍，弯弯曲曲，一直到延伸到对面的街道，以至于造成了绳金塔一带的交通堵塞。

为了确保顾客的安全，也为了疏解交通，徐桂芬恳请辖区派出所派民警帮助维持秩序，得到了派出所的热心支持。

可尽管如此，那天火爆的销售场景，还是使得烤禽社从早忙到晚。

最让徐桂芬难受的是，一位年纪大的老人，由于排队时间过长再加上天气炎热，出现了身体不适，不得不走出队伍，坐到路边大口喘气。幸好被徐桂芬及时发现并悉心照应，才没有出现意外。

…………

第三节　开全国酱卤新工艺先河

在这样的发展态势下，又一个问题日渐凸显出来——由于销量不断增长，生产环节开始越来越吃紧了！

望着每天长长的顾客队伍，徐桂芬在营业门市部和生产车间两头跑，协调和调度生产计划，催促生产进度。

可整个生产车间一派繁忙，已开足了马力，日夜满负荷生产。

尽管焦虑万分，但徐桂芬也十分清楚，卤制酱鸭和其他食品，得一锅一锅地卤制，一锅只能卤三四十斤。而且，每一道卤制加工程序都必不可少，每一道程序的时间也无法缩短，否则生产出来的酱鸭和卤菜就会走样。扩大产量，那唯一的办法，就是多开几口锅，增加工人。但相对于每天供货的缺口量，这种方法远水解不了近渴。

"必须要从卤制工艺与生产技术的改进上着手，才有可能突破目前煌上煌产品供不应求的困境！"

徐桂芬想起，父亲当年被打成"牛鬼蛇神"后曾被蔬菜公司分派去做豆腐，当时做豆腐用的是蒸汽发热管。

"那可不可以用蒸气发热管来替代煤球炉？"于是，徐桂芬向父亲请教。

父亲认为原理有相通之处，建议女儿可以朝这个方向改进。

改进方向得到父亲认可后，徐桂芬随后就前往江西省食品工业协会，就改进技术问题请教专家。

专家最后表示，要采用夹层蒸汽锅。

为此，在采用夹层蒸汽锅加工酱鸭及其他卤菜的过程中，徐桂芬历经反复实验改进和完善操作流程，直至在酱鸭及其他卤菜的口感风味上与原来完全保持一致。

而且，令人欣喜的是，最终确定的操作流程，不但让酱鸭及其他卤菜和原来保持了一致，而且在色泽、香味等方面还比原来更为完美。此外，相比煤炉加工，夹层蒸气锅加工出的酱鸭及卤菜，还没有了原来的"火气"。

于是，徐桂芬果断决定，生产上全部改用这种夹层蒸气锅。

这样一来，一口夹层蒸汽锅一次就可以卤制出二三百斤，产量比原来一下子提高了数倍，而且还大大减轻了员工的劳动强度。

从此，煌上煌的生产告别了煤球炉。

采用夹层蒸汽锅加工工艺，生产实现了半机械化流水作业，生产能力大大提升，而且产品依然保持了与原来一样的风味特色。

在向省食品工业协会请教生产技术改进的过程中，徐桂芬还有另外一个意外的收获，那就是通过省食品工业协会将煌上煌酱鸭选送参加全国食品博览会。结果，煌上煌酱鸭荣获了金奖。

煌上煌烤禽社大胆采用和改进夹层蒸汽锅的卤制工艺，这在当时全国卤制品行业中是率先之举，实现了传统卤制品在加工工艺上的一次重大革新。这一革新，为全国卤制品行业逐步实现加工工艺的现代化，也作出了重大贡献。

…………

人们争相购买煌上煌酱鸭和各类卤菜的情景，以不争的事实告诉徐桂芬：煌上煌烤禽社品牌在整个南昌市打响了！

也就从这时起，煌上煌烤禽社门前，天天都出现顾客排起的长队。而这样火爆的销售场景，简直就是南昌城里的一道风景！

因而，不少人为目睹这道风景而来，有南昌湾里区的、昌北地区的，还有周边县里的……大家来了，于是就抱着"买点尝尝看"的想法买了点品尝，后来，也就成了煌上煌烤禽社的回头客。

徐桂芬还注意到，在前来购买酱鸭和卤菜的顾客中，不仅有老人，还有中年人、年轻人，这又说明，煌上煌酱鸭和卤菜的口味对南昌市民们来说，已称得上是真正的老少皆宜了。

说到煌上煌酱鸭和卤菜，深受南昌市民们青睐的程度，在南昌有着许多美谈。

一位往返绳金塔和南昌八一广场的公交车司机，有一次和朋友谈起自己的工作时这样说道："真有些受不了，我几乎每天都是咽着口水在开车！"

朋友很是不解，问其中原因。

这位公交车司机道出了原委：每天，很多乘客是乘坐我这趟公交车特意到煌上煌买酱鸭和卤菜的，而且一天到晚都有，大家手上拎着的煌上煌酱鸭和卤菜那个香啊，满车都是，让人闻着就忍不住流口水。其他在车上的乘客也许是几站路，而我是一天到晚开这趟公交车，天天这样被煌上煌的美味诱惑着……

当时，南昌往返湾里区、昌北及新建县等地的公交车上，也同样出现类似的情景，煌上煌酱鸭和卤菜香飘满车。

这样的真实趣闻，让人可想而知，煌上煌酱鸭和其他卤菜是何等的受人追捧。

并且，从销售上的情况来看，煌上煌烤禽社形成了以酱鸭热销，同时带动着其他卤菜制品热销的局面。

…………

"这不过节不过年的，都这样火爆，那要是过年还了得啊！"有人这样说道。

是的，煌上煌烤禽社过年期间的火爆销售场景，更是令人惊叹不已。

1994年春节，除夕之前的几天里，煌上煌烤禽社门前从早到晚都是排起长队的顾客，队伍一直排到了对面很远的地方。各种卤菜无一款不火爆热销，而酱鸭是每位顾客必买的。

那几天里，一批批新鲜出炉的酱鸭刚送到店里，就被抢购一空。

除夕那天则是空前火爆。

热销的场面一直延续到华灯初上——排着长队的顾客们，没有买到酱鸭迟迟不肯离去，为满足顾客们的愿望，徐桂芬带领员工不得不一再推迟打烊的时间，赶制了一炉又一炉酱鸭……

当最后一位买到酱鸭的顾客满意离去，徐桂芬吩咐炊事员做了十几个菜，与没能赶回家吃团圆饭的职工一起过年。她让职工先吃，自己把一个还在收拾台面、打扫卫生的职工换下来，要他们吃好饭早点回家，自己则一个人留在店里，继续扫地、清洗盘子和器具。

当送走最后一位坚持要和她一块收拾碗筷的女员工，望着她在黑暗中渐行渐远的背影，徐桂芬在心底默默地说："你们辛苦了，真对不起……"然后，她草草吃了几口凉了的饭菜，清洗完碗筷，关上店门，独自走进除夕的夜幕中。

此时的除夕之夜，南昌这座城市五彩霓虹闪烁，爆竹声此起彼伏，家家户户都是围坐于电视机前观看春节联欢晚会。

而极度劳累疲惫的徐桂芬，正拖着像灌了铅似的两条腿，行走在回家的路上。快到家里的那条小巷时，空中飞舞的炮仗一阵阵在她头顶掠过，让她那样真切地感受除夕之夜的气氛。

此情此景，深深触动了徐桂芬内心最柔软的情感——作为一个女人对家的温馨依念，对家人、孩子强烈想念的孤独，与家人团团圆圆一起吃年夜饭的幸福向往，都在此时此刻一齐袭上心头。

…………

突然一阵寒意袭来，徐桂芬知道，自己此刻还在归家的路上。

遥望一路的万家灯火，徐桂芬又仿佛那样真切地看到，这个除夕之夜里，在南昌家家户户丰盛年夜饭的餐桌上，煌上煌酱鸭和其他各种卤菜摆放于碟盘摞盏之中。男女老少津津有味地品尝着，享受着过年的幸福快乐……

一座城市的年夜饭，满城尽闻酱鸭香。

这是一种怎样的荣耀啊！徐桂芬内心油然而生无限欣慰，她觉得，自己的辛苦付出真的值得。

徐桂芬的心里，也随之涌起无限的感动与力量——来年，自己要更努力，把煌上煌烤禽社经营得更好更火红，为不辜负南昌一座城市的人们对煌上煌酱鸭和卤菜的支持与厚爱！

第四节　几多坎坷辛酸在心间

改革开放初期，各类市场蓬勃发展，但相应的市场秩序和法律法规却相对滞后，这种状况下的竞争中，不和谐杂音也就在所难免。

徐桂芬没有料到，随着煌上煌烤禽社的生意日渐红火起来，也惹来了一些人的眼红与嫉妒，甚至无端招致种种侮辱、挑衅甚至是伤害。后来，又是有些同行令人不齿的不正当竞争行为。

一开始，是不务正业的地痞敲诈勒索和一些"红眼病"的妒忌。

而惹得他们愤愤不平的原因，竟然是煌上煌烤禽社的生意那么好、赚了那么多钱。

这实在是荒唐至极！

但对于那些想从徐桂芬那里"敲一笔"的地痞而言，他们不但不认为自己的行为荒唐更是违法之举，而且还振振有词——她徐桂芬在我们绳金塔地盘上赚这么多钱，那就该给我们好处！

这里有必要说一下绳金塔这个地方。

绳金塔，是南昌城里的一处历史名胜，历来是南昌举行庙会的地方。改革开放后，随着个体私营经济的蓬勃发展，这里居民区集中，人流量密集，绳金塔一带又逐渐成了繁华的商业区域。但一开始，市场经济发端初期的不和谐之音，也在这里比较突出。

这其中，便是一些欺行霸市的不正当竞争者以及与他们沆瀣一气的"小混混"或地痞流氓等。

其实，这些人之所以如此肆无忌惮，还有一个重要原因就是，他们认为徐桂芬是女人，受到威胁恐吓就会心生害怕，然后为求得安宁，也就会"乖乖"地给他们送来好处费。

一段时间，徐桂芬的传呼机上不时就会接到恐吓信息；有时，还有人给她转来威胁口信；还有人直接向煌上煌烤禽社的店员扬言："叫你们老板徐桂芬到××地方来孝敬老子，否则砸店！"

这些恐吓和威胁，让年轻的女店员们吓得胆战心惊，不敢出门。

说实话，徐桂芬也是个女人，当时丈夫又远在珠海工作，她心里何尝不怕。但她告诉自己，不能把害怕挂在脸上，那样就更会让"小混混"或地痞流氓肆无忌惮，自己必须沉着镇静地面对这一切。

"我合理合法做生意，辛辛苦苦经营烤禽社，我只向国家交税，不会给敲诈勒索的人一分钱！"面对恐吓、威胁和扬言，徐桂芬丝毫不畏惧。

对于上门找茬、无端滋事者，她壮着胆子予以言辞激烈的回击。

见恐吓威胁手段不见效，那些地痞们转而又采取别的花样来捣乱，企图让徐桂芬做不成生意，进而向他们求饶。他们唆使绳金塔一带的少数小商贩，围堵煌上煌烤禽社。

这正中有些小商贩的下怀，他们心里早就对徐桂芬心生嫉妒——"同样都是在绳金塔做生意，可她徐桂芬生意这么好，赚了那么多钱！"

于是，这些地痞们和一些对徐桂芬嫉妒在心的小商贩，联手来对付煌上煌烤禽社。他们真正的目的，就是赶走煌上煌烤禽社，从而占领这里的好"码头"。

一段时间里，徐桂芬一连几天发现煌上煌烤禽社店门口摆满了水果摊、钟表修理摊、修锁摊等，连一条进门的口子也不留，想买卤菜的顾客没法进门。徐桂芬的姐姐跟他们讲理，竟被打成轻伤甲级。

为此，徐桂芬决定走法律途径，将打人者告到法院。按照法律，打人致轻伤甲级已达到了刑拘的处罚程度，但法院下了三张传票也传不到人，法院就来抓，谁知那人竟睡在警车下耍赖，百般阻止法警执法。

但最终，在徐桂芬多方奔走下，打人者受到了法律制裁，肇事者写保证书，赔医药费，并受到不准伺机报复的警告。自那以后，煌上煌烤禽社店门口才有了进出的路。

招招都不灵，背后有的人就是不甘心。结果，又出现了各种匪夷所思的事情：

有一天，徐桂芬的门店突然停电。而随后她发现，左邻右舍都有电。

"为什么街坊邻里都有电，唯独我这里没有呢？"徐桂芬赶到供电所询问原因，却被工作人员告知：有人说煌上煌烤禽社的门店偷电！

徐桂芬感到莫名其妙，说："我人穷志不短，从不干偷鸡摸狗的事，你们别冤枉我。"供电所的人根本就懒得听她解释。

可一想到冷柜里全是卤菜，如果一晚上不来电，里面的卤菜将全部报废，那可是几千元的货呀！再加上正是每天顾客们前来买酱鸭、卤菜的高峰营业期，徐桂芬急得哭了起来，她请求供电所派人去门店查电，如发现偷电，自己甘愿受罚。可工作人员竟漫不经心地答复说道：下班了，明天再查！

"明天？到明天我的货就全完了，那要损失几千块呀！"

见徐桂芬苦苦哀求，供电所工作人员这才动了恻隐之心，去到门店一查看，发现根本没有偷电，这才把电表闸刀合上了。对此，徐桂芬"感激"地送上一包卤菜。

后来徐桂芬得知，是一个心生嫉妒之火的人为了陷害她，偷偷向供电所打了假报告。

如果说一些敲诈、威胁和嫉妒者使出种种手段还好理解，那么，个别单位的霸道行为确实让人伤心。

这样的伤心，徐桂芬也碰到了。

一次，某单位的一辆执法车突然停在了煌上煌烤禽社门口，几个气势汹汹的执法人员下车，不由分说就把店门口冰柜的盖子搬上车，开着车子就要驶离。

徐桂芬见状赶紧追上去询问，怎能想到，车上的人一把将徐桂芬拉上了车。

母亲看到女儿徐桂芬被执法人员拉上了车，情急之下冲上前去抓住车门不让车走，可车子依然往前开。徐桂芬母亲的手紧紧抓住车门，跟着车子往前跑。车上的徐桂芬大喊让母亲松手，旁边的群众看到如此危险也纷纷喊叫起来，结果徐桂芬的母亲一松手，竟被重重抛在了地上。万幸的是，母亲没有受到重伤。

问题是，煌上煌烤禽社真的有什么地方违规了么？

没有！后来，在徐桂芬的据理力争下，工作人员拿出不店里违规的实事，只得不了了之，含含糊糊罚了些款便作罢。

时隔不久，又有某执法部门工作人员突然上门，不分青红皂白拿起烤禽社的电子秤就气势汹汹地声称：有消费者投诉，煌上煌烤禽社的秤有问题，短斤少两……

结果，徐桂芬硬是坚持以当场验证的方式，证明了自己的电子秤没有任何问题。可最后处理的结果，煌上煌还是要"象征性交点罚款"了事。

再后来，隔三岔五不是这个问题就是那类事情。而每一次，徐桂芬总是好话说尽，百般求情，最后总无端要受罚。

…………

面对这一切，内心坚强的徐桂芬在人前从不显露伤感，而夜深人静时分，种种辛酸总是不禁在心底泛起。

第五节　特色胜出如林强手

"之前从来就没有这些问题，现在生意一天天火红起来，各种意想不到的事情也一件件出来了，这背后肯定有问题啊！"

徐桂芬心里似乎已经隐隐意识到，一定会有更大的风浪。

徐桂芬的感觉一点也没有错。

面对煌上煌烤禽社生意火爆的情景，终于点燃了有些人心里的嫉妒之火。

绳金塔一家名为源茂食杂店的老板，见徐桂芬的卤菜生意"跑火"，羡慕不已。

1994 年底，经过周密策划，该店老板决定效仿徐桂芬的做法。于是，他也拿出食杂店的一角来，开起了源茂烤禽社，而且就开在煌上煌烤禽社的正对面，拉开了比拼架势。

面对这样的竞争阵势，徐桂芬必须沉着应战。

有人问起此事时，她一脸镇定地说道："怕什么？他有他一套，我有我一套，各显神通。"

但实际上，徐桂芬表面上看起来很淡定，心里却很是发急。

是的，自己应对的方法在哪里，天知道！

刚开始，看见对面装修一新，徐桂芬心想，最起码我店里的"脸面"不能太差。于是她立即将自己的店面、招牌也翻新一遍。

几天后，对面那家店一大早开张了，气势好不热闹。

"该如何应对？！"徐桂芬大脑里焦急地想着对策。

就在对面那家店开张前的一个小时，徐桂芬突然急中生智。她当机立断：先在价格上占据优势，把对面因开张发的"烧"压下来！由此一来，一块比对面店更加优惠的价目牌放在了店门口。

一见煌上煌的价格更便宜，顾客们纷纷由原先的"向左转"变为了"向右转"。结果，这一天煌上煌烤禽社的生意异常火爆，对面却显得冷清惨淡。

开业第一天的大部分卤菜没有卖出去，源茂烤禽社第二天便复卤后再卖。这样复卤的卤菜，自然在品相和味道上就大打折扣了。

…………

徐桂芬想到，对面接下来肯定也会有竞争的应对方法，煌上煌烤禽社一定要一鼓作气把对面的气势压下去。

当时，离元旦还有两天。

紧接着，徐桂芬又把目标瞄准了元旦的促销。

经人指点，徐桂芬决定以提前举行店庆的方式，来进行热热闹闹的宣传，同时通过让利酬宾来提升人气。按开业时间，店庆活动本为"喜迎开业即将两周年"的表述方法。但徐桂芬为表达"六六大顺"寓意，特意改为了"开业六周年庆典"。

说干就干。徐桂芬立即找到一个乐队的 BP 机号码，联系乐队负责人，商量请乐队为煌上煌六周年庆典活动助阵。

乐队负责人对这类活动经验丰富，胸有成竹，他立即就策划出了一个让徐桂芬拍案叫好的助阵方案。

按照这个方案，煌上煌六周年庆典活动定于第二天下午，也就是元旦来临前的一天的下午。

时间紧迫，乐队与煌上煌烤禽社两边随即同时开始准备各项事宜。

徐桂芬按照乐队的要求，前往南昌市中山路上的一家广告店制作乐队队员的绶带。正走在中山路上，突然，她的BP机响了起来。

徐桂芬一看显示内容，是范旭明有急事找她，于是赶紧回电话过去。

"老板，我一百多只鸭子烤过了头，烘干了，全散架了……"电话那头，范旭明紧张焦急地说道。

范旭明做好了心理准备，等待着挨骂。

然而，徐桂芬听完后稍加停顿便对他说道："没关系……这样，你把那些酱鸭全部放进卤汤里过一遍，然后都切成小块，我们明天搞活动用。"

"搞活动用？"范旭明一时疑惑。

原来，徐桂芬听到范旭明所说的情况后，脑海里突然闪现出一个好主意来：烤过了头的鸭子只不过是没有卖相罢了，却外焦且香，再到卤汤中过一下便可充分吸收卤汁入味，这样做的酱鸭味道特别好，正好第二天下午免费让消费者品尝，岂不是让活动搞得更有特色。

第二天下午，元旦来临前的南昌绳金塔人流如织。

在煌上煌烤禽社店门前，大红的彩虹门，写着"庆祝煌上煌成立六周年！"标语的横幅，格外引人注目。

而这时，在南昌系马桩街道上，一队身佩绶带的乐队队员，正吹吹打打一路向绳金塔走来，引得往来市民们纷纷驻足观看。

到了煌上煌烤禽社，鞭炮齐鸣，鼓乐同奏，店门前人山人海，好不热闹……

这时，徐桂芬和员工将头天已切好的酱鸭盛在一个大盆中，摆在煌上煌烤禽社前面的马路边，供过往的行人品尝。

"请品尝我们的酱鸭，并请给我们提出宝贵意见……"徐桂芬带领员工们，热情地向每一位过往市民招呼。

免费品尝的广告方式，在今天看来没有任何的新鲜感可言。然而在

20 世纪 90 年代初，可谓令人耳目一新。

自然而然，过往的行人纷纷停下脚步，欣然品尝。

"嗯，你们这酱鸭可真是好吃！"

"这风味真是很独特，还从来没有吃过这么好吃的酱鸭啊！"

"还想再品尝一块！"

…………

品尝了酱鸭的过路市民，没有一个人不发出由衷的赞叹！

此外，免费品尝这种宣传促销方式，之前在南昌还没有哪家卤菜店或食品店做过。徐桂芬的做法，不但让酱鸭的风味给市民留下了深刻印象，而且让这种令人耳目一新的宣传促销方式，一时成为南昌市街头的一道靓丽的风景，大大增强了煌上煌烤禽社的知名度，真可谓一举多得。

与此同时，徐桂芬又让父亲将提前印好的煌上煌宣传单，向过往市民散发。

元旦期间，煌上煌烤禽社门前一派喜气洋洋，顾客络绎不绝。

徐桂芬还清楚地记得，当时的场景热闹非凡，正巧遇到江西电视台记者在采访节日市场供应情况。得知"煌上煌"节日期间答谢新老顾客活动搞得有声有色，于是，赶到现场对徐桂芬进行采访。那天，徐桂芬头一次接受电视台记者采访，第一次上镜头。尽管紧张又激动，但她知道这是一个难得的宣传机会。江西电视台对煌上煌烤禽社活动的报道，无疑也是为店里做了一次全省范围的免费广告！

而对面的那家烤禽社，则是门可罗雀、冷冷清清。

这样，一段时间后，源茂烤禽社老板渐渐感到难以支撑了，想关门不开了。

但是，身边的"谋士"们又鼓动这位老板重整旗鼓，要把煌上煌烤禽社"斗"败。

经过精心"策划"，源茂烤禽社老板随后想出了一个让人耳目一新的扩大知名度的方法——拍电视片做"软"广告!

不得不说,在传媒还不发达、宣传形式十分简单的当时,这家源茂卤菜店的点子是颇为新颖和高明的。

然而,当其花费巨资,耗费巨大精力将拍摄的电视片《烤禽社的一天》在电视台播发后,却万万没有料到:这部电视片的确引起了很大的广告效应,引得前往绳金塔买酱鸭和卤菜的消费者络绎不绝,但消费者一到绳金塔,看到煌上煌烤禽社门前顾客排着长队,顾客凭经验都认为煌上煌烤禽社就是电视片《烤禽社的一天》里的那家卤菜店,于是也来排队购买。

其实,消费者眼睛是雪亮的,两边店里的酱鸭和卤菜一看一比,自然也就会选择煌上煌烤禽社的。

无形之中,源茂烤禽社竟给煌上煌烤禽社拍了一部电视片做广告。

而对于这样意外的结果,让源茂的老板只能是自己捂着肚子闷痛——是啊,从哪里也找不到迁怒煌上煌烤禽社的借口和理由。

平静半年之后,徐桂芬又得到一个信息:源茂烤禽社将以新的店名"太上皇",在六一儿童节重新开张。

"太上皇"——好霸气的店名。很显然,这是要一开始就在店牌气势上压倒煌上煌!

"既然你选择六一儿童节开张,那我就做足儿童节的文章!"徐桂芬的思路也随之清晰起来。于是,她买来许多儿童食品,准备应战。

6月1日,煌上煌烤禽社门前升起了彩色气球,上面飘扬的大红横幅上写着:"庆六一,购卤菜送儿童食品!"

这一招果然不同凡响,只见大人往煌上煌烤禽社赶,孩子拉着妈妈也往煌上煌烤禽社赶。大人说煌上煌的卤菜好吃,孩子对妈妈说要吃八宝粥、要喝酸奶……那情景热闹非凡。

之后,对面的太上皇烤禽社又采取了各种方法想压倒煌上煌烤禽社的势头,然而都事与愿违,煌上煌的生意一天更比一天红火。

这样的结果，让对面店彻底恼羞成怒了。

接下来所发生的，让徐桂芬感到不可理喻——一个市场竞争的商业行为，竟然演变成了违法的打砸事件。

本来，商家使出招数公平竞争，以自身优势让顾客心甘情愿地掏钱，这本无可厚非，且符合市场经济的运作规律。然而，对面店让一个"妒"字鬼迷心窍，视市场"游戏规则"而不顾，玩起了歪门邪道。他们请人做"媒子"，假装顾客在人群中散布"煌上煌的东西不好吃又少秤，对面店的卤菜新鲜又卫生……"的谣言，有的"媒子"甚至跑到煌上煌烤禽社门前，使出强舌如簧的伎俩拉顾客到对面店里去。

这些举动被徐桂芬的姐姐发现了，她对那些"媒子"说："竞争应该让产品讲话，你们跑到我们店门口来抢生意，还败坏我们的名誉，太不应该了！"争吵过程中，徐桂芬和店员们以理服人，让对面店的人最后理屈词穷，无言以对。

可是，因妒生恨的对面店老板却忍不住了，他们粗暴地打人砸店。

徐桂芬的姐姐被打伤了；

煌上煌的门窗被砸破了；

店里的卤菜扔得一地，上面全是玻璃屑……

面对此情此景，徐桂芬心中委屈酸楚。

难道世上没有公理？没有正义？难道就这样容忍他们一手遮天？不能，绝不能！徐桂芬从纷乱的思绪中渐渐冷静下来。

得到消息后，正在南昌休假的褚建庚急忙赶到店中。丈夫是徐桂芬的坚强后盾，有了丈夫的支持，徐桂芬心里踏实多了。徐桂芬和褚建庚经过冷静分析后，决定一边继续搞好经营，一边着手以法律来维护自己合法经营的权益：

他们请人把店里被砸烂的门窗玻璃及遍地狼藉拍成录像片，以留作证据；

他们在群众的围观中将所有扔在地上、沾有玻璃屑的卤菜统统倒掉，以回答对面店"明天又会拿出来卖"的诽谤；

他们连夜敲开玻璃店的门，请来工人连夜将店内所有被砸坏的门窗换上新玻璃，以消除头天"惨不忍睹"的影响。

徐桂芬忙得一夜没合眼。

第二天一早，似乎头一天什么事情也没有发生一样，煌上煌烤禽社在明丽的朝阳下照常开业！

绳金塔一带了解情况的市民，其实对太上皇烤卤店的行为心知肚明，只是敢怒不敢言罢了。

大家心里本能地是同情和支持徐桂芬的，现在看到徐桂芬如此坚强，不禁纷纷伸出了大拇指：看人家徐桂芬，这才是实实在在做生意的人，也是个有度量、做大事的坚强女人！

当然，事情并没有了结，不信邪的徐桂芬也绝不会让事情就此了结。当有社会上的地痞主动表示要为她"摆平"对方，愿意帮她"打回来"时，她和丈夫冷静地拒绝了，夫妻俩很清楚：打来打去，解决不了问题，只会把事情越搞越糟。要相信政府，依靠法律解决问题。

太上皇的老板见徐桂芬要打官司，居然恶人先告状，说煌上煌烤禽社的人用刀砍伤了他店里的员工！还四处扬言："煌上煌烤禽社的门窗店被砸，是因为顾客发现产品变了质、少了秤，愤怒得自发砸烂的……"

然而，事实胜于诡辩。面对诽谤，徐桂芬和丈夫予以了有力的反击。听说南昌市公安局有群众来访接待日，徐桂芬一早就排队等候，抓住公安局领导亲自接待群众的时机，有理有力有节地进行了申诉。她上交文字材料，展示图片、录像，举出人证物证，以无可辩驳的事实揭露对面店指使打手干出的违法勾当。

太上皇的老板眼看要败下阵来，便要求"私了"。略懂法律的徐桂芬心里清楚：这场官司的成败取决于自己日后事业的成败；"煌上煌"能否生存下去，站稳脚跟，打出码头，官司的输赢将起重要的作用！因此她斩钉截铁地表态：将官司进行到底！

这场官司足足打了半年之久，最终，公安机关依法对打人凶手实行了治安拘留，并判决太上皇老板赔偿徐桂芬损失费15000元。最后，见太上皇老板认错态度较诚恳，大度的徐桂芬只收了10000元赔偿。

在受到公安机关惩处以及舆论谴责带来的压力下，太上皇烤卤店终于偃旗息鼓，消停了下来。当然，那位老板也深知，自己的卤菜根本没有实力与煌上煌抗衡，再继续扛下去只能是亏损越来越大，于是知趣地关门更张了。

特别是在1995年，南昌市掀起声势浩大的创建卫生文明城行动。徐桂芬积极响应市委、市政府的号召，以极大的热情配合西湖区对全区商业街道、门店的统一创建规划。

煌上煌烤禽社舍得花钱，不但对销售门店按区政府统一要求进行了全面装修，还将烤卤车间和销售门店内部的地面、墙壁全部铺上全新的白瓷板。南昌煌上煌烤禽社的内外面貌，由此焕然一新。

"我们是烤卤行业，卫生质量直接关系到消费者的健康，在提升外在卫生形象的同时，更要高度重视和提升内在卫生质量标准。"借助响应全市创建卫生文明城之机，徐桂芬又全面提高煌上煌烤禽社的卫生质量标准，比如在烤禽社内部的卫生标准上，要做到操作间明窗净儿，操作台和各种器具严格消毒，连墙壁都不能有半点灰尘。

最终，在接受南昌市创卫检查团的检查中，南昌煌上煌烤禽社得到检查团的高度评价，得分也在全市商业经营单位中名列前茅。并且，被列为全市创建卫生文明城的典型单位后，南昌电视台、江西电视台及江西广播电台等新闻媒体，相继对煌上煌烤禽社进行了采访报道。

南昌煌上煌烤禽社，频频出现在电视画面中，刊登于报纸上。

这等于是给煌上煌做了最好的免费广告啊！

再加上，政府给予肯定，市民百姓那里继而又好评如潮，这更增加了煌上煌烤禽社的知名度与美誉度。

因为嫉妒之火，想整垮煌上煌烤禽社的，绝不止这一家卤菜店。

另一家几年前就已在南昌做响了牌子的温州风味卤菜店"博林"卤菜，看到煌上煌烤禽社如此红火，可自己的卤菜店经营却日渐惨淡，店老板不是想着怎样去改进风味、提高卤菜品质，而是把原因归结为"被煌上煌抢了生意"。

自然，"博林"老板，暗地里也在一直琢磨搞垮煌上煌烤禽社的方法。

在前面那家烤卤店使出浑身解数整煌上煌烤禽社过程中，"博林"老板心里喜不自胜，他坐山观虎斗，一心想着等着煌上煌烤禽社关门的那一天早日到来。

但他的这一如意算盘落空了！因为，煌上煌烤禽社被砸店，非但没有被砸垮，反倒还"砸"出了知名度！

于是，他决定亲自出马，不把煌上煌烤禽社整垮决不罢休。

"只要你把徐桂芬的烤禽社挤出绳金塔，那你就是帮了我的忙，我也不会亏待你，等赶走了煌上煌，那将来绳金塔的卤菜生意就是你一个人做独门生意了。""博林"老板想出了一个歪主意。他找到绳金塔一个开茶铺行的"很吃得开"的女店主，拿出 7 万元钱给她装修店面并批发卤菜给她卖，让这个女店主在煌上煌烤禽社旁边开一家自己卤菜店的分店。

这位开茶铺的女店主，认为自己什么世面都见过，现在有人出钱给自己开店去挤垮煌上煌烤禽社，将来自己还可以在绳金塔做卤菜的独门生意，这是哪里找得到的两头得利的好事！

这位女店主和"博林"老板一拍即合。

"博林"分店开张那天，摆出了浩大的场面，彩虹门、条幅以及各种彩带，乐队整整吹吹打打了三天。

"没有一点办法，顾客就是喜欢买煌上煌的酱鸭和卤菜吃！"面对现实,女店主最后不得不这样垂头丧气地对博林老板说,"煌上煌店里打出'七折优惠'的横幅,固然从价格上很是吸引人,但人家煌上煌烤禽社开展的是'为灾区献爱心,七折酬宾义卖'活动,不但价格上同样吸引人,而且打动的还有市民们的爱心。我们的促销仅仅只是送一个小礼品,自然打动不了消费者。"

事实上,消费者也的确那样深深感受到了煌上煌烤禽社的爱心。因为,当时正值江西南昌、九江地区遭受洪涝灾害,市民们一看到买煌上煌酱鸭和卤菜既可以享受打折优惠,还可以献爱心,顾客们纷纷到煌上煌烤禽社购买酱鸭卤菜。

顾客络绎不绝,煌上煌烤禽社义卖一天,都要亏本几万元,三天下来亏本达十多万元。

可赢得了好声誉,又一次打响了牌子!

"看看人家煌上煌,酱鸭和卤菜风味不一样,搞促销活动也这样有情有义!"私底下,很多市民这样评论道,就冲着这一份情义,他们都愿意买煌上煌烤禽社的卤菜。更何况,它的卤菜风味独特。

再看煌上煌烤禽社旁边的那家温州风味卤菜分店,把促销横幅换成了"六折优惠",也是鲜有人问津……

然而,开业后的经营过程中,这家博林分店的女店主始终不去把心思用在改善经营和提高产品风味质量上,想的尽是些歪门邪道的伎俩。比如,采取拉客以及造谣等等各种不正当手段和煌上煌烤禽社竞争。

可歪点子用尽,令人不齿的手段使尽,没有起到任何作用。

更加错误的是,为了节省场地成本,那位女店主竟然就在自家厕所旁边加工卤菜,卤菜卫生和质量令人触目惊心!

生意每况愈下,气急败坏的那个女店主竟然迁怒于煌上煌烤禽社。

她要起了流氓手段——用羞辱徐桂芬和店员的手法以及请来地痞耍横的做法,试图让徐桂芬妥协,将煌上煌烤禽社搬离绳金塔。

但徐桂芬和店员们怎么会吃她这一套。

"博林"老板和他找的"媒子"、搅局者们，见已黔驴技穷，只得承认败下阵来。更为重要的是，店老板终于自知卤菜品质、风味与特色等这些，与煌上煌烤禽社相差甚远，想靠用"歪点子"和要横等手段来挤垮煌上煌烤禽社，那是徒劳的。这些伎俩最终给博林品牌造成了伤害，顾客进行鲜明的对比，认为博林卤菜没有煌上煌的好吃。这就叫"害人终害己"。

这样抵抗了四年之后，"博林"老板不得不灰溜溜地把分店给关了。最终，也把"博林"这块曾经响当当的牌子给砸了。同时，还为煌上煌做了四年的活广告。

竞争，让徐桂芬在风雨中得到锻炼，在激烈的市场竞争中走得更沉稳。而煌上煌烤禽社的卤菜，知名度和美誉度更广更高了，店牌也被"砸"得更硬、更响了！

历经竞争中的这些风风雨雨，徐桂芬也更加懂得，诚信守法讲信誉的重要性，更加注意自己的品牌形象。

2000 年前后，整个南昌市的卤菜市场，历经两次激烈的"肉搏"般的竞争，格局已全然一新，"博林"和"太上皇"消失了，温州潮汕风味卤菜店几乎全面退出了南昌市场。

而以煌上煌烤禽社为代表的赣味酱卤，开始以广受市民百姓青睐的强大影响力，稳健确立了在南昌卤菜市场的主导地位。

第六节 "香酒"出"深巷"

在不知不觉中，市场的天平开始倾斜。

煌上煌烤禽社的酱鸭卤菜，开始走进千家万户的餐桌，其招牌名气也在南昌烤卤行业里日渐叫响。

徐桂芬隐隐意识到，把烤禽社经营规模扩大的时机已经开始成熟。

"而且，还必须清醒地看到，在南昌卤菜行业，竞争依然十分激烈。虽然说煌上煌烤禽社的知名度现在很高了，生意已这么好，但如果不乘势稳加快发展，那还有被同行竞争者超越的可能。要知道，已经有几家烤卤店开始着手联合经营的方式，目标就是专盯着煌上煌烤禽总社，要打败煌上煌烤禽社。"

徐桂芬同时也告诉自己：后面依然有追兵，不可掉以轻心，自己的步子不能慢！

让徐桂芬充满信心的是，当她把希望扩大烤禽社经营规模的想法告诉丈夫褚建庚后，随即得到了他的肯定支持。

"现在，不但扩大生产和经营规模的时机已成熟，而且通过开分店的方式来加快烤禽社的发展正当其时！"褚建庚在肯定妻子徐桂芬的想法同时，还提出了具体实施模式——开分店。

"开分店？开分店干什么？！"一开始，徐桂芬对分店经营了解不多。

"分店或连锁经营，这是近几年来一种新的经营发展模式，当一个产品和一家店形成了独特特色、品牌影响和市场竞争力，那接下去开分店，就等于是借助自身特色、品牌和市场美誉度，快速扩大市场营销规模，赢得经营规模和效益的快速增长。在香港、深圳和珠海等地方，这种品牌思路下的分店和连锁经营模式，已被证明是商业经营上的新潮模式之一。"

褚建庚从经营新思路、自身优势及竞争现状等多方面，向徐桂芬详细介绍了分店经营模式的情况。

"我把煌上煌烤禽社现在的店开好了，就不愁四面八方的顾客来。现在店里不就是这样的情况么？每天顾客盈门，根本不愁销路！"徐桂芬还是认准"酒香不怕巷子深"的道理。

可褚建庚却认定，现在的市场已非过去的市场，酒香也怕巷子深！但他知道妻子徐桂芬的个性，开分店一事再多说也无用。

同时，褚建庚心里也理解，对于这样一种刚刚才在深圳等沿海地区兴起的商业经营新模式，妻子徐桂芬从来没有接触过，她自然是心存顾虑的。

其实，在提出这一模式之前，褚建庚已在对深圳、珠海等地的品牌分店、连锁经营模式进行过深入考察与研究，又对南昌市场的情况进行了认真分析。他认为，煌上煌烤禽社的酱鸭和卤菜已拥有如此高的知名度，具有很大的潜在顾客群，在这样的情况下，到了要逐步形成品牌，并通过分店来扩大经营规模的时候了。

"煌上煌烤禽社做大经营规模，正当其时！"褚建庚心里思量，妻子徐桂芬提出了这一想法，这说明她的眼光极其敏锐，看准了时机，但如果不及时抓住机遇实现市场扩张，那就将有可能错失发展良机。

那么，怎样才让妻子徐桂芬接受开分店这一经营模式呢？

褚建庚个性中有极富耐心和对人尊重的一面。他认定正确的意见观点，当别人一时表示不理解或是一时还难以接受时，他一般不过多坚持以理服人，更多的是以事实让人信服。

…………

"眼见为实！用事实来让妻子信服，如果要是能在南昌市先开出一家分店来，以分店的成功经营事实来说话，那妻子一定会接受采纳通过开分店扩大经营规模。"褚建庚产生了这样的想法。

巧合的是，1995年下半年，因为工作原因，褚建庚大部分时间常驻南昌。

"利用业余时间，我自己来开一家分店，如果获得成功，那不就是最好说明！"于是，为了验证开分店的效果，褚建庚决定，以自己工作的公司作为加盟代理商，开一家煌上煌烤禽社的分店。

"我自己出钱来开一家分店，从你那里进货，如果赚了钱归你，亏了就算我的。"褚建庚出此策，是希望妻子徐桂芬不要有任何的担忧。

他选择以这样的方式，来默默支持妻子徐桂芬！

在褚建庚的坚持下，徐桂芬最后同意了让他试一试。

接下来，褚建庚选址、装修和招聘员工，开直属分店的各项工作紧张而有序地展开。

店面位置，向来是众商家对开店考虑的关键。

褚建庚把煌上煌烤禽社分店，选定在南昌市的八一广场北京路路口位置，这里是南昌中心城区人流量最大的地方之一。

当得知开煌上煌烤禽总社要在这里开分店，很多人不解："从来卤菜店就是要紧靠着菜市场、农贸市场或居民生活区开的，哪有在城市中心开卤菜店的？"

甚至徐桂芬也对褚建庚的分店选址，心里忐忑起来。

然而，褚建庚自有自己的道理：煌上煌的酱鸭和其他卤菜，已经是市民百姓眼里的特色美食，而绝不仅仅只是一种菜品。分店开在八一广场，不仅方便往来的市民百姓购买，而且还可吸引很多外地游客，对快速提高知名度是一处最佳的广告位置。

褚建庚思路清晰，举重若轻、沉稳果敢做事风格，从这里可见一斑。

…………

1995 年 11 月 18 日，煌上煌烤禽社八一广场分店开业。

果不其然，开业当天生意就异常火爆，店门口挤满了购买的顾客，当天的营业额高达数万元。

之后，八一广场分店每天都是门庭若市。

"看来，开分店的思路是对的！"在事实面前，徐桂芬信服了，她对丈夫褚建庚的经营才华佩服不已。就这样，褚建庚用事实打开了妻子徐桂芬在扩大经营上的新思路。

八一广场分店的开设，不但丝毫没有影响绳金塔店的生意，反而比原来的经营更加红火。煌上煌烤禽社品牌影响的延伸，开始真切地反映在了业务经营规模的增长上。

徐桂芬开始认可了分店经营模式！

"现在，煌上煌的酱鸭和各式卤菜，已自成独特的风味特色，在市民百姓中拥有了很高的知名度，可以说品牌已初步形成。酱鸭和卤菜的制作工艺也开始成熟稳定，有了扩大生产规模的条件。"徐桂芬深刻意识到，在这样的基础上，提高销售从而加快发展就有了很好的前提条件。至于管理上，对分店，主要是通过建立一套制度来管理。

更为重要的是，她已充分认识到，如果煌上煌仅仅是在现有一家店的生产和销售扩大上做文章，那是很有限的，想成为南昌烤卤行业里的老大，那就更不可能。

…………

于是，徐桂芬将绳金塔店命名为南昌煌上煌烤禽总社，她意在今后将逐步开出分店，通过这一模式去做大经营规模！

1996年2月春节期间，南昌煌上煌烤禽总社又在南昌市东湖区开出了第二家分店。

东湖分店一经开张，生意同样也是一派红火景象。

成功开出分店，除了直接体现在经营规模上的快速提升，也同步体现在品牌知名度和美誉度的快速扩大上，两者相互促动的良性循环至由此初步显现出来。

煌上煌酱鸭和各种卤菜，在南昌已成了家喻户晓的美味，煌上煌在南昌烤卤行业的名气也已最盛。至此，在南昌卤菜行业，煌上煌在激烈的市场竞争中，拥有了独一无二的烤卤特色和竞争优势。

煌上煌酱卤产品，逐渐香满南昌，终于赢得了在南昌烤卤市场一枝独秀的红火局面。

南昌烤卤行业的市场格局完全逆转。一边是煌上煌烤禽总社顾客络绎不绝、纷至沓来，而另一边却是其他卤菜店的生意日渐冷清。

面对这样的行业竞争态势，同行者无奈却又不得不惊叹不已！

据说，后来在南昌其他卤菜店陆续黯然关门，不再开卤菜店或烤卤店的同行当中，流传着这样的评说——徐桂芬的成功，让他们心服口服，在整个南昌市的卤菜市场，煌上煌是靠着令人叹服的独特风味从名不见经传做到一支独大的。

让竞争者最后都不得不佩服，这可谓是创立之初，煌上煌令人津津乐道的一个话题。

第五章

蜕变，蓄势而发

开设分店一举成功，让徐桂芬对下一步做大煌上煌烤禽总社豁然开朗，也充满着无限信心。

1996 年初，她说服丈夫褚建庚与自己一起创业。

由此，开启了煌上煌烤禽社精彩蜕变的激情岁月。

首先在经营发展大方向上，徐桂芬以毅然决然的坚定之心，彻底打破家族式经营管理模式。

继而，成立江西煌上煌实业有限公司，向现代企业管理经营模式发展。

同时，以诚以情广纳管理、生产、技术与营销等各方面优秀人才；大胆采用加盟连锁这一全新营销模式；结合煌上煌企业自身经营特点，逐步构建起规范的现代企业经营管理机制；实施生产技术设备全面提升改造。

同步而进的，是确立以加盟连锁模式快速扩展销售市场，先由南昌市区而至四县五区，并在成功开拓南昌地区市场后不失时机地向省内市场快速延伸。1998 年，煌上煌又开始向省外市场扩展。

与此同时，为保障日渐扩大的酱鸭销售量，煌上煌通过创新探索"公司＋基地＋农户"的模式，在南昌、永修等鄱阳湖滨湖地区建立起第一批优质肉鸭养殖基地。

·············

深度蜕变，带来的是裂变式蓄势而发，势如旭日般崛起。

新千年来临前的短短数年间，煌上煌以锐意而进的强劲崛起之势，实现了令人惊叹的脱胎换骨之变。煌上煌的品牌知名度和美誉度也快速提升，"江西名牌产品""全国第一家独特酱鸭产品""国际博览会金奖"等省级、国家级与国际性奖项纷至沓来。

至此，徐桂芬迈出了创业历程中具有转折意义的一步。

第一节　丈夫辞职倾力来相助

亲眼见证分店带来的经营规模迅速提升，徐桂芬欣喜认识到，这一商业新经营新模式具有的巨大发展爆发力，无疑为煌上煌烤禽总社做大经营规模和壮大实力提供了很好的路径。

1996 年春节来临，她开始下定决心，在新的一年里，继续走分店经营模式来做大煌上煌烤禽总社的经营规模，将来闯出一番事业来。

在做出这一决定的同时，徐桂芬又想到了一个不可或缺的前提条件。

这一前提条件，就是要说动丈夫褚建庚辞职"下海"，来和自己共同携手创业。

这是因为，从平时丈夫褚建庚对经营方面的一些建议，到他力劝自己采取开分店模式来扩大经营的思路，再到后来他在亲自开分店的经营与管理，徐桂芬对丈夫褚建庚经营管理等各方面的综合才能，尤其是对他的很多经营新思路与管理新理念，深为佩服。

而且，继续扩大分店经营后所带来的经营规模扩大，也让可控有序的管理摆上了极为重要的日程，这就迫切需要一个既懂管理又懂经营的人。而这个人，再也没有比褚建庚更为合适的人选了！

徐桂芬坚信，如果丈夫褚建庚能辞职"下海"，来和自己一起创业并充分施展他在商业经营上的才华，那煌上煌烤禽总社今后的发展定将是另外一番不可限量的情形。

然而，徐桂芬心里又十分清楚，说服丈夫褚建庚辞职"下海"并非一件易事。因为在此之前，她已几次建议丈夫褚建庚辞职"下海"来与自己一起创业，但他始终没有同意。

更何况，此时的褚建庚已是正处级干部，担任江西省国防科工办珠海办事处主任、江西华灵工贸公司总经理。

知夫莫若妻。徐桂芬知道，丈夫褚建庚是不甘于平庸的人，他有才华、有想法，也有人生抱负，对新鲜事物敏于学习并善于思考。但他心中却有着深厚的"体制"情结，希望以一步一个脚印的职务提升，去实现人生抱负，证明自己奋进的人生价值。

从参加工作以来，褚建庚通过踏实勤奋、不断进取，一点点做到了。尤其是他的才干，也在人生奋斗岁月中一步步展现出来，他还是一位优秀共产党员。

1981年，因工作能力突出，褚建庚调到了南昌自行车厂。当时，他所在的自行车厂在南昌市闹市区开设了门市部万里商店。店里决定搞承包经营，要求门市部完成年利润25000元的硬指标。一时，万里商店谁也不敢轻易揽门市部负责人这个活。可褚建庚却毛遂自荐，当上了门市部经理。经营过程中，他创造性地采取了"招商引资"的前卫举措——对外出租柜台。随后，门市部又搞起了多种经营，甚至放下国有企业门市部的"身段"，赶集摆地摊，他自己则一人身兼数职。当年，到年底一结算，门市部赢利50000多元，超额完成厂里下达的盈利指标100%。

次年，厂里鞭打快牛，在门市部头一年赢利的基础上将盈利指标翻了一番。通过竞标，褚建庚再次把年利10万元的承包合同捧到了手上。要实现连年翻番，这可不是闹着玩儿的。很多人都为褚建庚捏了一把汗。可事实证明，这种担心是多余的。在经营中，褚建庚看准凤凰牌自行车这一紧俏商品，通过关系为门市部批到九十辆凤凰自行车。名牌自行车提高了门市部的知名度，名牌自行车票又是公关的利器或是"石油换食品"的紧俏货。他还利用江西的名瓷等土特产品打入有关订货会或者对接名车生产厂家，形成了购销两旺的良性循环。嗣后，喜欢在人生底片不断变换着色的褚建庚，又把生意触角伸到摩托车领域，并且双管齐下，逐步拓展省内外市场。结果，褚建庚完成了 20 万元的年利润，又让门市部实现了盈利翻一番的辉煌业绩，深得厂领导赞许。

后来，厂里与国防工办下属企业九三三四厂合并，成立南方电动工具厂。厂领导还是那位知人善任的领导，他把褚建庚调到销售科去主事，希望他打开厂里电动工具的销售局面。褚建庚没有让厂领导失望，他依然像在自行车门市部一样甩开膀子大干，通过一系列新创意、金点子，快速打开了厂里电动工具的销售局面。

90 年代初，电动工具厂领导调任为江西省国防科工办领导，他也把褚建庚调了过去。

1992 年，邓小平南方谈话后，省国防科工办成立驻珠海办事处，褚建庚受派前往并担任办事处主任，行政级别为处级。后省国防科工办成立下属的华灵工贸公司，褚建庚又担任公司总经理。在执掌工贸公司的经营过程中，褚建庚富有超前与创新意识，他把内地的业务洽谈会先后开到香港、澳门乃至泰国，还极富创意地把洽谈会选在了游轮上，与会盛况堪称火爆。工贸公司的收获自然不言而喻。

这一切努力和出色的工作业绩，让褚建庚也开始迎来自己事业上的远大前程。

因此，在妻子徐桂芬曾几次建议他辞职"下海"一起创业的想法后，褚建庚几乎每次都是果断拒绝。

褚建庚也向妻子徐桂芬坦诚说出自己的心声：自己有深厚的"体制"情结，他甚至承认，自己在这方面的思想上是有些"保守"。

其实，在他内心深处，还有两个重要的原因。其一，当年从农民的儿子发展成为国营单位的正式职工，再到被提干，这些年来一步步又走向了副处级领导干部岗位，褚建庚心中充满着对组织培养的深厚情感，有着强烈的通过努力工作回报组织培养的情愫。他觉得，自己无法向组织开口提出辞职"下海"，那样自己心底会有一种辜负了组织的无比歉疚。其二，从自己家庭的现实角度思量，褚建庚认为，妻子已从单位下岗，自谋生活出路几年来，开烤禽社历经几多艰辛，虽然生意逐渐红火起来了，可干个体自负盈亏，风险完全个人承担，谁又能保证生意年年红火呢。如果烤禽社的生意一旦哪天不好，那起码自己在国家单位上班，有一份稳定的工资收入，一家人的生活也有保障。如此，更是可以让妻子放开手脚去干，不必有任何顾虑，自己这样同样是支持妻子创业。

其实，鲜为人知的是，因为褚建庚有才华、有思想、有创新意识、有闯劲，又是改革开放初期是较早接触学习并实践商业新思维、新理念和新模式的一批内地人才之一。因而，1994 年前后，在珠海、深圳以及南昌，就已有好几位慧眼识人才的民营企业家欲高薪聘请，但都被他一一婉拒了。

…………

但徐桂芬的倔强性格，是认定了想要做成的事就绝不会知难而退的。

一定要说服丈夫褚建庚！

"从开煌上煌烤禽社以来，你是最了解一步步是怎样走过来的，到今天生意这样红火真的不容易。这几年我全部的心血都在烤禽社，这里面也有你的功劳。现在发展势头起来了，开分店的这条路也找对了，我想要乘势把它做大做强，这也是我心里最大的愿望……"

1996 年的大年初一，徐桂芬向丈夫褚建庚打开话题。

"我还是盼望你能来和我一起做！"徐桂芬直奔主题。

"工作之外，还是和原来一样，我一定会尽力帮助你。"褚建庚依然是这样的回答。

"可我现在的打算和原来不一样，我要走分店经营模式来做大煌上煌烤禽总社的经营规模。你一定要来帮我，而且要从单位辞职，全身心投入来帮我，我们一起来做把经营规模做大做强。"

"我说过，我是不会辞职'下海'的……"

"你心里是怎么想到，我都知道，你要实现人生抱负，辞职'下海'将来创出一番事业，不同样也是实现人生抱负么？！何况，现在时代已不同了，现在国家改革开放形势前所未有的好，国家鼓励个体私营经济发展，国家单位和国有企业的很多干部也纷纷辞职'下海'创业。至于你担心家庭生活的方面，万一我经营情况不好，你在国家单位有一份稳定的工资收入，家里生活有保障，那是完全没有必要的。因为就算退一万步说，假如将来烤禽社经营不如意，那我们还可以选择其他的行业，现在各行各业的机会越来越多了！"

…………

这一次与丈夫褚建庚的长谈、深谈，徐桂芬每一句都是言辞恳切，既有情真意切的推心置腹，更有直达他内心深处的力劝。

而在褚建庚心里，他又何尝不知道妻子在经营烤禽社过程中的艰辛不易，更深知她也是有强烈事业心的人，她内心深处是多么渴盼把煌上煌烤禽总社的经营规模做大做强，做出一番像模像样的事业。

与此同时，妻子徐桂芬的话也触动了他内心对于成就人生事业的另一种深思：改革开放以来蓬勃发展的民营经济，正呈现出越来越广阔的天地，多少人在这片崭新的天地里成就了一番令人惊叹的事业。特别是邓小平发表南方谈话，激起了全国各地的创业热潮，许多"体制内"的人纷纷辞职"下海"，汇入创业的大潮之中。

"民营经济这方广阔天地提供的创业舞台，正成为越来越多的人实现人生抱负的新选择。而且，这是一片更具有挑战性的舞台。自己为何不去这创业大潮中搏击一回，去那里实现人生的另一番抱负？更何况，现在妻子十分需要自己，自己为何不帮一帮？"

同时，褚建庚也联想到几个月前另一个人对他所说的一番话。

这个人就是时任南昌市市长刘卫平。

1995 年 10 月，刘卫平率队实地考察全市个体私营经济发展。在绳金塔这一站，他来到煌上煌烤禽总社。看到烤禽社一派繁忙红火的景象，了解到烤禽社良好的发展势头而且还开出了超市，刘卫平对徐桂芬下岗创业的精神赞赏不已。

对徐桂芬下一步把经营规模做大做强的想法，刘卫平更是深情鼓励。

那天，恰好褚建庚在烤禽总社帮忙，刘卫平对他说："你的妻子徐桂芬下岗创业不容易，煌上煌烤禽总社发展到今天更不容易，今后还要做大做强，你要来帮助她，我看你们夫妻二人很有经营思路，一定可以做出一番事业来！"

刘卫平也鼓励褚建庚辞职"下海"，来和徐桂芬一起共同创业。

…………

整个春节期间，徐桂芬白天忙完烤禽社的经营，晚上就反复做褚建庚的思想工作。他知道，自己要给予丈夫充分的尊重，也要给予他思想观念和内心"转过弯来"的时间。

只要丈夫褚建庚能辞职"下海"来和自己共同创业，徐桂芬愿意耐心等待！

徐桂芬的反复力劝，她把煌上煌烤禽总社做成一番事业的渴盼，深深打动了丈夫褚建庚。

…………

褚建庚的内心深处，经历着前所未有的思想斗争。

终于，在 1996 年春节假期结束之前，褚建庚做出了他人生中的重大决定——从单位辞职"下海"，来和妻子徐桂芬一起共同创业！

第二节　义无反顾地坚定变革

"要想真正把煌上煌烤禽总社做大做强，那就既不能像现在这样的家族式管理经营模式，也不能做成'夫妻店'的管理经营模式。"

在辞职"下海"后，褚建庚便对煌上煌烤禽总社今后的发展进行了深入的思考。他提出的总体发展思路，就是要采用现代企业经营管理模式，朝着现代烤卤食品公司转变发展。

继而，以推行现代企业发展思路方向，徐桂芬与褚建庚又进行了深入商讨，达成了共识：

成立公司，在此基础上，构建起现代企业管理体制机制。与此同时，不拘一格引进管理、生产、食品行业等各类优秀人才，逐步让企业的核心竞争力内化为经营管理能力，让企业迸发出发展生机活力。

在生产加工上，以现代食品加工生产标准与技术为主导方向，稳步实施从技术设备到生产工艺流程的现代化改造，从而彻底实现从作坊式生产到现代食品企业生产的深度大转变。

当今社会消费形态业已从数量型向质量型转轨。市场充满变数，但不变的是质量。狠抓质量管理，追求"人无我有，人有我特"，确立产品的平民消费市场定位。通过分店经营模式，快速扩大市场的拓展，以销售的突破跃升，全面带动公司经营规模的扩张。

大力实施品牌战略，以酱鸭为主打产品，各类卤菜同时提升市场份额。

…………

做大生产经营规模，做大实力的发展蓝图，徐桂芬与褚建庚逐渐清晰起来，各方面实施突破的路径模式也渐而具体起来。

1996 年 3 月，江西煌上煌实业有限公司成立。

这是一个注定将铭刻于煌上煌发展史上的不平凡时间节点，因为，这标志着煌上煌从此由作坊式小企业向这现代化企业转轨。

但迈出这第一步，就直面着艰难的抉择考验。

首先，是来自家族成员对褚建庚进入企业的极力反对。

这里有必要交代的是，在烤禽社创立和发展的三年过程中，因为经营规模的不断扩大，徐桂芬的父母、姐弟等"娘家人"也先后进入烤禽社帮忙。逐渐形成了徐桂芬总管、各位"娘家人"分管一块的典型家族式小企业经营管理模式。

一开始，是徐桂芬父亲强烈的不接纳态度。在父亲眼里，女儿是自己人，女婿是"外人"，这个企业是女儿一手创办的，是娘家人的财富，而女婿一直在外地，不该委以重任。父亲向徐桂芬提议，让徐桂芬的弟弟、姐姐参与管理，都是"娘家人"，徐桂芬尽可放心。

其他在烤禽总社里的家族成员，也大多对褚建庚心存芥蒂——我们自己家族的企业，凭什么由"外人"来指手画脚，反过来还要管我们！

徐桂芬一次次顶住了来自父亲的压力，耐心地向父亲阐述与解释，又与每位家族成员谈心。

她情真意切地告诉大家，这一切都是为了煌上煌未来的发展。同时，徐桂芬也向父母和家族成员讲述褚建庚艰难做出辞职"下海"的心路历程，若不是自己一再极力劝说褚建庚来帮助把企业发展起来，他怎会下那么大决心辞职"下海"。徐桂芬深切期望，父亲和所有其他家族成员以企业长远发展的眼光，来支持这一切变革。

然而，徐桂芬所做的这一切收效甚微。

接下来，就是褚建庚在公司工作中受到极大的掣肘。

面对这样的情况，褚建庚示以极大的理解——在中国的伦理文化最重亲情，"打仗还要父子兵"的观念，在家族式私营企业中更是根深蒂固。但对于煌上煌的发展，他越来越强烈意识到，家族式管理已成为当前最大的障碍。要想让既定的企业发展规划得以实施，那就非转变观念不可。

"改变这样的状况，已势在必行！否则，一切发展的想法和目标都将只是空谈。"徐桂芬和褚建庚对此态度高度一致。

但他们又充分考虑到家族成员对改革的适应接纳过程，不能操之过急。

褚建庚一方面提高公司管理层对市场经济规律的认知水平，宣传变革家族管理模式不是内讧，也不是"兄弟阋于墙"，更不是"清理门户"，而是适应市场的需要，发展产业的必然。另一方面，他从建立规范的财务制度入手，整饬公司的管理秩序。

可令他始料不及的是，即使是这样的温和改革，也随即在家族中引起了轩然大波。

过去，在煌上煌烤禽社里的徐桂芬家族成员，每个人分管一摊事。大家的意识里，就没有什么财务管理制度，管进货的，钱进钱出，自己一个本子记账，管营业的，收到钱不记账，几天才交账……

现在，褚建庚要规范公司财务，家族成员怎么能接受？！他们认为，这是褚建庚要"排挤"他们了。

规范公司财务，举步难前。

那整饬公司管理秩序方面又如何呢？

比如，制定了行政、生产、经营和销售各方面的规章制度，可家族成员却很随意地打乱各部门的规定。企业的日常生产经营管理，不时就会无法按章运行，导致管理不畅、效率低下甚至严重时还会出现混乱的局面。

要改变这样的管理现状，首先就是必须要劝说一些不适宜搞管理的亲属好友退出管理领导层。徐桂芬动员年迈的父母离开工作岗位，以起到带头作用。

可轩然大波随即而起。

父母认为，这是女婿褚建庚在女儿徐桂芬背后出的主意。

…………

误解、指责、吵闹乃至辱骂不断指向褚建庚。

来自情感上的巨大冲击，也让褚建庚感到十分痛苦，也一度产生过退出的念头。但为了顾全大局，他默默地忍受着。他心里认定一点，那就是一切都是从企业未来的发展考虑，等将来煌上煌发展腾飞的那一天，相信所有的误解与质疑就都会不攻自破了。

徐桂芬面对和承受的，同样是巨大的内心压力与情感痛苦。

父亲亦依然固守自己的看法，毫不让步。

辩论、交锋、争吵……

母亲以温柔的坚定为丈夫助威；

兄弟以强硬的言辞为爸爸帮腔；

姐姐以女性的纠缠向徐桂芬柔攻……

还有"娘家人"之间平时相互议论中，在将误解、指责、吵闹乃至辱骂指向褚建庚的同时，也把这样的误解与嗔责情绪指向了徐桂芬。"娘家人"中有的说，徐桂芬这是"胳膊肘往外拐"，实在令人想不通。也有的说，烤禽总社生意好起来了、做大了，现在做成公司了，徐桂芬这是想要过河拆桥了，和褚建庚一起联手起来"六亲不认，卸磨杀驴"了……

不曾想到，改革改到亲人头上时竟然会有这么难。

再多解释，是徒劳也是没有必要的。

其实，徐桂芬心里何尝不是充满了无以言说的苦衷，自己承受娘家人再多的误解那也是无话可说的。可丈夫褚建庚受到自己"娘家人"的种种误解甚至指责，则让她内心充满着深深的内疚——丈夫是忍痛放弃事业上的大好前程来帮自己的呀！

"认准了是对的，不达目的就不罢休"的倔强性格，徐桂芬毫不妥协的倔劲上来了，面对父母和兄弟姐妹的软硬兼施，她坚持自己的原则，丝毫不予退让。

"不管怎样，反正非改不可！"

徐桂芬义无反顾地选择要变革，下决心要打破煌上煌家族式管理模式，让企业走上现代企业管理经营之路。

可娘家人也不是吃素的！他们坚持不退步，齐心一致要"保住"自己家族的这个企业。

局面就这样僵持着。

…………

一晃已是半年时间过去，徐桂芬内心焦虑不已——公司的发展耽误不起啊，如果再这样耗下去，那先不谈煌上煌的发展问题，还将有可能因这样的内耗而导致企业一蹶不振！

怎么办？！

在平静的思考后，徐桂芬深深地意识到，很好的沟通是解决家族与企业之间矛盾的唯一办法，要通过不断沟通，去取得他们的理解、支持。

在沟通中，她总是满含深情地对"娘家人"说："为了煌上煌的事业发展，我必须走这一步，对我来说，这是痛苦的一步，艰难的一步。"

徐桂芬坚信，等将来煌上煌发展起来的那一天，"娘家人"一定会理解自己和丈夫褚建庚的良苦用心。

良好的沟通之下，僵局终于开始松动。

最后，徐桂芬的父亲提出了大家都能接受的解决方案：采取经济补偿的方式。

纷争平息下来，作坊式家族企业的模式就此彻底被打破。

紧接着，徐桂芬和褚建庚既定的思路得以顺利推进，公司财务、生产、行政管理、销售等三部一室调整组建，煌上煌现代企业管理经营的构架初步建立起来。

煌上煌精彩而深度的蜕变，由此而发端！

从作坊式的烤禽总社到成立公司，从打破家族经营管理到走向现代企业经营管理机制方向，这可谓是煌上煌实现异军突起的关键一步。

对此，徐桂芬后来那样动情地说道："我曾有过深切的遗憾，为了煌上煌，我有近10年与亲人基本没有来往，通过去家族化，公司向现代企业管理制度迈进了一大步。在事实面前，才得到了亲人的理解，有的亲戚子女继续在煌上煌就业，甚至有的还走向了管理层。"

今天，把煌上煌的发展置于中国民营经济四十年不平凡发展历程的宏大视野之下，人们无不为徐桂芬当年有胆有识的前瞻眼光而心生敬意。因为，从改革开放初期一直到 20 世纪 90 年代，中国民营经济发展史就是一个个家庭、家族将自家的企业从小作坊、小商铺，发展到法人经济体乃至上市公司、跨国集团的激越历程。

正是站在这一视角，煌上煌极为不平凡的初期发展历程，带给了人们许多深刻启示。

第三节　加盟连锁插上腾飞翅膀

产品销售是企业经营发展的重要前提。

在煌上煌逐步实现向现代企业发展转变的过程中，徐桂芬与褚建庚对市场拓展的实施也同时展开。

1996 年，经过精心选址和运作，煌上煌先后独资一连开出了十多家分店，而且全部都是开一家火一家。

特别是在节假日，煌上煌烤卤店门前顾客们排起的长队，从早晨一直到华灯初上。这样的火爆情景，在整个南昌市大街小巷的商家里，可谓独此一家，独此一景。

这一年，煌上煌的产值翻了一番。

然而，开分店这一市场拓展路径，也逐渐显现出越来越大的压力。这些压力，最为主要的就是，开设一家直属分店，人力、财力的投入巨大，若想继续开设出更多的直营分店，那就煌上煌目前的资金、人员等公司实力来说，难以为继。

困惑开始在徐桂芬心底萦绕。

她知道，接下来的 1997 年，仅仅像上一年那样将产值任务分解到总店和各分店，依然通过实行延长营业时间等方式来实现销售快速增长，那肯定是行不通的。

怎样突破这一瓶颈？怎样继续实现市场的快速拓展？

"采取加盟连锁方式！"1997 年初，褚建庚又提出了这一新的商业模式。

与开设自营分店不同，加盟连锁这一经营模式，是经营者自己投入资金开店，自己经营管理，从品牌商家那里统一进货，按照品牌商家的统一管理规范、统一价格等进行经销。

"以加盟连锁方式，不但可解决煌上煌自开分店所受的人力、财力投入巨大的制约问题，而且还将极大地加快市场扩张的速度。"褚建庚认为，这一"借鸡下蛋"的商业模式，是接下来让煌上煌快速打开市场格局的绝佳模式！

对于这样的好模式，徐桂芬当然欣然采纳。

1997 年初，确定新的经营思路方向后，煌上煌市场拓展随即转向加盟连锁模式。

加盟连锁经营，首先必须解决品牌形象、产品生产、包装及销售等统一问题。

为此，煌上煌成立专门的部门，展开对品牌形象定位和加盟规程、店门装修设计、销售管理及生产配送等各项制度规定的统一制定。

在产品品种上，煌上煌统一形成酱卤肉制品、佐餐凉菜、卤制、煎炒凉拌四大系列、60 多个风味的特色产品。

在酱鸭这一主打产品上，又进行了深度开发，一只酱鸭细分为核心产品和特色系列产品——除核心产品之一酱鸭外，还有鸭脖、鸭掌、鸭翅。风味上，有辣、微辣、麻辣不等，还有咸、鲜、香等。

………

这一切，为启动加盟连锁模式做好了较为充分的准备。

恰在此时，南昌市新建县（现为新建区）有一位叫熊勇的小伙子，有开煌上煌加盟连锁店的强烈意愿。而且，从他有一定的经营头脑，特别是做事用心等各方面条件来看，是比较适合的加盟商人选。

于是，徐桂芬和褚建庚决定，就在新建县开市区之外的第一家煌上煌连锁加盟店。

果然不出所料，新建县煌上煌加盟连锁店开业后，门庭若市，生意火爆！

与此同时，结合加盟连锁商业的模式，徐桂芬和褚建庚在实践摸索过程中，从店门的装修设计、卫生管理、操作流程到供货和销售环节，一整套十分细致的管理流程又逐步完善起来：

门店装修的样式风格，与煌上煌总店完全一致，里面的柜台设计也务必做到统一；卫生方面，物品的清洁消毒严格遵照程序，营业人员在营业中从着装到卫生防护、动作规范都一一按照标准执行；日常管理，开门到关门必须做哪些事，店内店外灯光什么时候开，食品餐盘的使用与更换时间等都有详尽规定；供货和销售环节，从每一个流程的操作规范到其间的时间标准，都有详尽标准；包括服务态度、礼貌用语都进行了统一规定。

不久，又有很适合的人选前来洽谈开加盟连锁店，煌上煌第二家加盟连锁店又开到了南昌县。

紧接着是第三家、第四家、第五家、第六家……煌上煌加盟连锁店以南昌市区为中心，围绕南昌四县五区，呈点面状渐次延展。1997年上半年，南昌市的煌上煌加盟店已达近50家。

再加上陆续开设的直属分店，煌上煌烤禽卤菜销售门店，已遍布南昌主要繁华街道。

加盟连锁店和直属分店的快速发展，带来的不仅是煌上煌生产和经营规模的大幅度扩张，同时也赢得了品牌美誉度和知名度。

在南昌市煌上煌各个直营店和加盟连锁店，出现了这样一种现象，那就是不少来南昌出差的人，在回去时，特意来店里买上一些煌上煌的酱鸭和卤菜带回去。这说明，煌上煌的酱鸭和卤菜在南昌市之外也有了不小影响。

褚建庚极为敏锐地注意到了这一点，继而他又提出：将煌上煌加盟连锁店开向南昌之外的地区！

"南昌周边县区的加盟连锁才刚刚开起来，就要往南昌市之外开，这在管理上我们有很多难度，而且还有送货的问题等，这些我们都要考虑到。"徐桂芬则从稳步经营的角度考虑，认为加盟连锁步子不能太快。

"采取加盟连锁模式，本身就是要加快市场扩张，我们已经形成了煌上煌加盟连锁的管理模式，如果裹足不前，那就等于是错失市场良机。"褚建庚坚持煌上煌加盟连锁走出南昌市的观点。

写到这里，不得不说到褚建庚敏锐的商业眼光和超前的商业思维。

大胆采用加盟连锁这一商业模式，褚建庚及时准确找到了煌上煌市场扩张的路径，而他决定让加盟连锁店走向南昌市之外，又是因为十分敏锐地发现，在南昌市的煌上煌直属分店和加盟连锁店越来越多的顾客当中，出现了不少南昌市之外的顾客。

据此，他认为，煌上煌加盟连锁走向南昌市之外的时机已成熟。

但同时，褚建庚也认为，妻子徐桂芬考虑到市区之外的送货运输等这些细节问题，同样十分重要。

徐桂芬和褚建庚两人在经营管理上的优势互补，可谓相得益彰。所谓他们的强强联手，也鲜明体现在这方面。

…………

尽管在加盟连锁走出南昌市区的时间这一点上，徐桂芬与褚建庚有不同的视角，但他们对走加盟连锁模式来拓展市场的方向，有着高度一致的认同。最终，他们商定：先选择南昌市之外开一家加盟连锁店试一试，一是投石问路，二来也摸索经验。

按照南昌市第一批加盟连锁店的管理经验，结合市区之外交通运输等各个环节的特点，很快，针对南昌市之外地区加盟连锁店管理、经营及运行的一整套规则也形成了。

对于选择加盟商，煌上煌规定了三个缺一不可的条件。第一，加盟商要有一定的经济实力；第二，要有一定的经商头脑；第三，还要在当地有一定的社会关系。同时，还对下岗职工优先。徐桂芬尤其注重选择用心开店的加盟商。比如说房地产的老板，再有钱，她也不让他去开。为什么？徐桂芬认为，这样的加盟商不会去认真地对待一个加盟店这样的小买卖，只是请一两个人来看店，卖多卖少赚不赚钱对他来讲是无关紧要的，所以他就不会看中这个行业。所以，煌上煌要选择积极性高、加盟热情很旺的加盟商。

在店的选址上，重点考虑的是，一个店在一公里左右范围，人口要在两到三万人，在一个城市，加盟连锁店数量也要适当控制。这是因为，要保证加盟商不管店开到哪里都有经营利润，都可以赚到钱、有钱赚。

于是，徐桂芬和褚建庚采取先"投石问路"的方法，选择了在江西鹰潭市试开第一家省内加盟店。如果切实可行，随后再向其他地市延伸拓展。

之所以首先选址鹰潭市，他们的考虑是，这里是全国铁路枢纽，人流密集，同时也便于供货运输。

结果，鹰潭市的煌上煌加盟连锁店开业后一举获得成功。

打开了鹰潭市场后，煌上煌加盟连锁店随后在靖安、高安、丰城、樟树以及在南昌市的其他周边县市陆续铺开。然后发展到九江、抚州、上饶、吉安等市。

然而，让他们没有想到的，南昌之外地区开设的煌上煌加盟特许连锁经营店，每一家店都是门庭若市，生意十分火爆。

煌上煌加盟连锁店开一家就火红一家！于是，"煌上煌在南昌之外开加盟连锁店了"的这一消息，迅速在江西全省各地传开，各地的有意加盟经营者纷纷来南昌，找到江西煌上煌实业有限公司，希望自己能加盟。

成为煌上煌的加盟商，就等于是傍上了赚钱的商机！精明的商家，哪个不想开煌上煌加盟店。

后来，煌上煌加盟连锁店火热到了令人难以置信的程度。

每当煌上煌决定要在某地开连锁加盟店的消息一经传出，申请加盟者随后便闻讯而至。因为竞争实在太激烈，于是有一些人就千方百计"找关系"。有找行政部门干部帮打招呼的，有找当地市长甚至还包括省里领导写条子、打电话的……

"煌上煌加盟连锁店，一店难求，不是想加盟就能加盟进去的，要想成为加盟商，那得有一定的关系和渠道……"人们对煌上煌加盟连锁火爆这样的热议，让多少品牌加盟商为之惊叹不已，为之羡慕不已。有加盟连锁商感叹，在加盟连锁经营领域，煌上煌创造了不可思议的经典！

由此，煌上煌加盟特许连锁经营店开始向江西全省各地市场挺进。

尽管加盟连锁店火到了这样的程度，但徐桂芬和褚建庚却对每一家加盟连锁店的选址都高度重视，亲自去选点，亲自去看点，亲自去定位。而凡是一家连锁加盟店开张，再忙碌，他们都要抽时间去现场剪彩。

在加盟连锁向全省各地快速拓展的日子里，徐桂芬和褚建庚经常早上四、五点钟起床，晚上十二点之后才能休息，他们不分昼夜地来回奔波于各地，足迹踏遍城市乡村，考察市场、规划市场拓展的区域。

…………

依靠加盟店的快速拓展，江西煌上煌实业有限公司从南昌市发展到周边四县五区，进而覆盖全省，从小区域品牌向大区域品牌不断延伸扩大。

随着加盟连锁店的快速扩张，徐桂芬和褚建庚同时果断大手笔斥巨资，进行了先进物流运输的配套，始终让供货保障体系超前于连锁加盟店的发展步伐，为加盟连锁店赢得了成功的强大保障。

连锁加盟店快速扩张、直属分店稳健扩展的同时，徐桂芬也结合实际，不断摸索出了一套连锁经营的操作模式。这使得煌上煌在加盟连锁快速推进的过程中，生产、销售和管理有条不紊。

1997年，煌上煌加盟连锁店发展到80多家。随着连锁店数量在全省急剧增长，公司产值目标再次翻番，成功实现了"二级跳"！

1998年，徐桂芬和褚建庚又提出构建覆盖全省并从京九线、高速公路辐射省外的销售网络。

与此同时，在加盟连锁上也再次完善新举措，出台了以行政区划为单位的总代理制。一年下来，"煌上煌"的连锁店发展到130多家。对加盟连锁经营的管理上，进一步规范了销售管理，公司专人管理与区域分片管理相结合。在此基础上，成立市场监察部，健全了监督机制，完善了市场反馈机制。

这一年，煌上煌的销售收入首次突破千万大关，实现了振奋人心的"三级跳"！

同时，这一年煌上煌决定租用位处朝阳区闲置的橡胶三厂，使得生产加工区面积扩大2万平方米，新增一批先进烤卤设备，而且生产加工的环境大为改观。在此基础上，又先后投入巨资进行生产技术升级，煌上煌的现代加工工艺和科学生产流程迈出了重大革新的第一步。

生产加工能力与技术工艺的大幅度提升，为市场拓展打下了坚实基础。

从1996年到2000年，加盟连锁店模式实现市场扩张，使得煌上煌在南昌及全省范围内，呈现出"万树繁花"的市场快速拓展势态，加盟连锁店一直开到了距离南昌市最远的江西赣州市。

市场拓展的稳健迈进，让煌上煌的经营规模日益扩大，短短几年内实现了公司在发展速度上的"连级跳"。

食品行业的发展状况，与人们生活水平的高低密切关联。

改革开放给城乡居民生活带来的巨大变化，让人们对特色风味食品的需求越来越旺盛，这为食品行业的快速发展打开了广阔空间。到20世纪90年代，随着经济的进一步发展，人们生活水平的逐步提高，全国的食品工业迎来了发展的良好机遇期。

自20世纪90年代中期起，江西利用农业资源优势的特点，开始有规划地发展推动食品工业。其中，大力实施名牌战略，发展名牌规模经济是一个重要方向。而煌上煌这一特色产品的快速发展，自然引起了江西农业、食品等相关主管部门的高度关注。

1998年前后，当煌上煌加盟连锁店和直属分店在全省市场拓展的过程中，江西农业、食品等相关主管部门也会同质量、工商等有关部门，在关注煌上煌加快发展的过程中给予了高度肯定和大力支持。

江西省食品工业主管部门明确提出，在全省大力实施食品工业名牌战略过程中，希望煌上煌不但要做大经营规模，还要力争发展成为江西食品行业领军品牌，直至成为全国的知名或著名食品品牌。

徐桂芬和褚建庚敏锐意识到，要及时把煌上煌的品牌建设提到重要高度。

1997年12月，煌上煌主打产品酱鸭成功申请了注册"皇禽"商标，这标志着煌上煌开始朝着品牌化方向发展。

围绕做足产品特色，丰富产品系列，形成煌上煌品牌知名度。从1998年起，徐桂芬和褚建庚在进一步拓展全省加盟连锁和建立直属分店的同时，逐渐对产品的品牌建设加大投入。

接下来的三年多时间里，煌上煌在全省各地市完成加盟连锁店的开设后，随即又把目标向乡镇开发，又形成了省内第三批加盟连锁店的快速推进势态。

到2000年前后，煌上煌已基本走向了江西各地，实现了全省市县（区）全覆盖，加盟连锁店达到260多家。

一步一个脚印，步步为营的江西全省市场快速发展。

煌上煌在全省的品牌知名度和美誉度再度提升，赢得"江西名牌产品"称号。从 1998 至 1999 年的两年中，作为江西名牌产品代表的"皇禽"酱鸭，又相继荣获"全国第一家独特酱鸭产品""全国食品名牌产品"等省级、国家级奖项。

这一时期，正值江西省委、省政府提出了"发展农业强省、食品工业强省"战略，着力打造江西食品品牌，全力助推本土食品企业发展。以令人惊叹之势崛起的煌上煌，日益受到江西省政府和有关部门的高度重视。

而徐桂芬敏锐意识到，这是进一步提升煌上煌品牌的大好时机，她也抓住了一次次大好机会。而最精彩难忘的，就 1999 年煌上煌在全省食品展销会上大放异彩的那一次。

对此，徐桂芬至今仍记忆犹新。

1999 年 11 月 21 日，由江西省政府主办、有关部门协办的江西食品展销会将在南昌八一广场举办，省领导亲临展销会开幕式。在展销会开幕式上，全省食品知名企业组成的大型方队将列队巡走主席台，接受省领导检阅。

为此，开幕式前两天的下午，企业方阵进入现场彩排。

十分巧合，这天下午徐桂芬恰好途经八一广场，到煌上煌展销区看布展情况。她看到广场上人山人海，很多列好整齐方队的食品企业一排排从主席台前整齐划一地走过时，被这气势宏大的场景吸引了。

她随即走进彩排主席台，询问主席台上的一位负责人。

"为什么不叫我们煌上煌参加呢？"得知都是由食品企业组成的方队，徐桂芬脱口而出。

"当然向你们煌上煌发了通知，可你们不参加，只同意布置展车！"这位负责人回答道。

徐桂芬立即意识到，这中间可能是由于沟通环节出现了差错。否则，这么好的展示煌上煌企业和品牌形象的机会，自己怎能不重视，更不要说主动放弃不参加了。

"我们马上组织煌上煌方队！"徐桂芬当机立断对这位负责人说。

"煌上煌能参加那当然好啊，可关键是现在你也来不及了呀，后天就要开会了，这都进入彩排了。"负责人以惋惜的语气回复徐桂芬。

"那不行，我一定要组织方队参加！"徐桂芬语气十分坚决。

"如果你们组织方队赶得赢，我们不但让你们煌上煌参加还让你们第一个出场。"这时，旁边另一位负责人接过徐桂芬的话、语气肯定地回复道。

"真的！说话算数。"徐桂芬一听兴奋不已。

于是，她立即赶到陆军学院。

要在一天多一点时间里组成一支企业巡列方队，这谈何容易，仅就走方步来说，一个方队一般没有十天半月的训练是不可能达到整齐划一的。

因为时间紧迫，徐桂芬马上想到，到陆军学院去找院长。

陆军学院学员的平常训练中，走方队是一项基本功，如果能请来陆军学院的学员组成煌上煌企业方队，那问题也就迎刃而解了。

徐桂芬一听，主意已定，就朝着目标去落实。当时会务组认为，徐桂芬一时冲动，短短一天多时间无法完成组队。而徐桂芬向来坚信一切都有可能。

她立即赶到江西陆军学院，找到了一位院长。徐桂芬十分恳切地对这位院长说，省里正在举办展销会，自己受派前来联系陆院组织一个方队，而且是让方阵走在第一个，这是代表江西省一个品牌的形象。

让徐桂芬激动不已的是，听完她的诚请后，院长当即答应派出225名素质过硬的学员，但至少需要一个晚上才能把方阵训练得整齐统一。其中最难的是方阵前面要扛着一块印有煌上煌商标的大型牌匾。

煌上煌企业方队就这样敲定了！

紧接着，徐桂芬马不停蹄到中山路订制了225面印有煌上煌商标的黄颜色旗帜，一个人一面。定完旗帜，已经晚上十点钟，旋即又去建材市场订制了 225 根 PVC 旗杆，还制作了一块印有煌上煌商标的大牌匾。考虑到陆军学院的学员很辛苦，她又再跑到万寿宫，买了 225 双军鞋送给学员们，以此表达她对他们帮忙组建煌上煌方队的真切感谢。

第二天晚上，天气寒风刺骨，当徐桂芬把 225 双新鞋送到陆军学院的时候，进学院大门就看到，操练场的指挥台上一位身着军大棉袄的教官正指挥台下一队学员一遍遍地排练。她走近一看，台上的指挥教官正是那位院长，那一队学员就是即将作为煌上煌方队的 225 名学员。

那情那景，让徐桂芬的心中涌起一阵阵的感动，几十年了，她也从来都不曾将它淡忘。

一切事宜筹备妥当后，徐桂一刻也不敢耽误——她要赶紧去向组委会负责人报告。

"你们煌上煌企业方队组成了？你是怎么组成的？能否达到方队要求……"组委会一位负责人惊讶得目瞪口呆，不断地问徐桂芬。

"明天就有我们煌上煌的方队来，办法总比困难多，绝不让你失望！"徐桂芬自信地回答道。

展销会举行的开幕仪式上，由陆军学院 225 名学员组成的煌上煌方队高举着印有煌上煌商标的牌匾，走在方阵前列，接着就是煌上煌的宣传车。当煌上煌企业方队以整齐划一的步调，统一穿着迷彩服，矫健豪迈的步伐，精神饱满地走过主席台前时，主席台上爆发出热烈掌声。

这一次开幕式上，煌上煌企业方队给社会各界留下了极为深刻的印象。

如今，时隔近 20 年，仍然会有很多老领导重温徐桂芬夫妻俩当年的情景。其中有好几位老领导都这样说，徐桂芬真是一个"辣婆子"，人家干不成的事，她就干成了，简直是不可思议，怎么一个方队一天就准备出来了呢。

"没有做不成的事，只有做不成事的人，关键要会动脑子。"这是徐桂芬执着于成事，坚忍顽强个性的最生动体现。在她的创业岁月里，不知有多少在别人看来是不可能做成的事情，却最终被她给做成了。

第四节　品牌走向全国大江南北

产品知名度的不断扩大，品牌美誉度的快速提升，让煌上煌的知名度渐由江西而逐渐在全国崭露头角。

在这样的发展态势之下，煌上煌竟出现了"省内红火省外闻名"的品牌传播效应。

于是，知道煌上煌酱鸭的外省人越来越多。

从江西各地尤其是南昌市的煌上煌门店反馈的情况，顾客中的外省人开始增多。一些到江西的外地人，会慕名到煌上煌门店买酱鸭或卤菜，作为江西特色美食带回去给家人品尝或作为送人的礼品。

此外，一些香港、澳门、台湾来南昌省亲或旅游的同胞，在他们踏上归程前，会特意到煌上煌门店，买上"皇禽"酱鸭和其他卤菜带回去，作为赣味特产馈赠亲友。

在煌上煌公司，一些部门不时会接到外省消费者打来的电话，询问是否可以通过邮寄的方式买煌上煌酱鸭和其他酱卤产品。

这些，着实让徐桂芬心中充满了欣喜！

更让人激动惊喜的是，一些省外投资方或经营者，先后向煌上煌抛出了"橄榄枝"。

北京新时代公司愿出资300万元，盛邀煌上煌去首都开厂设店；上海申润公司，向煌上煌表达合作开发上海市场的意愿；广东、福建有多个城市的经营者先后慕名来到南昌找徐桂芬和褚建庚洽谈，希望在当地开煌上煌加盟店……

"煌上煌如果能成功走向省外市场，那公司今后的发展将不可限量！"

徐桂芬当然心怀这样的期盼。

她的目光也随之投向了省外市场。

但全国各地的饮食风味有不小地域差异，主打赣味特色的煌上煌烤卤产品，省外的消费者会接受吗？

为此，1998年上半年，徐桂芬和褚建庚展开了密集的市场考察。

在考察过程中，他们发现，在全国很多大城市出现了不同餐饮特色融合的现象。最明显的，就是体现在一个城市的兼容并蓄有不少外地风味的饭店。比如，北京就汇聚了粤菜、川菜及淮扬菜等外地菜系品牌饭店，而北方风味餐饮如涮羊肉品牌"东来顺"、北京烤鸭也深受南方人的青睐。

徐桂芬和褚建庚越来越感到，煌上煌走向省外市场十分可行！

市场拓展关键在于路径清晰。他们针对煌上煌烤卤食品的风味特色与各地的地域饮食特点，把全国市场分为四大市场——东北市场、华北市场、西北市场、中部市场。而在煌上煌向全国市场拓展的初期，重点方向放在北京，东北三省，珠三角、闽三角与长三角地区。

"北京是全国的政治文化中心，全国商业的制高点，影响面大，辐射面广。也是最能反映南北饮食文化融合的一座城市，相信消费者对煌上煌风味也一定会接受。"褚建庚提出，煌上煌走向省外首先瞄准北京市场。

这与徐桂芬的想法不谋而合。

确定进驻北京市场后，煌上煌很快租下了北京东方食品厂作为生产基地，并顺利洽谈成十多家煌上煌加盟连锁店。

1998年底，徐桂芬亲自带领公司精兵强将一行30多人进军北京。

一段紧张忙碌后，北京十几家煌上煌连锁加盟店陆续开张。

此时，春节临近。

选择赶在春节之前开业，徐桂芬的考虑是：春节期间食品消费量激增，往往也是人们有心情有时间尝口味的时期。

徐桂芬期待，煌上煌这个时候进驻北京，以十多家加盟连锁店同时开业的阵势，以每一家店门庭若市的生意火爆气势，在北京食品消费市场一年中最为红火的日子里，一举打响煌上煌在北京市场的知名度！

然而，徐桂芬怎么也没有料到，北京各连锁加盟店开业后，出现的竟然是一派冷清的局面：十几家店的生意，无一例外的萧条，每家店一天的营业额最多两三千元，最少的一天竟然只有不足千元……

时值严冬，北京天寒地冻，冰雪来袭。

面对这样的状况，大家心里直生寒意，有的员工难过得流下眼泪。

继续坚持一段时间之后，情况依然没有发生任何改变，十几家店的加盟商就一个个撤退，最终只剩下一两家坚守阵地。渐渐的生产量大幅下降，面对这种场景，加上春节，有的员工开始出现了情绪波动，而且快速在蔓延。

终于，在纷飞大雪裹着浓厚春节气息扑面而来的那一天，无法抗拒的思乡念亲之情冲垮了大家心中苦苦坚守的那道情感堤坝——纷纷提出想回家过春节，想和亲人团聚……

现实已让徐桂芬清楚地意识到，再坚持下去就是无谓的消耗了。于是，她决定所有人马暂且先撤回江西。

煌上煌首拓省外市场，却黯然折戟，损失达数十万元。

…………

但凡注定将赢得成功的企业家们，都有一个共同的鲜明特质，那就是，他们一旦认准了经营方向或企业发展战略是正确的，就决不会因为实施遇阻或失败而轻易改变方向或战略。

他们会在分析总结遇阻或失败的原因中，逐渐找准通往成功的方向与路径。

徐桂芬和褚建庚一致认定，省外有煌上煌产品的广阔市场天地，煌上煌走向省外市场的时机业已成熟，北京市场黯然折戟一定另有原因，要总结分析这种原因，但决不能就此而放弃煌上煌向外省市场拓展的机遇。

经过认真总结分析，徐桂芬和褚建庚认为：准备不足，仓促开业，营销预热不够，再加上开业后正好遇上北京极寒天地，冰天雪地期间少有人出门等，这些造成了煌上煌开业后生意一派冷清。

年后开春，褚建庚提出重整旗鼓重返北京市场，因为他心里明白，北京是首都，是全国市场的窗口，只有坚定信心在北京打响煌上煌品牌，才有在全国发展市场的希望。但徐桂芬不理解并坚决反对，认为南北方气候和口味差异悬殊，煌上煌的产品鲜香辣适合南方人口味，不适合北方消费，应该进军广东深圳移民城市。现在回想起来，徐桂芬也反思，她遗憾和后悔当时没有支持丈夫的决定，当时北京市场还没有卤菜品牌，煌上煌就这样错失了良机。如果当时支持重返北京市场，就等于打开了全国市场的窗口，那今天的煌上煌早已在全国市场遍地开花。

于是，在下一步对外省市场的拓展上，徐桂芬和褚建庚针对北京市场的经验总结，重新调整和改进了实施过程中的各种具体措施，包括按照不同地理区域人们的饮食习惯和特点，对进驻当地区域市场的煌上煌产品的风味进行调整。

煌上煌省外市场的拓展再次启动。

这一次，他们决定进军南方市场——广东。广东不但四季气候温热，而且本地与外地流动人口多，商业发达。

他们的目光首先投向了广东东莞。

正在这时，台商林河川主动接洽，希望与煌上煌合作。经过考察和前期准备，决定东莞煌上煌选址在长安镇。

却不料，开业的那天下起了滂沱大雨，整个长安镇笼罩在一片雨幕之中。

天气不利带来的开业失利，让东莞煌上煌的经营受到很大影响，很长一段时间都不见有起色。再加上，台商林河川的作息时间和事业心得不到认可，长安镇市场消费能力有限。当时徐桂芬重心事业又在江西，无暇顾及，东莞市场缺乏有力的后备支持。正如北京市场的困境，一个退出东莞市场的念想在脑海里盘旋。但是，徐桂芬没有放弃。

随后，徐桂芬和褚建庚的目光又投向了深圳。

深圳是全国改革开放的前沿地区，外地人口流量大。深圳特区外地人口多，南方人口广，对酱卤烤卤需求量比较大。

初到深圳，煌上煌选择与一家名为喜上喜的公司合作，利用他的场地，自己独立生产。

第一家店，徐桂芬和褚建庚选择了人口密集区也就是现在的福田区。因为，他们看中的是，这里有一家大型的商场——沃尔玛商场。

此时，沃尔玛商场刚刚进驻中国，市场位置绝佳。徐桂芬和褚建庚想把煌上煌进驻沃尔玛商场。

然而，几经找上门去洽谈，但沃尔玛商场就是不同意——商场方面担心煌上煌生意不好而影响了商场的生意。

"一定要让沃尔玛到最后求我合作！"徐桂芬和褚建庚暗下决心。他们通过走访考察，决定盘下沃尔玛商场对面的一个餐饮店，先将煌上煌开成功，然后让沃尔玛商场主动来寻求合作。

20世纪90年代末期，深圳商业繁华区可谓寸土寸金。那家餐饮店开出了近一百万元的转租费，这对于徐桂芬和褚建庚来说这样的价格着实很高，但他们最终还是咬牙拿了下来。

这是冒险的一招，但随后也被证明是带来惊喜的一个决定——这家煌上煌开业后的第一天，销售额就达到了近八千元。

此后每天营业额逐日而增，顾客不断，一派火爆的情景。

当然，来要求加盟的加盟商也陆续来到煌上煌店门口观察，他们看店里一天的销售额，看店里一天有多少顾客量……

眼见为实。深圳的第一批加盟商，开始主动上门洽谈开煌上煌加盟店的事宜，深圳市场逐渐打开。

深圳市场铺开之后，煌上煌继而又在广东东莞等地铺开。

如今，在广东全省市场，煌上煌已有了600多家连锁店，是除了江西总部之外在全国市场销售的第二大主要市场。

接下来的第三个目标，徐桂芬和褚建庚瞄准了东北市场、福建市场、西北市场、河南市场，并相继在这些地方建设了分公司、开设了分厂。

东北地区，以沈阳为中心，煌上煌产品一炮打响，继而煌上煌产品的知名度快速在东北三省扩大。黑龙江还有企业主动联系煌上煌，洽谈斥巨资建立煌上煌在东北三省的加盟连锁销售网点。

到 2000 年前后，煌上煌加盟店又一路向全国重点大中城市延伸。

煌上煌外省市场的拓展，步伐稳健而又强劲。

…………

而在还暂未列入市场拓展的城市，还出现了当地的酱卤行业商贩特意到江西南昌来进货，然后空运的情况。

人们对此很是不解。这岂不是亏本的买卖？然而，商贩解释这样做的理由却是："我店里有煌上煌烤卤食品卖，那就是一块吸引顾客的招牌，可以带动店里其他产品的销售，怎么不赚钱！"

同时，为了延长酱鸭的保质期与保鲜期，徐桂芬决定改进产品包装，投入大量资金建立真空包装线。而且，真空包装的酱鸭，整体完整美观，色泽可直接呈现在消费者面前，让人更增食欲。

没想到，包装的煌上煌产品又被全国大中城市的不少超市看中了，进货销售，有的还设立了"煌上煌专柜"。

…………

"煮熟的鸭子也能飞！"人们惊叹煌上煌势如旭日般的崛起。

几年下来，煌上煌已经从区域性品牌，迅速提升为全国知名品牌。到新千年之初，煌上煌在省外市场的拓展势头强劲，在全国 20 多个大中城市都有了合作伙伴。

与此同时，为了保鲜和降低生产成本，煌上煌先后在省内外建了五个分厂，一举解决了产品运程运输制约市场增长的难题，为省外市场的快速发展奠定了坚实基础。省内外市场的快速拓进，让煌上煌的经营规模稳步扩大，创造了产值连续几年翻番的奇迹！

煌上煌产品味美醇香，逐日享誉天下。

在品牌美誉度的提升上，煌上煌同样收获着惊喜。

在荣获"全国第一家独特酱鸭产品"奖项后，"皇禽"酱鸭又荣膺"国际博览会金奖"，成为继凤凰光学仪器和四特酒之后，江西第三家进入北京人民大会堂全国精品展示中心的品牌展品。

第六章
在多彩大地放飞梦想

新千年的钟声敲响，回望前面已走过的创业路，徐桂芬走得充满艰辛却又那般精彩。

从一个小作坊式家族企业，到初具现代管理雏形的食品加工企业，加盟连锁店遍布省内外，品牌美誉度和知名度快速提升。在不到十年的时间里，煌上煌演绎了发展崛起的奇迹。

在这一过程中，徐桂芬也已将改变个人命运、成就人生事业的努力，与改革开放伟大时代的进程紧密相连。

党的十一届三中全会以后，以农村家庭承包经营制度的实行，理顺了农村生产关系，解放了农村生产力，农业生产力迅速得到恢复和提高。然而，小规模农户如何与大市场对接，满足城乡居民日益多样化和优质化的农产品需求，成为中国农业发展面临的一个重大问题。同时，随着农业生产力水平的提高，农业结构调整的深化，农户分工分业步伐加快，农业产业链条向深度延长，客观上对农业市场化、社会化、组织化程度提出了新要求，从而为农业产业化经营组织形式的产生奠定了基础。

全国各地把食品行业龙头企业作为推进农业产业化发展的关键，采取各种政策措施千方百计扶持龙头企业成长壮大。

对于徐桂芬而言，煌上煌实现更大作为的事业，随着新千年的到来而又将翻开崭新的一页。

新世纪开端里生机勃勃的第一个初春，江西提出"率先实现在中部地区崛起"的奋进目标，建设农业强省在其中被提升到新的高度。而农业产业化发展，对建设农业强省具有重大的意义。

这无疑又为煌上煌在新千年的发展，提供了广阔的空间和重大的契机。

徐桂芬仿佛那样真切地看到，一个更加壮阔人生与事业舞台的大幕正向着她徐徐展开，等待着她带领煌上煌人去书写更加绚丽的发展篇章。

第一节　人生又一次华丽转身

步入新千年，煌上煌在省外开始美誉渐起。

而关于徐桂芬下岗后自立自强、艰苦创业的事迹，也渐渐从熟悉她的人那里开始深情讲述，并感染着越来越多的人。

在社会各界人士的眼里，徐桂芬的人生经历与下岗后创业的历程，尤其是面对人生困境时她所展现出的无比坚强，让人们自然而然联想到，她与电视剧《阿信》中的主人公阿信太相似了。她们身上那种自强不息的精神、坚韧的毅力和吃苦耐劳的品格，感人至深。

由此，人们把徐桂芬比作"中国的阿信"。

更令人感动的，还有徐桂芬在创业过程中对下岗女工们的真情帮助。

在自己的人生经历中，徐桂芬推己及人。她深切地知道，年龄在40岁至50岁的下岗女工，她们技术单一，文化知识层次相对又不高，因此，她们在人才市场上的工作岗位竞争中也就处于弱势。她们作为家庭的支柱，一旦失去工作，可能导致全家人的生活陷入困境。为此，徐桂芬发自内心地想帮助更多这样的下岗女工。

从1996年到2001年的五年之中，煌上煌广纳各方人才，快速壮大发展成为拥有一千多名直属员工规模的民营企业。企业职工中，就有很大一部分是来自国有企业的下岗职工。而他们当中，又有超过一半是下岗女工。

"下岗带下岗，一起再上岗！"坚强自信的徐桂芬，重情重义的徐桂芬，打动了许许多多的人。

"徐桂芬的创业事迹，尤其是体现在她身上的优秀品格，本身就是一本下岗女工自强不息、自立自强的生动教材！"

"她奋斗拼搏的事迹，对全南昌市的下岗工人来说，是一股巨大的激励力量。"

"自己闯出了一条路子后，又心系身边的下岗工人特别是下岗女工，把她们招进公司工作，解决她们的工作问题，这位普通下岗女工有着一颗多么令人感动的善良之心，有着一种深广的大爱情怀。"

…………

徐桂芬的创业之路和创业事迹，先后得到了南昌市委、市政府和江西省委、省政府的高度关注，多位省市领导先后来到煌上煌考察，对徐桂芬给予热情的肯定与鼓励，同时也给予企业发展关心与指导。

在考察过程中，领导们感佩徐桂芬自立自强的品格，尤其是对她在不断扩大经营的过程中心系下岗女工的举动，更是给予充分肯定。

20 世纪 90 年代中后期，南昌市委、市政府正大力鼓励个体私营经济的发展。同时，也号召鼓励下岗职工不等不靠、自立自强积极谋出路。

无论是从树立个体私营经济创业者典型的高度，还是从激励更多下岗工人自立自强谋出路的角度，此时的徐桂芬都是一个先进人物典型。尤其是对下岗工人而言，徐桂芬下岗后自强不息、自谋出路，终于创出了一条成功之路，这不仅让他们看到了希望之路，还给了他们立志走出人生逆境的勇气信心。

"徐桂芬这样的典型人物，我们当大力宣传其事迹，要让更多的人从她身上看到人生奋进的力量，让更多下岗女工看到榜样的力量！"根据南昌市委、市政府的提议，《南昌日报》《南昌晚报》以及南昌电视台等新闻媒体高度重视，并很快派出几路记者对徐桂芬本人和煌上煌企业进行深入采访，对她的事迹进行大篇幅报道。

徐桂芬的事迹报道刊发后，随即引起了强烈的社会反响！

社会就需要徐桂芬这样的榜样力量，给予全省下岗工人尤其是下岗女工们以启示和鼓励——从国有企业下岗后、站在人生"十字路口"时，不必徘徊消沉，只要树立信心，敢于拼搏，就一定能重新在社会上找到生存立足的出路，同样也能创造出一番事业来！

于是，《江西工人报》《江西日报》《江西妇女报》和江西人民广播电台等省级媒体，也纷纷派出了记者，对徐桂芬进行深度采访报道。

紧接着，江西电视台的记者也走进了煌上煌进行深度采访。

接下来，就是江西各地乃至全国其他一些地方的报纸，也纷纷转载有关徐桂芬的报道。

…………

先是许许多多的南昌市民，后来逐渐扩大到全省乃至外省市的众多读者，从报纸上、电视里和广播中读到、看到和听到对徐桂芬的报道文章。

徐桂芬的事迹，开始深深打动着那些与她素不相识的人，带给他们巨大的感召力。

榜样的力量是无穷的！在很多人尤其是下岗女工人们的心目中，徐桂芬这个名字是自强不息的代名词。

随后，应江西省和南昌市工会、妇联等单位的热忱邀请，徐桂芬还先后受邀走进南昌钢铁厂、江西氨厂、洪都钢铁厂、江西化纤厂等国企作大型专场报告。同时，江西一些地市政府部门也邀请徐桂芬走进当地的国企，向下岗职工们讲述自己下岗立志自强的心得与创业的经验，鼓励他们坚强面对生活，勇敢地去创造自己的人生新生活、新天地。

还有，很多国企下岗职工或给徐桂芬写信或找到徐桂芬，倾吐下岗后的迷茫彷徨。对此，有着深切感同身受的徐桂芬，总是以极大的热情一一给他们回信或倾心交流。对于一些经济十分困难者，还及时给予帮助。

徐桂芬难以忘怀，那么多不相识、未谋面的消费者，也给她寄来一封封热情洋溢的信。在信中，对她表示钦佩，给予她鼓励，对煌上煌酱卤产品表达喜爱……

为了表达心中感激之情，徐桂芬在江西省总工会的组织下，连续举办几期"为下岗工人送温暖"活动。

从人到中年重新走进人生风雨，到如今的自强不息下岗创业典型、创业明星、社会公众人物，徐桂芬一次次实现了人生华丽转身！

她怎么也没有想到，自己这样一个普通下岗的女工，在下岗之后为自谋出路而走上了开烤禽社的路，做的也是这样毫不起眼的卤菜生意，却能得到来自政府和大众如此莫大的关注、关心、鼓励和支持。

温暖与感动，充盈在徐桂芬的内心深处。

更让徐桂芬感触的是，来自党和政府的深情鼓励与大力支持。

新任南昌市委主要领导，高度重视民营经济发展，对全市经济社会展开的大调研，第一个领域就是民营经济，而调研首站深入走访的民营企业中就有煌上煌。在了解徐桂芬下岗创业和煌上煌不平凡的发展崛起历程后，市委主要领导连连称赞其了不起！在煌上煌调研过程中，有一位市委主要领导希望徐桂芬进一步趁势做大做强企业，还现场嘱咐随行调研的各有关部门负责人，要积极帮助支持煌上煌的发展。

不久，南昌市组成由市委、市政府主要领导亲自带队的考察学习团赴江苏、浙江等地考察学习。为借鉴苏浙等地民营经济发展的先进经验，考察学习团成员安排了一批南昌民营企业家。市委、市政府主要领导均点名，安排徐桂芬作为民营企业家成员随团考察学习。

江西省食品工业、工商、农业等政府主管部门，对煌上煌的发展给予热情关注，从政策上积极支持引导企业做大做强。

"一定不能辜负各级党委政府的关心支持，一定不能辜负这么多消费者的青睐厚爱！"深深被感动了的徐桂芬，心里流淌着温暖与力量。

她日渐产生要把煌上煌发展壮大的坚定决心。

而今迈步从头越！

煌上煌在新千年的发展蓝图，在徐桂芬一次次交织着激情的深思过程中，逐渐铺展开阔起来：作为已在全国具有一定影响力的烤卤业企业，煌上煌当抓住新世纪新的发展机遇，尽快打造集研发、生产、销售为一体的现代化食品加工龙头企业，加倍努力把煌上煌发展成为一家现代化食品大型优秀企业……

徐桂芬对新的目标充满信心，也充满了憧憬。

显然，面对这样的发展目标与规划，煌上煌原有的公司平台格局已难以承载起这些目标与梦想。为此，徐桂芬开始在远景发展目标与蓝图规划的思考中，重新布局构建煌上煌的企业发展平台——沿着种养殖、深加工与销售三大相互关联的领域发展，齐头并进地延展煌上煌的产业版图。

成立集团公司已势在必行，也到了水到渠成之时！

2001 年 6 月，江西煌上煌集团有限公司顺利组建成立并挂牌，并迁往位于南昌市二七南路 539 号的新办公大楼。

徐桂芬深情期待，煌上煌从这里再次激情起步，去实现新一轮的宏远发展！

第二节　走向一片广阔天地

思路格局决定发展视野。

新千年的第一个春天，赣鄱大地一派生机盎然。

站在集团公司这一平台，放眼江西这方多彩大地，徐桂芬发现，自己对煌上煌新一轮宏远发展的目光，也随之变得开阔而深远。

"我们几年来探索的'公司＋农户＋基地'路子，现在已然是煌上煌实现新一轮发展的康庄大道！"徐桂芬无比欣喜庆幸，煌上煌的每一步先行探索之路，总是与时代发展的契机如此吻合。

事实上，煌上煌"公司＋农户＋基地"的探索，还得从 1998 年说起。

1998 年，煌上煌加盟连锁模式的快速拓进，酱鸭和各类卤菜产品销售量的持续快速攀升。随之，也带来了一个迫切需要解决的问题——酱鸭优质原料的稳定供应。

如何确保优质肉鸭的稳定供应问题，已到了去解决的时候。

从 1993 年开始，那时由于销售量尚不大，烤禽社选准鄱阳湖麻鸭这一原料品种后，就由肉鸭收购中间商来供货。而事实上，后来随着肉鸭供应量逐渐增大，这些供应商下面又发展出下级的供货商。到 1997 年，煌上煌肉鸭原料的供应商已经出现了好几层级，真正到农民家收购鸭子的，已是最基层的鸭贩子了。

"如果我们的设想可行，这其实是一举两得的做法！"

徐桂芬认为，建立煌上煌肉鸭养殖基地，在形成今后稳定的鄱阳湖麻鸭原料供应的同时，还可以把原来原料中间商们赚取的差价直接给予农民，提高农民的收入，以此增加农民养鸭的积极性。

褚建庚也认为，这是真正解决煌上煌肉鸭稳定供应保障的方法。

徐桂芬和褚建庚决定亲自前往滨湖地区农村实地考察。

他们带领公司一班人，首先来到南昌县、新建县临鄱阳湖一带的农村。随后又沿鄱阳湖地区走访了余干、鄱阳、永修等县的临湖农村。

肉质一流的鄱阳湖麻鸭，产自鄱阳湖滨湖地区，这里的农民几乎家家户户都散养一些。但是，这些地方的农村地区虽然有着良好的生态环境和水面资源，发展水禽养殖得天独厚，却苦于销售不畅，农民饲养鸭子，多是一家一户散养，而且饲养的数量也很少。

在考察中徐桂芬和褚建庚得知，鄱阳湖滨湖地区的永修县艾城镇，一位叫王文广的养鸭专业户，积极响应当地政府号召搞肉鸭养殖，可此时鸭子养大了，却正为销售发愁。

徐桂芬和褚建庚随即来到王文广家中，看到他饲养了几千只鄱阳湖麻鸭，鸭子的体型标准完全符合煌上煌酱鸭加工的标准。于是，他们当即决定，一次全部收购这几千只鸭子，每只的价格还比市场价格略高。

王文广愁云顿消，高兴地说，要是煌上煌公司年年收购他的鸭子，那他就带领更多的农户来养鸭。

在这次考察过程中，徐桂芬深入一户户的农民家中，了解到他们真实的意愿——很多农民其实都有搞养殖来增加家庭收入的想法。

"农民们只要愿意养鸭，那就好办！"环鄱阳湖方圆几百公里路程的实地考察过后，让徐桂芬和褚建庚一行人认定，在这滨湖地区建立煌上煌肉鸭养殖基地的设想完全可行！

考察结束之后，徐桂芬立即决定，公司专门成立养殖基地办公室，负责筹建肉鸭养殖基地事务。他们郑重承诺，不管肉鸭市场价格出现什么样的波动，都会以保护价收购养殖户的鸭子。

一些农民动了心，决定先试一试。

1998 年上半年，煌上煌肉鸭养殖基地就在南昌县、新建县和永修县顺利筹建起来。

这一年年底，试养肉鸭的养殖农户们把投入和收获的账一算下来，充满了欣喜。煌上煌"公司＋农户＋基地"的肉鸭养殖模式，得到了农民们的认可。

1999 年到 2000 年，煌上煌肉鸭养殖基地除南昌县、新建县和永修县最初几个养殖基地的养鸭农户快速增加之外，又着手在安义县、丰城市建立一批新的肉鸭养殖基地。

在煌上煌集团"第一个五年计划"发展过程中，南昌市鸭业协会应运而生。徐桂芬认真贯彻中共南昌市委农工部、南昌市人民政府农村工作办公室《关于组建和完善全市"十大"行业协会的实施意见》，积极筹建南昌市鸭业协会。2003 年 7 月 29 日，南昌市鸭业协会第一次会员代表大会隆重召开。出席会议的 60 名代表代表、150 多名会员选举产生了南昌市鸭业协会第一届理事会。

南昌市鸭业协会的成立，标志着煌上煌集团养殖基地建设进入一个全新的发展阶段。

2006 年 10 月，国家颁布了《农民专业合作社法》。在"公司 + 农户 + 基地"成果的基础上，徐桂芬又不失时机地全力推动示范小区建立农民经济合作组织。

煌上煌集团积极对接当地政府部门，通过持续深入地举办培训班和资金扶持，对成立以煌上煌为市场依托的肉鸭养殖合作社，分别给予启动资金。先后成立了南昌县塘南皇禽肉鸭养殖专业合作社、永修县艾城农民养殖合作社、余干县乌泥镇肉鸭养殖合作社、吉安县红毛鸭养殖专业合作社、丰城市丰煌肉鸭养殖合作社、进贤梅庄肉鸭养殖合作社等 27 个养殖合作社。

"我们煌上煌要为广大养殖农户撑起一片养殖致富的'天'，任何时候，我们对农民的承诺不能变，也不会变！"从公司 + 农户到公司 + 小区 + 农户，再到公司 + 合作社 + 农户的发展，徐桂芬始终坚守对农民的郑重承诺与大情大义。

比如，2005 年下半年，禽流感严重威胁着企业和农户的利益，禽类市场价格快速下跌。为了保护好农户的利益，在企业同样受到影响的情况下，徐桂芬依然要求煌上煌供应部门坚持实行合同保护价收购。

在这一年的基地建设表彰大会上，丰城养殖小区的农民李国民激动地说："我从心底里感谢煌上煌，煌上煌的确是守信用的企业，是讲道德的企业，是农户靠得住的企业。来年，不管行情市场如何变化，不管禽流感如何威胁我们养殖户，我还是要继续专心养好煌上煌的肉鸭，也有信心养好煌上煌的肉鸭，有决心交出让企业满意的原料鸭。"

2008 年，在江西省合作社现场会上，煌上煌作为唯一的农业产业化龙头企业代表，对培育连接合作社的典型经验介绍发言。

2010 年 6 月，煌上煌迎来了全国农业标准化示范区验收组的专家，对煌上煌国家级"皇禽"肉鸭繁育养殖标准化示范区项目进行检查验收。项目得到专家们的一致高度肯定，煌上煌禽鸭养殖示范区还荣获"全国农业标准化优秀示范区"称号。这也是江西省唯一获此殊荣的项目。

善谋者谋其势，势成则事成。

沐浴着改革开放的春风，煌上煌农业产业化的道路越走越宽广，基地建设呈现可喜的局面：养殖基地布局初步形成，联结农户模式初步形成，养殖生产链接初步形成；企业与农户的连接程度越来越紧，农户对企业的信任度越来越强，对企业的满意度越来越高，对企业的赞誉度越来越高。

养殖户们，把对煌上煌由衷的感激真情，编成了朗朗上口的江南"信天游"——"想赚钱，与鸭眠"；"养皇禽鸭，走致富路"；"煌上煌，为我们农民撑起了养鸭致富的'保护伞'，撑起了遮风挡雨的'连心伞'"……

煌上煌建团多次被评为农业化国家重点龙头企业，为建设社会主义新农村作出了积极的贡献。

如今的煌上煌，在农业产业化发展之路上，正快速稳健走向一方多彩的广阔天地！

第三节　突如其来的严峻考验

定准农业产业化发展大方向下的煌上煌，尤其是日渐呈现出的异军突起之势，令社会各界尤其是同行业广泛关注。

——2002 年，中国肉类协会公布了新中国成立以来中国肉类食品行业企业排行榜，煌上煌跻身于 50 强行列，这也是江西唯一上榜的肉类食品企业。

——2002 年，煌上煌被列入江西省级农业产业化重点龙头企业，并成为全国农业产业化副会长单位。

——2003年，在中国屠宰与肉食加工行业销售中，煌上煌再次进入百强企业之列。

这一切都表明，江西煌上煌集团正在全国同行业中脱颖而出。

2003年，恰逢煌上煌成立十周年。

对走过十年极不平凡发展历程、正从崭新起点迈出前行步伐的煌上煌而言，这样的强势崛起之势，也预示着其锐意而进的发展空间和前景，令人充满无限信心。

"建设具有现代食品工业一流设施的现代化食品工业园，向国家农业产业化重点龙头企业目标迈进！"

2003年，煌上煌决定，在南昌县小蓝工业园投建一座现代食品工业园。

规划建设的煌上煌食品工业园，占地面积达到300亩。这将是江西最大的农副产品加工生产基地，建成后，对于积极配合地方政府大力推广走公司＋农户的发展路子，为带动农户养殖业的增产增收，具有巨大的引领作用。

按照现代食品加工一流标准规划的煌上煌食品工业园，将采用先进的现代加工手段，全面提升产品加工的科技含量。这些包括：建设现代化屠宰分割车间，加大自检自测力度，建立产品安全防护网，在此基础上，有计划地添置高科技、现代化的检测设备，引进国外先进检测方法，建立标准化生产自控体系，形成从源头到最终产品整个生产过程质量控制的监督机制等等。

…………

在徐桂芬越来越开阔的视野中，煌上煌未来发展的壮美蓝图正气势磅礴地展开。

然而，徐桂芬怎么也没有预料到，正当这一切在有条不紊的实施过程中，一场如暴风骤雨般的突发事件，毫无征兆地席卷而来，让处于蓬勃发展中的煌上煌突然面临着严峻考验。

2004 年 6 月 22 日，端午佳节。

洋溢着传统节日气氛的日子，又是煌上煌销售异常火爆的一天。各地直营和连锁门店，无一例外都是一派热闹繁忙的营业场景。

这一切，早已在徐桂芬的意料之中。

然而当天 18 时许，一个消息突然传来——南昌市新建县等部分地区，发生因食用煌上煌酱卤产品而导致群体性食物中毒的事件，中毒人数达到 125 人！当日晚，中毒人数又上升到 159 人。

南昌市各大媒体都报道了此次中毒事件。

消息很快流传省内外，震动社会各界。

这突如其来的消息，那一条条触目惊心的媒体报道，让徐桂芬震惊不已！

中毒事件发生后，南昌市工商联第一时间成立了应急协调小组，由时任南昌市工商联主席的雷元江担任总指挥、任美清书记担任组长，调度协调紧急处理各方面事项。同时也在第一时间，把工商联"娘家"对企业的深厚关切传递到了煌上煌。

南昌市市委、市政府高度重视，迅速成立了事件处置小组，并随即组成由卫生、防疫、工商、公安等相关部门组成的调查组，对事件情况展开全面详细的调查。

在煌上煌集团，紧急部署成立的集团公司事件处理调查小组，由徐桂芬亲自负责，紧密配合南昌市事件处置小组和调查组的各项工作。

按照紧急处置方案，煌上煌全国的门店和超市专柜全部关闭下架，以防再有任何意外情况发生。南昌市政府在事发当晚迅速启动突发事件应急预案，患者陆续被多家医院收治。

按照部署，南昌市各部门对中毒患者展开全力救治和处置工作。

南昌市卫生局调动市属各医院、组织技术力量，投入对中毒患者的救治工作中，要求医院无条件接收中毒患者，并迅速出台统一救治方案，及时对中毒患者进行对症处理，确保每一位患者的生命安全。与此同时，南昌市卫生防疫站对可疑中毒食品、中毒病人排泄物及食品容器样品等进行逐一检验。

"这是人命关天的大事啊！"徐桂芬内心承受着巨大的压力，她更担心医院里中毒患者的病情。南昌市各大医院，均设立了一个煌上煌专治点。一是对因食用了煌上煌产品而导致中毒的消费者实行专门治疗，二是对这些消费者给予一些经济补偿。所有的费用全部由煌上煌集团出。而且徐桂芬态度坚定，要对每一位患者进行最好的治疗。

可专治点随后发生的事却让她始料不及——一些别有用心的病人，为了治病不花钱，明明没有吃煌上煌产品也对医生说自己是因吃了煌上煌产品而身体不适，把医疗费挂在煌上煌专治点账上。还有一些趁机而为的做法更让人寒心，他们根本就没有病，也谎称自己吃了煌上煌产品身体出现问题，到煌上煌专治点入院"治疗"，目的就是骗取经济补偿。如此，就发生了各大医院煌上煌专治点患者越治越多的怪现象。

对此，南昌市主要领导在相关会议上态度鲜明地说："创办一个企业不容易，培养一个企业更不容易。煌上煌这个品牌不是属于个人的，应该是属于老百姓餐桌上的。对这种企业我们要本着客观事实来报道，要给予爱护。发生这样的事情我也感到很心痛，但我也做了一些了解，有些人是真的吃了煌上煌不舒服，还有些人不是因为吃煌上煌生病，也想要点补偿。其中，有些人白天跑到单位去上班，晚上跑到医院去睡觉。这样的人混进去，企业很委屈，人家已经摔倒了，这些人还要去添乱踏上一脚……"

此事还惊动了中央电视台等相关媒体，记者专程来到南昌采访。当央视记者来到医院进行现场采访时，接受治疗的中毒消费者纷纷表示，煌上煌是他们非常喜爱的产品，事情发生后，煌上煌已经进行了妥善处理，体现了企业的责任心。

…………

所有这一切，都让徐桂芬倍感温暖，也让她刻骨铭心。

随着调查有条不紊地展开，各项检验结果表明，导致此次中毒事件的患者出现呕吐、腹泻、腹痛等症状，系食用了带有致病性金黄色葡萄球菌的煌上煌卤制品所致。

问题的源头终于查清了。

那么，这究竟是哪个环节出现了问题，导致了这些煌上煌卤制品带有致病性金黄色葡萄球菌呢？

问题是出在煌上煌卤制品的质量上，还是出现在其他环节呢？

在随后的调查中，调查组发现，煌上煌销往新建县等地的同一批卤品还销往了南昌昌北等地，但昌北地区却并未发生任何消费者中毒的情况。

调查组应用流行病学和卫生学专业知识分析发现，为满足节日消费，此次发生中毒事件的5家煌上煌门店均在端午节当天大批量进货，如新建县一加盟连锁店6月16日进货量猛增至平时的十倍。然而，其食品存放及消毒设施等方面又没有及时跟上。

最后，调查组经过严谨程序认定，此次中毒事件的主要问题，存在于产品的销售环节。

前后历时13天，"6·22"食物中毒事件终于调查清楚。

最令人欣慰的是，由于处置妥善及时，所有发生食物中毒的消费者，在得到及时的治疗后，都在事发后几天全部康复出院。

2004年7月5日，南昌市有关部门召开新闻发布会，对南昌"6·22"食物中毒事件向各大媒体发布调查情况和结果。

至此，南昌"6·22"食物中毒事件得以澄明，并得到了妥善处理，社会舆论也渐趋平息。

然而，徐桂芬的内心深处却无法平静。

更没有人知道，从事发到紧急部署患者治疗，再到展开调查、稳妥处置的那段时间里，徐桂芬承受了怎样无法言说的巨大压力。

事件突发后，情况不明，来自社会舆论的议论纷起。如果处置不当，那江西煌上煌集团基业大厦将有可能顷刻坍塌。如此，则倾尽十年心血铸就出来的煌上煌品牌也将化为乌有。

如果问题是出在煌上煌食品的质量上，那如何面对多年来信赖煌上煌的广大消费者？！徐桂芬知道，煌上煌的一路发展，之所以成就了今天的品牌，这是因为得到了广大消费者的深深信赖！

这就是徐桂芬最为关切的。

虽然，最后查清楚了问题的根源不在煌上煌食品的质量上，但徐桂芬却并没有如释重负的轻松感。相反，这次事件让她内心受到了极大的触动——针对食品质量安全，切不可出现任何的疏漏，要确保绝对的安全。

为此，徐桂芬提出，以这次中毒事件为警醒，全面强化公司食品质量安全。

在积极配合政府相关部门展开事件调查处理的同时，江西煌上煌集团更是主动全面展开内部排查，查找原料、生产、销售等各个环节存在的差距和不足。

在主要问题一一被查找出来之后，煌上煌集团在从上至下进行整改期间，有计划地举办了 10 期培训班，邀请防疫、卫生、质监等有关部门的专家讲课。进一步健全了管理制度，如制定生产工人《十不准制度》《煌上煌专卖店等级评定标准》《鲜货产品运输、销售卫生质量安全管理规定》等。此外，全面改善运输和销售条件，新购 10 辆冷藏运输车，将逐步推行冷链式运输及销售，杜绝在运输和销售环节产生二次污染。

…………

这次事件，煌上煌为此遭受的损失是巨大的。而在徐桂芬看来，此次事件带给煌上煌的教训是无比深刻的。

"煌上煌品牌，比我的生命还重要，倾注了我所有的心血。'6·22'事件令我痛心，我对不起钟爱煌上煌产品的广大消费者。事情出在下面，但责任在上面。我要代表煌上煌集团向'6·22'事件的患者及其亲属致以深深的歉意！并深深感谢广大消费者的宽容与谅解，要感谢各级政府、各级食品防疫质量监督主管部门的关心、帮助和支持……"

徐桂芬真诚希望，向社会各界消费者表达自己的这份真诚歉意，表达自己创业的心路历程。

"那么，该以一种怎样的方式，来表达自己内心的歉意与感激呢？"

经过郑重思考，徐桂芬决定以致信广大消费者的方式，而且在主流媒体上刊登。她认为，唯有以如此真诚之举，方能真切地表达自己诚挚的心声。

2004 年 7 月 6 日，江西省内几大主流媒体同时刊登了《"煌上煌"致广大消费者的公开信》。

尊敬的消费者朋友们：

6 月 22 日，正值端午佳节之际，备受广大消费者喜爱的"煌上煌"却被蒙上了一层意想不到的阴影。这一天，由于销售终端环节的局部代销店疏于管理，违规操作，直接导致了"6·22"事件的发生，在广大消费者中造成了不良影响，作为煌上煌集团公司的主要负责人，我对事件的发生感到十分痛心。公司决定，6 月 22 日将成为煌上煌集团公司的质量安全警示日！

煌上煌集团，风雨兼程，已经走过了十个春秋。我在创业的路上，有艰辛、有坎坷，但更多的是庆幸，是欣慰。庆幸的是我遇上改革开放的好时代；欣慰的是遇上了许多关爱和支持我的广大消费者。如果没有你们，也就没有我徐桂芬的今天，也就没有煌上煌的今天。煌上煌的昨天充满了广大消费者的厚爱，煌上煌的今天和明天更需要大家的关心和帮助。

"煌上煌"这个品牌是我生命的全部，倾注了我所有心血与汗水。今天，她摔跤了，跌倒了，热切盼望大家扶她一把，送她一程；明天她要成长，要发展，更离不开大家的呵护与扶携，离不开全省乃至全国亿万消费者的培育与关爱。我，一个下岗再创业者，心中常怀感恩之情，一直在以各种方式回报社会。十年来，我们先后捐资兴办了"希望小学"和"春蕾班"，资助了一千多名失学儿童，为政府安置了一万多名下岗职工再就业。"致富思源、富而思进"是我们的行为准则，共同富裕，共奔小康，是我们义不容辞的责任。请广大消费者相信，煌上煌集团是个负责任的企业，是个充满爱心的集体。

事件发生后，我和公司全体员工面对现实，以积极的态度配合省市有关部门对产品进行检测，对事故进行调查和处理，对患者进行救治和慰问，全力做好善后工作。事件给了我和公司一个十分沉痛的教训。我们完全拥护南昌市人民政府对"6·22"事件调查处理决定和下达的整改措施，感谢新闻单位的舆论监督。这次事件虽然是由于个别代销店失职所致，但也暴露出我们在管理中存在的疏漏与不足。对此，我负有不可推卸的责任。在此，我代表煌上煌集团公司向"6·22"事件中毒者及其亲属致以深深的歉意！同时，深深感谢广大消费者的宽容与谅解。教训让我们警醒和反思，也给了我们改过和奋进的力量。我们在南昌市政府调查组、整改组和有关部门的指导下，边处理，边总结，边整改，在公司内部迅速开展了"重走创业路，重塑煌上煌"的主题教育，组织公司全体员工进行食品质量卫生安全知识教育与培训；对违规和不合格的经营单位进行整顿和清退；对原料采购、生产加工和配送销售等环节的硬件与软件进行全方位的改善和提升；对产品实施质量安全和责任保险；请国家权威食品研究机构对产品负责监制；同时还邀请省市卫生、质监部门派员进驻企业，对产品质量安全进行全程检测与监控；设立有奖投诉电话，聘请消费者担任质量安全监督员等等。请广大消费者相信，我们已采取一系列的举措来杜绝类似事件发生。

以人为本，以民为先，诚信兴业是我们的宗旨；质量第一，安全第一，优质服务是我们的信念。我们已经决定将6月22日定为公司质量安全警示日，时刻警示全体员工，决不让"6·22"历史重演，决不让煌上煌蒙羞！

"路遥知马力，日久见人心。"我坚信，永不言败的煌上煌，有政府的关心与支持，一定不会为挫折所阻。有错必改的煌上煌，有广大消费者的宽容与理解，一定能够重新赢得大家的信赖！

为此，我郑重承诺：决不辜负广大消费者的厚望，再走创业路，重塑煌上煌，以崭新的形象、全新的面貌展现在广大消费者面前。充分发挥农业产业化龙头企业的设备、技术和管理的优势，生产出更好、更安全、更味美的食品奉献给广大消费者，把"煌上煌"打造成百年品牌，百年老店，为江西在中部地区崛起再造辉煌，为振兴中国食品工业作出新的贡献！

江西省煌上煌集团董事局主席　徐桂芬

面对企业发展过程中存在的问题，徐桂芬的坦诚尤其是真诚，那样深深地打动了广大消费者，也深深打动了社会各界人士，《"煌上煌"致广大消费者的公开信》刊发后，在社会上引起了强烈的反响。

当天，江西电视台就"南昌'6·22'食物中毒事件"后续报道，在南昌市街头随意采访市民。

"以后还会不会买煌上煌烤卤制品吃？"当市民们被记者问及这一问题时，几乎所有受访的市民的回答都是肯定的——"会买！这件事让我们更加看到了煌上煌的诚恳与诚信！"

还有许多素不相识的人，给徐桂芬写信或者发短信，鼓励她要把煌上煌做得更好，祝愿煌上煌的未来发展更加美好。

所有这一切，给了徐桂芬深切的鼓励和感动，也在她内心凝聚成更加坚定的信念与动力。

…………

根据煌上煌集团内部整改进度和情况，各个相关部门进行严格的验收后一致同意，整改验收通过的煌上煌专卖店陆续重新开业！

接到首批准许开业的南昌直属广场店、绳金塔店、东湖店三家专卖店，在 2004 年 7 月 9 日这一天恢复营业。

"从生产、流通到销售各个环节进行全面整改的煌上煌，将以崭新的精神面貌和更为优质的产品真诚服务广大消费者，真诚回报广大消费者，这一切，当首先从我做起！"徐桂芬决定，亲自到店里为消费者服务。

这一天，煌上煌直属广场店、绳金塔店、东湖店三家专卖店在热闹的鞭炮声中重新开业，徐桂芬以一名营业员的身份在窗口为顾客热情服务。

时隔多年，穿上营业工作服，徐桂芬为顾客服务的一招一式依然是那样标准，服务过程中的点滴细节那样细致入微。

"是徐桂芬，徐总亲自来为我们当服务员了！"

当前来购买"煌上煌"产品的顾客中有人认出了徐桂芬之后，在店外排队的顾客人群沸腾了……

面对此情此景，徐桂芬内心怎能不百感交集：重新开业的煌上煌，又是顾客盈门，那份深植于广大消费者心中的品牌信赖，非但没有丝毫的消减，反而愈加浓厚了！

一阵阵的暖流，在徐桂芬的内心流淌。

"我们没有任何理由不把企业做得更好！"在徐桂芬的情感深处，唯有这样才是回馈广大消费者信赖的最好方式。

7 月 11 日，煌上煌集团直属的南昌市区 20 个煌上煌直营店及加盟店相继重新开业。

随后，江西全省各地的直营和加盟连锁店也陆续重新开业。

…………

时光向前，南昌"6·22"食物中毒事件的阴霾渐行渐远。然而，在当年事后徐桂芬接受各大新闻媒体采访的一篇报道里，人们可以清晰地看到，在整个事件过程中她所经历的那场考验。

那是煌上煌不平凡发展历程中的一段往事，更是徐桂芬风雨创业心路历程中忘不了的记忆。

为此，我们特摘录了下来：

记者：1993年你下岗后经营绳金塔下的小小卤菜店，近10年没站过柜台。7月9日，"6·22"事件停业整顿的第18天，煌上煌集团直属三家专卖店以崭新的面貌重新开张，你身穿工作服，戴着口罩热情地为顾客服务，是什么样的心情？

徐桂芬：完全不同的两种心情。我这次亲自为顾客服务有特殊的背景："6·22"事件发生后消费者遭受伤害、"煌上煌"蒙受阴影，我是为了事业，是带着歉意、带着真诚、带着信心来为大家服务的。

记者：重新开张的煌上煌专卖店从里到外让人感觉面貌焕然一新。门口悬挂着"真诚相拥接受监督、全力打造江西名牌"、"以我们的真诚回报消费者的深切厚爱"等条幅，张贴了世界卫生组织忠告：卤熟食品购后即食，贮藏后请加热食用。还给顾客散发了《煌上煌致广大消费者的公开信》及《煌上煌忠告：警惕病从口入》等消费提示。前来购买的消费者享受到了与以前不同的温馨、人性化的服务。

徐桂芬：为了这一天的到来，我10多天没睡好觉。整顿期间，我们邀请省市食品界、卫生防疫部门、经济界、新闻界等各方人士为企业发展把脉问诊开药方。我们深知，煌上煌一定要以崭新的面貌与市民见面，重新开张只准成功，不许失败。事实证明我们的努力达到了预期的效果。开张第一天就受到了消费者的欢迎。顾客争相购买。很多人说，好久没吃煌上煌卤菜了，这下可以解馋了。有不少人给我打电话发短信，祝贺我开张第一天跑火。

消费者宽容、理解，各级政府、监督部门支持、关心。这是最受感动的。我只有拿出安全、放心、可口的好产品，只有更好地回报社会为国家多做贡献，才对得起广大消费者。

记者：你这一辈子感触最深的事是哪件？

徐桂芬：11 年来，把煌上煌从小做到大，什么苦没吃过？什么难没受过？荣誉也得了一大堆。但无论哪一次也没有"6·22"事件让我刻骨铭心，终生难忘。事发当天，市里执法监督部门进驻厂里，当晚各门点关门停业要我签字时，我心情复杂极了。10 多年培育的煌上煌就这样毁于一旦？它倾注了我多少汗水和心血呀！我一度想打退堂鼓，从此金盆洗手。可是，看看市委、市政府领导凌晨两三点钟还在为我们的事开会，看看质监、食品防疫、卫生等部门不分昼夜地帮助我们，看看深夜还围在我身边的同事们，我没有理由退缩！1000 多名员工需要我，社会和广大消费者需要我。许多人打电话鼓励我，要我振作精神，重整旗鼓，天下没有迈不过去的坎！所以，我由衷地感谢他们，感谢各级政府、职能部门，感谢消费者，感谢亲朋好友和同事们，是他们给了我战胜困难的勇气，给了我重塑煌上煌新形象的信心和决心！从此，煌上煌会一路走好，会越做越大。

煌上煌集团是富有社会责任感的企业。面对"6·22"事件，它敢于承担责任，主动出资免费为患者治疗，至今已支付 30 多万元医疗费，徐桂芬在电视、报纸上公开向消费者致歉，并发表了情真意切的《"煌上煌"致广大消费者的公开信》。同时，为了拯救煌上煌品牌，他们变危机为契机，变坏事为好事，开始了食品安全行动等一系列整改措施。

记者："6·22"事件后，煌上煌集团负责人赶往医院看望患者，主动出资为患者治疗，这点赢得了市民的同情和谅解，体现了一个企业的社会责任感。电视台记者采访患者时问："你们以后还吃煌上煌产品吗？"，他们回答："还吃。"

徐桂芬：我非常感谢这些患者对我们产品的信任，也非常感动。回报社会是煌上煌集团一贯所坚持的。中毒事件发生后，我当时的想法是，不管是什么原因，最要紧的是赶快救治和安抚中毒消费者，我亲自布置有关部门向相关医院拨款免费救治中毒患者，还成立事件医疗慰问小组慰问住院患者，全力做好善后工作。

记者：此次中毒事件，问题出在哪里？怎么把坏事变成好事？

徐桂芬：问题出在下面——个别代销店疏于管理，违规操作，但责任在上面，它暴露了"煌上煌"在管理中存在的漏洞和薄弱环节。比如对食品质量卫生安全问题重视不够，对物流、销售环节监管不力等。对此，我们不推诿，敢于直面问题，承担责任，敢于向消费者负责。中毒事件本身是件坏事，它对"煌上煌"打击很大，但同时它又是一件好事，它增强了我们的危机意识、质量意识、管理意识。出事前我正好到黑龙江考察，准备大打省外市场。我现在省内市场占总量的80%，如果等到省外市场份额占到相当比重时再出这样的事，那对"煌上煌"的打击才是致命的。

记者：在内部整改中，你提出了"食品质量大于天"的口号，并开展了"重走创业路，重塑煌上煌"等一系列活动，成效如何？

徐桂芬：食品行业是道德行业。以人为本，以民为先，诚信兴业是我们的宗旨；质量第一，安全系数第一，优质服务是我们的信念。为了全面提高质量安全管理水平，树立食品质量安全大于天的意识，我们将"6·22"定为公司质量安全警示日，时刻警示全体员工，决不让"6·22"重演！而且我们正在抓HACCP体系认证工作，按照HACCP体系要求将质量安全落实到每一个环节。

7月7日，我领着全体管理人员和生产、销售一线的职工代表在神圣的国旗面前宣誓：前车之鉴，终身之训；质量安全，铭记在心；每时每刻，毫不懈怠；严格要求，从我做起；规范操作，强化管理；坚定信念，再创辉煌！当日我们还从卫生、质监、社会各界人士中聘请了18位首批质量安全监督员，以后将分批聘请，总共要聘请100名，欢迎全社会监督我们。

记者：此次整改查出了哪些问题，针对性地提出了哪些对策？

徐桂芬：我们全面排查，查找原料、生产、销售等各个环节存在的差距和不足，共找出亟待解决的20个主要问题。如，缺乏销售量过大的预警机制，销售点冷藏消毒设施配套监管力度不够，对产品检测后的留样结果分析报告制度不健全等。整改期间，有计划地举办了10期培训班，邀请防疫、卫生、质监等有关部门的行家讲课。进一步健全了管理制度，如生产工人《十不准制度》《煌上煌专卖店等级评定标准》《鲜货产品运输、销售卫生质量安全管理规定》等。改善运输、销售条件，近期新购的10辆冷藏运输车将到位，逐步推行冷链式运输及销售，杜绝产生二次污染。

"6·22"是个契机，"煌上煌"借机浴火重生，脱胎换骨为现代化的标准化工业企业。再过两个月，南昌县小蓝工业园中占地近300亩的煌上煌食品工业园将成为全国最大的中式食品加工基地。2006年力争实现产值6亿元，2010年实现产值15亿元……一头连着农户一头连着消费者的省、市农业产业化龙头企业——煌上煌集团将在广阔的天空展翅高飞。

记者："6·22"事件使"煌上煌"重新反省自己，这对去年开工、今年9月即将投产的小蓝工业园中的煌上煌食品工业园建设有什么帮助？

徐桂芬：有很大的帮助。占地近300亩的煌上煌食品工业园去年开始建设，已投入1.5亿元，建筑面积5.8万平方米，建成后将是全国最大的中式食品加工基地，全国农副产品深加工示范工程项目、2003年国家级星火计划项目就在此实施。

"6·22"事件后，我们对煌上煌食品工业园的工艺、设备、流程作了科学调整，使之更符合现代化企业标准。采用先进现代加工手段，提升产品加工科技含量——建设现代化屠宰分割车间，应用呼吸式隔膜装置、连续式油水分离油炸设备等；加大自检自测力度，建立产品安全防护网——有计划地添置高科技、现代化的检测设备，引进国外先进检测方法，建立标准化生产自控体系，形成从源头到最终产品整个生产过程质量控制的监督机制等等。

…………

任何企业在发展过程中不可能不出现一些问题，但一位负责任的企业家和一家负责任的企业，总是能在问题面前展现出其高度负责的品格态度。

丝毫不掩饰而且直面所发生的问题，对广大消费者的恳切真诚，对食品安全的高度负责与采取一系列积极举措，徐桂芬和煌上煌全体人赢得了社会各界的高度肯定，也赢得了社会各界的信任。

徐桂芬还做出决定，把每年的 6 月 22 日定为煌上煌食品安全警示日，牢记食品安全，防患于未然！

尤其让社会各界注目的是，煌上煌在"6·22"事件积极处置与大力整改提升过程中体现出的责任当担，得到了时任江西省委主要领导的高度肯定。

在徐桂芬心里，这一切给了她巨大的温暖鼓励，她告诉自己一定要更加努力奋进，去实现煌上煌既定的发展蓝图。

第四节　骤雨过后彩虹更壮美

2004 年 9 月 6 日，在历经风雨考验两个多月之后，煌上煌迎来了其发展历程中具有重大标志性意义的日子。

这一天，位于南昌县小蓝工业园的煌上煌食品工业园盛大落成，并实现顺利投产。

这一项目的建成与投产，也标志着全国最大的中式食品加工基地落户煌上煌。与此同时，该项目是经国家计委审批立项的"年产万吨新含气调理保鲜食品工程"重点项目，被列为国家农副产品深加工示范工程。

走出"6·22"事件阴霾的煌上煌，犹如骤雨过后映照晴空的彩虹，向人们展现出一道壮美靓丽的风景。

走进占地 300 亩的煌上煌食品工业园，呈现在人们面前的，是一座具有现代化水平的食品加工园区。

按照"绿色、生态、环保"标准规划建设的煌上煌食品工业园，办公区楼宇和生产加工区车间厂房错落有致，整个园区的园林绿化相映成彰，一派生机盎然的景象。

这座现代化园区集食品研发、生产加工、检验检疫、冷链配送、产品展示于一体，工艺技术设备先进，自动化程度高，产能规模大。

生产车间工艺布局设计标准规范，功能清晰，全部采用当时国内先进的加工手段，提升产品的技术含量和安全品质。建设产品检验室，引进质量管理人才，加强对原辅料、产品质量的检验。建立 ISO9000 质量管理体系和 HACCP 食品安全管理体系，实施标准化生产。从硬件的提升到管理软件建立，煌上煌开始建立形成了食品质量安全防护网。

而现代加工与传统酱卤制作工艺相结合，又使得煌上煌产品实现了传统熟食行业生产的工业化、现代化与信息化。与此同时，在高科技包装型材，工艺技术，物理保鲜的基础上，导入了食品安全信息化可追溯系统。

在冷却方面，熟食制品从出锅到自然冷却，解决了半小时内 45℃到 25℃食品最容易感染细菌的问题。而煌上煌食品工业园引进的真空快速冷却机、运用中式菜肴微波杀菌技术、采用独立包装等，既能保证产品的原汁原味，又能避免细菌感染。

新含气调理食品保鲜加工新技术的引进，更加凸显了煌上煌在现代食品加工生产上的先进水准。

这一新技术通过将食品原材料预处理后，装在高阻氧的透明软包装袋中，抽出空气并注入不活泼气体并密封，然后在多阶段升温、两阶段冷却的调理杀菌锅内进行温和式灭菌。

经灭菌后的食品，既能较完善地保存食品的品质和营养成分，而食品原有的色、香、味、形、口感又几乎不发生改变，并可在常温下保存和流通长达 6 至 12 个月。这不仅解决了高温高压、真空包装食品的品质劣化问题，而且也克服了冷藏、冷冻食品的货架期短、流通领域成本高等缺点。

同时，新含气调理食品保鲜加工新技术，是被业内专家普遍认为具有极大推广应用价值的前沿技术，可广泛应用于传统食品的工业化加工，有助于开发食品新品种，扩大食品加工的范围，从而开拓新的食品市场。该技术尤其适用于加工肉类、禽蛋类、水产品、蔬菜、水果和主食类、汤汁类等多种烹调食品或食品原材料，应用前景十分广阔。因而，这一加工新技术的引进，无疑为煌上煌未来向食品产业链的不断延伸，预设了充分的技术领域空间。

此外，在传统工艺生产的基础上，采用隧道式快速冷却、拉伸膜真空包装、水浴式巴氏（或真空高压）杀菌工艺，在产品配送和销售方面，实行全程的"冷链"配送，产品到达后立即储存于专用冷柜中进行销售。由冷链物流配送至各中转站和门店，快速地把即食、美味、新鲜的产品送到千家万户。这种可复制性强的标准化模式，实现中央工厂到消费者的双向流通，解决了传统熟食产业发展的局限性，在传统酱卤熟食工业化生产方面具有引领示范作用。

其他工艺和技术设备方面，煌上煌食品工业园每一处同样是可圈可点。

——把臭氧杀菌技术运用到凉拌菜原料的漂洗过程，既安全又保证了产品的口感和营养。臭氧杀菌技术在原料漂洗过程中的运用，从生产环节开始的第一关就建立起了质量安全屏障，为产品质量安全奠定了坚实基础。

——采用先进的真空呼吸式腌制技术，对禽肉类胴坯进行低盐腌制。这种工艺腌制时间短、效率高、品质好，同时熬卤、输卤、腌制、储卤完全实现自动化操作，既大大降低了劳动强度，又充分保证了产品安全。

——将西式肉制品加工中常用的真空快速冷却技术，应用到中式酱卤肉制品的生产过程中，使产品在 15 分钟内从 90℃冷却到 20℃，迅速越过细菌最易繁殖的 45℃~25℃温度区，避免冷却过程中可能造成的污染。

…………

依靠技术的引进运用，煌上煌实现了从产品开发、生产到销售的完整产业链。历经市场的洗礼和全面脱胎换骨的技术革新，开启熟食品加工行业变革的新篇章，煌上煌至此已稳步发展成为全国同行业的领跑者！

全国熟食制品行业、农业产业化领域的领跑者煌上煌，也引起了越来越广泛的关注。

在一份"煌上煌集团 2004 年大事记"上，清晰地记录着各方嘉宾莅临煌上煌小蓝工业园考察参观指导的情况：

2004 年 9 月，国家发改委经济综合司领导一行，在考察了煌上煌小蓝工业园后，给予充分肯定。

10 月 14 日，由南昌市领导率领的港澳籍江西政协、人大代表一行到集团参观考察。

10 月 24 日，宁夏回族自治区党政代表团考察煌上煌小蓝食品工业园。

11 月 1 日，新疆克孜勒苏柯尔克孜自治州代表团来煌上煌小蓝工业园参观考察。

11 月 10 日，湖北省党政代表团到煌上煌小蓝工业园参观考察。

11 月 18 日，全国人大财经委、全国工商总局、国务院财经委等领导一行到煌上煌小蓝工业园参观考察。

最让徐桂芬激动不已的是，这一年，煌上煌集团还迎来了党和国家领导的亲切视察！

…………

具有一流技术设备、先进生产工艺和强大产能的现代食品工业园，给煌上煌的发展插上了腾飞的翅膀。

煌上煌在省内外的加盟店，开始快速推进，产品美誉度在消费者中间快速传播，销量稳步提升。

煌上煌的发展，由此步入了发展快车道。

2004年，江西煌上煌被认定为国家级农业产业化重点龙头企业。由省级农业产业化重点龙头企业向国家级跃升，标志着煌上煌的发展开始受到国家层面的重视与支持！

与此同时，这一年，在江西工业经济运行公告中，煌上煌又被评为全省"五百工程"企业（省重点企业、省重点民营企业、省重点技改工程、省重点新产品和省重点招商引资项目）。令人关注的是，在江西全省农业产业化行业的民营企业中，被评为"五百工程"企业的仅煌上煌集团一家。

江西的煌上煌，日渐引人注目。

同年11月24日至25日，中央电视台七频道连续两天在《致富经》栏目中，以"卤出来的亿万家产"为题，专题报道了徐桂芬创业的事迹和煌上煌壮大发展的历程。节目播出后，全国各地许多创业者给徐桂芬来电来信，就创业问题向她请教取经。

从一家作坊式烤禽社到一座现代化的食品工业园，这其中的精彩蜕变过程，与徐桂芬由普通下岗女工到女企业家的创业故事一样，对媒体有着强大的采访吸引力。

煌上煌小蓝工业园随之也迎来了众多媒体记者。

而媒体的报道，又随后让煌上煌精彩蜕变的过程和徐桂芬那打动人心的创业历程，不断呈现给社会公众，引发了广泛关注。

中国女排的姑娘们从报纸上读到徐桂芬的事迹后，被深深打动了。

2005年12月12日，在教练陈忠和的带领下，中国女排队员一行十多人特意来到江西，来到了煌上煌小蓝食品工业园参观。

徐桂芬领着女排姑娘们徜徉于工业园整齐划一的道路，陪同她们一起参观现代化的生产流水线，现场向他们讲解国际一流的生产工艺流程……女排姑娘们请徐桂芬畅谈创业的故事，和她一起分享人生感悟……

那令人倍感亲切的场景，仿佛女排姑娘与徐桂芬早已是相知多年的老朋友。

是啊，在女排姑娘们和徐桂芬身上，都有着共同的奋进拼搏精神，所以她们的内心深处有着相通的情感。

"还要让十多年来一直钟爱和支持我们的广大消费者知道，煌上煌从来都不曾有丝毫的懈怠，所有的努力，都在期待今天这一切全新而美好的开端……"徐桂芬深知，这么多年来，是广大消费对煌上煌产品的钟爱，才成就了今天的煌上煌。

于是徐桂芬提议：邀请消费者代表参观煌上煌食品工业园！

2005 年 12 月 26 日，400 多名消费者代表走进了煌上煌小蓝工业园。

目睹偌大的园林式新园区，参观国际国内一流新技术、新工艺流水线上产品生产的全过程，见证从原料到产品的整体严密食品安全监控流程……眼前的一切，让这些消费者代表们惊叹不已、赞叹不已！

…………

煌上煌的崛起，让人们刮目相看。

有专家学者称之为"煌上煌现象"，将这家民营企业从传统走来，跳跃式发展，向现代化迈进的不平凡发展历程，誉之为中国民营企业中具有典型代表意义的模式。

徐桂芬以坚定信念成就起的煌上煌事业，意气风发地展示新中国妇女的风采。在社会各界人们的眼里，她是一位用人生风雨调着颜色去描绘彩虹的女人，以自强不息的努力，让自己的事业更加靠近辉煌太阳的女人……

当徐桂芬把一个个梦想变成现实时，祖国和人民给予了她充分的肯定：全国八届妇代会代表、全国九届工商联代表、中国光彩事业促进会理事、全国食品行业优秀女企业家、江西省政协常委、江西省妇联第九届执委、江西省、南昌市光彩事业促进会副会长、南昌市人大代表、南昌市工商联副会长……

她还走进了人民大会堂里，受到党和国家领导人的亲切接见，那激动人心的情景让她永远铭记在心。

第七章
成就"中国酱卤第一股"

顺应农业产业化大潮,煌上煌打开了全新的发展天地。

历经新千年的第一个十年,煌上煌已拥有占地面积近600亩的中式酱卤肉食品工业园和大型肉鸭屠宰深加工厂区,被列为全国农产品深加工示范基地、国家农业产业化开发项目示范企业和农业产业化国家重点龙头企业。

尤其令业界惊叹注目的是,沿着"构筑一流生产技术高地、打造产业链核心竞争力"这一主线,煌上煌现代化一流技术水准的肉鸭屠宰加工生产线,冷链生鲜物流,质量安全体系等均在全国同行业树立起了标杆。

以恢宏气势稳健崛起的煌上煌,下一步将确立怎样的大目标、大方向?徐桂芬开始深思布局,运筹帷幄。

现代企业发展的历程表明,众多卓越的家族企业在沿着"家庭作坊式企业—现代化管理企业—公众上市公司"这一条路径演进的过程中,实现了"裂变式"快速发展，跃居为行业的领军企业，从而开启了百年企业的梦想。

通过上市，借助资本市场加快推进煌上煌成就百年企业梦想！

在进入新世纪第二个十年的承启之年，徐桂芬决定引领煌上煌通过实施股份改造，迈出积极筹划上市之路。

2012年9月，煌上煌终于顺利在深圳证券交易所挂牌上市，成为全国酱卤行业首家上市公司，被誉为"中国酱卤第一股"！

煌上煌开始试水对同行业企业的兼并重组，不断壮大企业规模实力。

再次站上了全新发展的起点，煌上煌翻开发展史上的又一辉煌篇章。

对于煌上煌未来发展的宏远愿景蓝图，徐桂芬志在做大做强企业规模的基础上，实现中国酱卤领域"百年老店"的梦想。

第一节　打造赣产绿色食品代表品牌

全面布局与坚实奠基，让煌上煌的发展速度、经济效益和发展规模，进入了前所未有的加速期。

"质量安全与独特风味，是我们煌上煌产品的核心竞争力，也是煌上煌得以在今后稳步发展壮大的坚固基石。"在企业发展已打开开阔格局的背景下，徐桂芬随即又聚焦到煌上煌产品上来——打造煌上煌绿色食品品牌，并立志成为赣产绿色食品的代表品牌！

这一目标的确立，无疑再次定准了煌上煌在同行业领军发展的前行方向。

绿色食品，是指产自优良生态环境、按照绿色食品标准生产、实行全程质量控制并获得绿色食品标志使用权的安全、优质食用农产品及相关产品。

绿色食品的发展，始于20世纪中后期。

20世纪中期，欧美和日本等发达国家在工业现代化的基础上，先后实现了农业现代化。这一方面大大地丰富了这些国家的食品供应，而另一方面，随着农用化学物质源源不断地、大量地向农田输入，造成有害化学物质通过土壤和水体在生物体内富集，并且通过食物链进入农作物和畜禽体内，导致食物污染，最终损害人体健康。至70年代初，由美国扩展到欧洲和日本的旨在限制化学物质过量投入以保护生态环境和提高食品安全性的"有机农业"理念，影响了许多国家。一些国家开始采取经济措施和法律手段，鼓励、支持本国无污染食品的开发和生产。自 1992 年联合国在里约热内卢召开的环境与发展大会后，许多国家从农业着手，积极探索农业可持续发展的模式，以减缓石油农业给环境和资源造成的严重压力。欧洲、美国、日本和澳大利亚等发达国家和一些发展中国家纷纷加快了生态农业的研究。

20 世纪 90 年代，绿色食品已成为全球食品消费的主流趋势。

1990 年 5 月 15 日，我国正式宣布开始发展绿色食品，绿色食品概念第一次进入人们的消费视线。

世纪之交，随着农业产业化发展大潮崛起的我国现代食品工业，在质量安全体系、营业科学体系、加工技术工艺体系三大主要领域，从一开始就努力与国际标准体系接轨。大力发展绿色食品，也更是被国家提上了与现代农业同步发展的重大日程。

到 2005 年，经过十年的探索发展，我国已在绿色食品生产体系和管理体系建立，系统组织绿色食品工程建设实施上，稳步向社会化、产业化、市场化、国际化。

随着健康消费理念日益深入人心，广大消费者对绿色食品的认知程度和对绿色食品需求愿望越来越高。新闻媒体主动宣传、报道绿色食品，理论界和学术界也日益重视对绿色食品的探讨。绿色食品代表并引领着健康消费潮流，同时也成为农产品领域和食品工业行业大力发展的明确方向。

这样的背景之下，全国各省市纷纷高度重视绿色农产品和绿色食品发展。

江西生态环境有着得天独厚优势，具有发展绿色农产品与绿色食品的天然禀赋。新世纪初，在确立现代农业发展的规划中，全省把绿色农产品与绿色食品的发展置于重要位置，着力打造一批绿色农产品与绿色食品品牌。

绿色食品，最基础的首要条件就是要以绿色农产品为原料。

煌上煌不惜投入巨资，按照绿色农产品种养殖标准流程，开始对已经建成的所有的肉鸭基地实施严格的种养殖技术标准规程，高标准建设绿色食品基地。

在实施肉鸭养殖和鸭肉制品深加工环节，按绿色食品标准的要求，全面实行标准化生产、绿色养殖、绿色加工，铸就了煌上煌的绿色品牌，推动了煌上煌食品安全信用体系建设。

从南昌市到江西省的农业部门、从江西省绿色食品办公室到国家绿色食品发展中心，对煌上煌打造赣产绿色食品品牌，给予各方面的全力支持和悉心指导。

对此，徐桂芬与全体煌上煌人备受鼓舞，更充满了信心。

倾力而为的努力付出，终于在金秋十月迎来了沉甸甸的丰收。

2005 年 10 月初，经江西省绿色食品评审组委会严格评审，并报国家绿色食品发展中心终审认定，煌上煌的"皇禽"牌酱鸭、卤鸭翅、卤鸭脚、麻酥鸭四个产品荣获了绿色食品标志使用权，是全国酱卤鸭肉制品首个获得绿色食品标志使用权的企业。

从肉鸭绿色养殖基地到现代化的熟肉制品生产加工园区，从绿色养殖标准体系到肉制品加工 HACCP 体系、从田园到餐桌全过程的质量控制，每个环节完善的质量控制体系，形成了煌上煌的食品安全信用体系，煌上煌也荣获了全国绿色食品示范企业称号。

江西绿色食品又添一个具有全国影响力的品牌！

打造赣产绿色食品的代表品牌，由此，煌上煌又翻开了新千年第二个五年发展的精彩开篇！

第二节　建树全国同行业标杆

煌上煌在谋划企业的每一步发展过程中，徐桂芬总是以前瞻的目光，善于抓住整个行业和产业发展进程中的一次次重大机遇，从而很好地把握住了煌上煌快速发展的时机。

徐桂芬再一次深入全国各地展开市场考察。

在赴香港、广东、上海等地市场进行考察的过程中，徐桂芬惊喜地发现，以江西红毛麻鸭为代表的白条麻鸭在这些地方很受消费者青睐。

但不知是何原因，多年来，江西的白条麻鸭在这些地方供应数量一直较少。也正因为这样，产自江西的白条红毛麻鸭，在港粤沪市场成了"抢手货"。

日本的富德株式会社的代表在考察煌上煌养殖基地后当即表示：煌上煌供应白条红毛麻鸭，有多少我就要多少！对煌上煌的肉鸭更是"求鸭若渴"。

以红毛麻鸭为代表的江西麻鸭，是我国优良的地方肉鸭品种，肉嫩、瘦肉率高、鲜美，一直深受顾客青睐。但由于活鸭不便于长途运输，江西本地又缺乏机械化、规模化的安全可靠的白条麻鸭生产线，再加上检疫等多方面因素，江西鲜活麻鸭销售区域有限，大多麻鸭作为腌制板鸭原料，腌制板鸭加工季节性强，经济效益不理想，因此严重制约了养殖规模，影响了农民的增产增收。

市场考察的结果和前景预测表明：煌上煌产品市场扩大和产能提升的两大领域潜力巨大！

至此，在煌上煌未来发展的蓝图规划中，徐桂芬将产业链贯穿了起来——向上下游延伸，舞起一条肉鸭养殖、屠宰加工、鸭肉制品深加工、连锁销售的长龙！

构筑煌上煌从肉鸭养殖、屠宰加工到生产，再到销售的一条龙完整产业链，最终落到促进农民增收这个问题上。

徐桂芬始终没有忘记煌上煌的这一责任与使命。

于是，沿着构筑一流生产技术高地、打造产业链核心竞争力这一主线，徐桂芬在缜密的思考中，一个宏大的项目规划形成：再建设一个现代化的大型肉鸭屠宰项目，全面提升煌上煌的肉鸭加工产能！

最终，这一项目被确定为"年屠宰加工 3000 万羽肉鸭项目"。

这一项目，成为煌上煌集团在实施第二个"五年计划"发展过程中的首个重点核心项目。按照产能设计和一流技术水平的规划，该项目的技术设备，全部引进和采用国内国际一流的技术标准与装备。屠宰加工流水线机械化程度高、质量安全控制性能强；10000 吨冷库功能齐全，全部按新工艺、高标准、节能效果好的要求建设；日处理 2000 吨废水的污水处理站的土建工程、处理设备、在线监控仪器全部按环保要求和排放标准建设和安装。总投资额为 10000 万元。

2007 年 6 月 27 日，"年屠宰 3000 万羽肉鸭加工及其副产品综合利用深加工"项目正式破土动工。

历经两年多时间，项目工程建设十分顺利。

2009 年 11 月 24 日，一个注定载入煌上煌集团发展史的日子，也是改变江西水禽加工发展史的日子。

这一天，随着年屠宰加工 3000 万羽肉鸭项目竣工投产，煌上煌完成了打造肉鸭加工产业链上的最后一个布局。从此，从养殖到屠宰，到加工再到销售的每一个环节，从白条鸭到熟肉制品，煌上煌都将这些严控在现代化的技术规程与管理制度之下。

在这一自动化程度极高、技术水准一流的生产加工线上，一只只鲜活的肉鸭经检疫后，被倒挂上生产线，通过低压电击晕，放血，预烫，浸烫，打毛，浸蜡拔残毛，开膛净体，胴体喷淋，预冷，消毒，分割，包装，冷冻冷藏等各个环节，变成全净膛白条鸭、部位分割鸭肉等 20 多个品种，产品分有热鲜、冰鲜、冷冻三大类。加工生产全过程不但机械化程度高，最大限度地减少了人工接触的可能。宰前检疫、宰后检验，确保鸭肉品质安全。许多环节还做到了精确的数字化控制，以保存肉鸭的鲜美品质。

这一现代化一流技术水准的肉鸭屠宰加工生产线，规模为中部地区最大，其生产工艺达到国内领先水平！

因此，业界这样盛赞道：伴随着年屠宰 3000 万羽肉鸭加工项目竣工投产，煌上煌的一道安全保障体系也正式"投产"！

煌上煌年屠宰加工 3000 万羽肉鸭的现代化生产线建成，就其重大意义而言，实际上已远超出了煌上煌在同行业中赢得了核心竞争力的层面，业界给予了这样高度的评价。

立于全国同行业的视野高度，徐桂芬不断从食品安全与技术领先两方面，去引领煌上煌砥砺前行，一次次在全国同行业中树立标杆。

此外，徐桂芬也在思考冷链技术在煌上煌的运用，全面探索构建煌上煌冷链视生鲜物流和熟肉制品冷链物流体系。她认定，在冷链物流领域，煌上煌将再树全国同行业的标杆！

煌上煌冷链物流，10 年后在全国的生产基地和市场形成了这样的规模：

在肉鸭屠宰环节建设有速冻库、冷冻库、冷藏库、冷藏排酸间共计 10000 吨；在熟肉制品加工、预冷、贮存环节配套冷冻库 12000 吨，6 吨 / 小时快速冷却隧道 5 条，产品冷藏保鲜库 1000 吨；在配送环节添置冷藏车 120 多辆；在每个门店配置了冷冻柜和冷藏柜。

配合冷物流系统建设，煌上煌制定精准订单预测、标准化品类管理、快速配送、快速库存的周转机制；

形成一套能做到覆盖采购、检测、仓储、运输和销售的切实合理的冷链行业标准体系；

强大的设施设备、完备的标准体系、完善的服务保障，组成了冷链物流三大支撑体系，覆盖了生产加工、储存运输、门店销售的全过程，煌上煌的产品销售半径达到 1000 公里以上。

多年来，煌上煌一直重视与科研机构和大专院校合作，公司与南昌大学中德食品工程中心、江西农业大学食品科学与工程学院等科研院校建立了长期合作关系，建立产学研相结合的技术创新体系，及时研究包括冷链物流在内的肉制品加工新工艺、新技术。

经过大量的探索和反复试验，煌上煌掌握确定了一种比较适合中式产品的成熟的冷链控制技术，在行业内率先将真空快速冷却技术和适合高温肉制品降温的"洁净风冷 + 冷媒制冷一体化"的快速冷却技术应用于肉食品加工中。煌上煌拥有"洁净风冷 + 冷媒制冷一体化"的快速冷却核心技术的知识产权。

同时，在凉拌蔬菜制品加工中为了加速对预煮原料的冷却，运用臭氧水杀菌技术，既能使产品快速降温，提升产品质地口感，又能有效地降低蔬菜中的农残，达到灭菌彻底。

在实施冷链控制的同时，煌上煌的技术人员加大了酱卤肉制品抗氧化护色的技术攻关力度，通过技术嫁接，解决了酱卤肉制品非酶褐变、氧化变黑的难题，这项技术的应用走在了国内同行的前列。

冷链物流体系的构建，尤其是对企业自身冷链技术标准的打造，对一些技术装备的研发，对一些技术难题的攻克，让煌上煌再次在现代食品工业树立起了标杆！

沿着产业链的不断延伸，徐桂芬更大的目标是填补煌上煌白条鸭市场供应的空白，让江西的优质白条鸭走进全国各大商超，以取缔农贸市场无证宰杀脏乱差的现象，杜绝禽流感在农贸市场的传播，以工业化的宰杀规范检测体系，确保食品安全。

第三节　水到渠成运筹上市

在煌上煌集团发展历程中，2008年是具有重大承启意义的一年。

历经15年的艰苦创业，煌上煌集团已发展成为以畜禽肉食品加工、家禽屠宰、精深加工为主业，产业涵盖农业综合开发、房地产开发以及餐饮酒店业等领域的综合性大型民营企业，下辖有16家分公司，员工3000多人。并拥有占地面积近600亩的中式烤卤食品工业园和大型深加工厂区，遍布全国各地的连锁专卖店近2000家。

在这样的规模基础上，煌上煌下一步将沿着怎样的战略方向发展？

新千年以来尤其是2007年，当煌上煌不断向着上下游产业链延伸，朝着农业产业化方向纵深推进、发展渐渐步入快车道，徐桂芬也越来越深切地感受到，对于企业未来的发展前景，开始呈现出更为广阔的一片天地。

走过十五年创业发展之路的煌上煌，企业规模实力已今非昔比，呈现出更为开阔的发展格局。此时，从阶段性发展目标到长远发展愿景的战略方向定位，就显得十分必要。

为此，2008年伊始，煌上煌集团在制定又一个五年阶段性发展目标的同时，徐桂芬也把未雨绸缪的目光投向了更为深远的未来：

——以"立足基地，突出加工，着眼流通"为重点，加快培育壮大企业的产业集群；

——以"扩大规模，优化结构，提高综合效益"为方向，推动企业做强做大；

——以"延长产业链，增加附加值，提高农产品加工转化率"为目标，推进企业的技术改造和技术创新，建设符合生态经济效益的农产品食品加工体系。

对于实现这一发展规划目标的路径，很显然，煌上煌将依靠资深的积累，实现滚动发展。

一个让徐桂芬一年多来审慎对待的建议，在此时再次被提到了议事日程。

这个建议就是：上市！

提出这个建议的人，是徐桂芬的大儿子褚浚。

在一年前，徐桂芬已将褚浚从合味原大酒店总经理的岗位上调回煌上煌集团公司，担任煌上煌食品股份公司总经理，还协助煌上煌集团的全面管理工作。

一位卓越的企业必定会深思企业的永续发展。

随着自己年龄的增长，徐桂芬和褚建庚已悄然思考并着手准备历练"二代人"接班。在她看来，能否在合适的时间顺利实现煌上煌发展过程中的"交接棒"，这是事关煌上煌成就百年企业梦想的重大事务。

在这里，有必要介绍一下褚浚在煌上煌的历练过程。

从 1997 年大学毕业后进入煌上煌，一个个部门和岗位的扎实历练，一步一个脚印的前行，让褚浚悄然完成了从公司基层员工到集团高管所具备能力的转变。还有极为重要的一点，把煌上煌做大做强，发展成为一家卓越的现代企业，已深深融入他的事业壮志之中。

"除了要传承煌上煌艰苦创业的精神，更重要的是要以科学发展的理念与时俱进，推动企业在管理观念上创新、生产科技含量的提升、促进专业人才的引进、加快产品的改进和出新等。"从被父母委任为煌上煌实业有限公司总经理开始，褚浚认为，加快技术和工艺现代化是助推煌上煌向现代化企业迈进的重要基础。

将传统的制卤手段转变成专业化的规模生产，将是煌上煌发展唯一路径，而首要任务就是取得技术突破，并实现产品的多样化与差异化。为此，褚浚开始不断引进、开发并应用先进的加工设备与技术，使煌上煌迅速从传统手工工艺向现代化生产转变。他还加大了对传统烤卤工艺的革新力度、对酱鸭新工艺的改进，包括采用连续式油水分离油炸设备、连续式卤煮机等，实现了传统产品的现代化生产。此外，他还推广应用中式菜肴微波保鲜技术，从技术上确保产品的安全品质。

2006 年，褚浚力主加大酱卤肉制品抗氧化护色的技术攻关力度，通过技术嫁接，解决了酱卤肉食品氧化发黑的难题，这项技术的突破和应用也使煌上煌走到了国内同行的前列。他建立起一支技术团队，聘请江西省农科院、南昌大学等科研机构及其他食品行业专家担当技术顾问，期间，他还组建了肉禽食品研究所和新产品研发中心，为新产品的研发提供技术后盾。

经过基层员工和分公司管理岗位的锻炼，褚浚熟悉了卤制品加工工艺流程、终端销售和市场营销的全过程，同时借助其自身所学，为他将煌上煌从"家庭式作坊"打造成"现代化企业"提供了理论与实践的准备。

徐桂芬和褚建庚欣然见证着儿子的一步步成长，也赋予了对下一辈实现煌上煌未来宏大发展愿景的深切期待。

2007 年，徐桂芬和褚建庚做出了一个重大决定——把褚浚调到煌上煌食品股份公司来担任总经理，协助他们对集团公司的全面管理。在他们看来，这是水到渠成的安排，一是煌上煌集团发展呈现全新格局的所需，二是刚过而立之年的褚浚经过十多年扎实历练，已展现出沉稳睿智的风格，尤其是在管理理念上稳健又具有胆识眼光。

协助父母对煌上煌集团的全面管理过程中，褚浚没有让父母失望。在负责营销领域工作中，他不拘泥于集团既定的战略思路，大胆调整营销策略，开拓省内外市场，使得煌上煌集团在 2007 年的销售业绩增速显著。

对儿子褚浚的这些表现，徐桂芬何止是赞赏与欣慰，她和丈夫褚建庚已产生了放手让儿子褚浚来接棒的想法。

也正是在 2007 年，褚浚产生了煌上煌上市的想法，并第一次向母亲徐桂芬提出了这一建议。但徐桂芬对他的这一建议，回应干脆而果断："干嘛要上市？我们企业又不缺钱。"

…………

再回到 2008 年初。

"无论是从达到五年发展规划目标的角度，还是从实现未来蓝图愿景的视角，煌上煌上市势在必行……"在年初讨论未来五年的整体发展规划时，褚浚再一次向母亲提出了煌上煌上市的建议。

褚浚从企业借助资本市场驶入发展快车道，到煌上煌集团目前的格局现状与未来愿景蓝图等众多方面分析，试图改变徐桂芬对企业上市的认识。

褚浚最初以为，要母亲接受公司上市的提议需要一个过程。一旦成功上市，那煌上煌将成为一家公众企业，毕竟对于母亲来说，煌上煌就像自己一样，也是母亲一手带大的孩子，母亲对这个企业，倾注了全部的心血，且不说这涉及到企业的深层变革，就是从情感上母亲也是十分难以接受的。

然而，褚浚一开始并不知道，母亲徐桂芬和父亲褚建庚其实一直在反复思考企业上市这个问题。

从 2006 年开始，就有风投公司主动和煌上煌接触，希望注资煌上煌集团并运作企业上市。这其中，一家名为"达晨创投"的风投公司，十分看好煌上煌集团。

但徐桂芬和褚建庚都一一拒绝了。

的确，一开始，徐桂芬和褚建庚对风投资金和企业上市是完全不感兴趣的："煌上煌不缺钱，企业的现金流足够保障企业发展壮大，而且发展也十分稳健。另外，自己的企业和品牌为什么要上市？凭什么要给风投公司或运作上市的公司创造挣钱的机会呢？"

显然，一开始，徐桂芬和褚建庚对企业上市的认识还是停留在"上市就是融资"这一视角和层面。

其实，这样的想法在中国民营家族式企业中并不少见。而抱有这样想法的民营企业，也被称为"骆驼型企业"，其典型特征则是拒绝风险投资、资本运作，始终依靠自身积累稳健发展。

但徐桂芬和褚建庚不同，一直以来他们极其强调稳健经营，又注重学习和吸纳新理念、新思维。

他们对企业上市有了初步了解后，对企业上市展开了深层的关注与思考。随着对企业上市的关注不断深入，他们对企业上市的重大意义也产生了深刻认识。

这一深刻认识的变化，既有企业发展外部环境改变的因素，也有企业自身战略方向调整的需要。

在煌上煌发展的外部环境变化上：同行业等卤制品品牌已显现出强势布局的市场态势，这使得煌上煌面临的市场竞争日趋激烈；食品行业从高质量到高标准体系的建设，快速推进着整个食品行业的格局演变；放眼全国，短短几年间，一批农业产业化龙头企业通过上市借助资本市场，正迅速实现着"裂变式"发展……

在煌上煌自身发展战略方向的调整上：中式烤卤食品工业园和大型深加工厂区的建成，产业链的延伸和现代工艺及技术的革新等等，这些已构筑起煌上煌集团强劲的基础实力，企业已处于厚积薄发的窗口期；无论是从现阶段还是从长远发展来看，之前靠自身积累实现滚动发展的方式，已不适应煌上煌集团实现突破发展的新战略；中国农业集中度不高，随着行业开始集中，肯定会伴随着产生一批大型龙头现代农业企业，煌上煌集团若要把握正渐行渐近的重大机遇期，就要寻求新的发展模式……

徐桂芬和褚建庚已深刻意识到，上市对于煌上煌未来的发展，具有非同寻常的意义。

也就在徐桂芬和褚建庚对企业上市的认识过程中，达晨创投对煌上煌展开全面综合分析研究，这更加坚定了投资煌上煌并助推其上市的执着决心。

达晨创投成立于2000年，是中国第一批市场化运作的创投机构。他们在选择投资对象上有六项规定，首先要看这个行业是否属于国家鼓励政策支持的范围，再看企业的技术水平是否领先，行业地位是否在前三名，以及创业团队是否具备现代化管理理念。煌上煌之所以如此吸引达晨创投的投资目光，正因为他们认定，煌上煌有着广阔的发展空间，这一广阔空间在于打通上下游产业链，打通产业链的做法能抗波动、抗风险，同时也能确保稳定收益。

初次和煌上煌接触遭到冷落后，达晨创投没有灰心，他们始终保持着一个月一次电话穷追不舍的攻势，不断向徐桂芬灌输引入风投资金、企业上市的理念。

2007年，煌上煌终于和达晨创投见面，就引入风投资金和企业上市进行商谈。

这次会面商谈，让徐桂芬和褚建庚认定：企业上市后将从一个封闭的家族企业发展成为一个开放透明的规范企业，实现企业可持续发展，并能将企业品牌努力打造成一个百年"老字号"。煌上煌不想仅仅做家族企业，而想做百年老店，选择上市、做公众公司是唯一出路！

只是，多年稳健掌舵的风格，又让他们对煌上煌上市还有更多更深的思考：

上市是一把"双刃剑"，一方面，企业上市将给煌上煌带来开放和裂变效应，推动煌上煌向更高层次、更大规模、更快速度发展，绝对是煌上煌做大做强、提升品牌影响力和竞争力的有效途径。另一方面，如果一旦上市，这种开放和裂变效应都是难以估量的，煌上煌现有的企业基础条件，包括生产能力、企业管理水平、企业高管及员工的素质等能不能应对这种开放和裂变效应，一切都是未知数。还有十分重要的一点，那就是企业上市后经营风险增加，经营压力增强，儿子褚浚还能不能担此大任。

因此，徐桂芬和褚建庚决定，上市并不是一朝一夕可以完成的事，不能急于求成，要水到渠成。

尽管合作没有实质性进展，但达晨创投依然对投资煌上煌促其上市的决心极富定力，他们依然在等待时机。

…………

回到 2008 年初褚浚提出企业上市的话题。

这一次，褚浚惊喜地发现，父母没有拒绝他的建议！

在经历反复思考酝酿后，2008 年初，徐桂芬和褚建庚认为煌上煌运筹上市的时机已经成熟。

徐桂芬和褚建庚之所以作出上市时机已成熟的判断，最为关键的一点是：儿子褚浚在 2007 年协助他们对煌上煌集团全面管理工作中的出色业绩，已证明他已具备对企业上市运筹和企业上市后运营管理的执掌能力，煌上煌上市后，可以放心地将执掌企业的接力棒交给儿子褚浚。

还有一个重要原因，就是达晨创投给徐桂芬和褚建庚对煌上煌上市带来的振奋信心。

2006 年和 2007 年，达晨创投两次投资福建圣农发展股份有限公司，福建圣农原为一家养鸡起家的家族式企业，该企业在两年中实现了爆发式增长，产业链迅速扩张，并正朝着农业产业化方向崛起。2008 年初，福建圣农已通过了证监会审核，距企业上市仅一步之遥。

摒弃"骆驼型企业"发展之路，煌上煌要走借助资本市场实现跨越式发展之路，朝着现代企业、百年企业的发展目标迈进！

在正式决定上市之前，徐桂芬很快召开家庭会议协商此事，之后又召集集团核心高管层，进行深入共商。

在认真听取了意见和建议之后，煌上煌集团最终一致决定：借助资本市场加快推进煌上煌成就百年企业梦想！

上市！对于任何一家企业而言都是一个激动人心的崭新起点。

"我们煌上煌要上市了！"上至集团高管下至普通员工在得到准备上市的工作计划后，都进入了异常兴奋的状态。员工们奔走相告，自豪感油然而生，信心满满，干劲十足。

为企业上市做充分准备，随即被提上了重要日程。

2008 年 7 月，煌上煌主产业——食品股份有限公司顺利完成股份制改造，为接下去引入风投资金，展开上市各项实质性工作做好了准备。

第四节　敲响新起点的宝钟

2009 年 7 月 17 日，股份制改造刚满一年的煌上煌与达晨公司签约，引入了风险投资，从而达到改善股权结构和公司治理的目标。

这标志着，煌上煌正式启动了上市各项工作。

企业上市，是一项专业性极强的工作，更是一项纷繁浩大的系统工程。

一旦进入实施阶段，多项工作同时交叉展开，工作量之庞大，任务之艰巨，对负责每一项具体工作的人都是一场漫长的考验：

手工账目全部实现会计电算化，财务要求严格规范，每一件压入箱底的历史资料都要重新翻出来进行梳理，几乎天天晚上都要加班，逢年过节也不例外。

需要编写的各种文件资料，多达 40 种以上，每一种都要通过几十个主管机构与部门极其严格的审核，而任何一个微小的偏差，都会影响整个上市进程。

企业上市的过程，本身就是一个规范企业的过程。一个个生产基地的规范、一家家专卖店的统一、质量检验、环保检验……任何环节都要精雕细琢，不能有丝毫纰漏，任何一道关过不去，前面所做的一切都将归零。

要实现成功上市的目标，企业就必须在经营理念、管理手段、业务模式、服务质量等方面与现代企业"接轨"。这方方面面，都可谓是一次凤凰涅槃式的整改、调整与规范。

煌上煌集团上上下下每一个人，都处于紧张有序的战备状态，一环扣一环、一关接一关，有的员工把床支在了办公室；有的员工手机不到半天就得充电，因接打电话太多，嗓子沙哑，耳鸣头痛，以至于听见手机响就紧张；有的员工长时间连夜加班加点，疲惫不堪，两眼通红发涩，甚至在谈论工作时也不自觉地睡着了；有的员工累得肩酸手痛胳膊抬不起来，由于翻太多资料手指竟然磨出了血泡……这样的员工，这样的事迹，数不胜数。

徐桂芬的电话二十四小时不关机，随时都有各种情况反馈来，当历史资料重新翻开，每一笔报账的来龙去脉，甚至企业每一次更名的流程是如何进行的，是否规范等细节都需要她一一回忆，再协调解决落实。徐桂芬每天工作十多个小时，有时连续几天几夜"连轴转"。

褚浚被委任煌上煌集团食品股份有限公司副董事长、总经理，感受到了沉甸甸的责任和无形的压力。

经过上市申报、受理、见面会、问核、反馈会、预先披露、初审会等环节有很多企业都是在股市行情一片大好的时候，估算一下上市能融资多少亿元，就想抓住机会很快上市。可一旦看到股市低迷，又不想上市了。这样一来一去，上市准备工作做不扎实，就错过了很多机会，这是许多企业都有过的上市经历。煌上煌上市公司财务总监兼董事会秘书曾细华自豪地说："我们从启动上市战略起，集团上下众志成城，丝毫没有受到股市行情的干扰，而是一步一步按照证监会审核标准的要求来规范企业，没有过任何懈怠。"

2010年3月30日，煌上煌向证监会正式提交了上市材料。

正如前面所说到的，上市的整个过程对企业领导者也是一场毅力与信念的考验。从上交上市材料后到受理、见面会、问核、反馈会、预先披露，直至最终发审会审核通过，这中间最让人有"煎熬"之深切感受的是漫长等待。

但徐桂芬和褚建庚始终坚信，煌上煌上市一定会成功，他们这样坚定执着的信念也极大鼓舞着所有煌上煌人。

终于，令人振奋的消息开始传来。

2012年2月1日，中国证监会对外公开发审流程，并公布了主板和创业板申报上市企业名单，共有超过500家企业待审。

在这500多家待审企业名单中，煌上煌赫然在列。

进入待审阶段，煌上煌上市迈出了重大一步！

在随后的3月30日，中国证监会披露了江西煌上煌集团食品股份有限公司首次公开发行股票招股说明书（申报稿）：煌上煌股份拟在深交所上市，发行不超过3098万股，募资33059.62万元投向四个项目，发行后总股本将达到1.2387亿股。

与此同时，江西煌上煌集团食品股份有限公司首发获得中国证监会发审委通过，随即也引起了社会各界广泛的关注。

煌上煌的这一纸招股书，引出无限关注，更多的还因为其是酱卤行业企业。2008年创业板刚刚上市的时候，湖南省一家在全国颇具知名度的酱卤食品行业企业拟上市就备受关注，一度被视为最有可能上市的几家企业之一。事实上，这家企业在不断扩张的过程当中也一直在寻求上市的机会。2011年，复星、九鼎投资等还以2.6亿元注资该企业，助推其上市。然而，这家酱卤行业企业上市却屡屡受阻。除此之外，在2012年之前，全国至少有10家左右酱卤行业企业为上市而积极努力，却同样未能如愿。从申请上市的情况来看，食品安全问题、连锁店的管理问题是这个行业最为关键的环节，也是这个行业企业上市的关键所在。

正因为如此，对于煌上煌的上市，人们给予了更多的期待——如果煌上煌这次能顺利通过审核上市，那"中国酱卤第一股"也就诞生了！

2012 年 5 月 7 日，在经过三个月翘首企盼的等待中，激动人心的消息传来：中国证监会发布公告，在主板发审委当日召开的 2012 年第 80 次工作会议上，江西煌上煌集团食品股份有限公司的首发申请获得通过！

煌上煌上市成功，成为江西省 A 股上市的第 33 家公司。

那一刻，煌上煌集团上下，所有人的激动兴奋可想而知，用徐桂芬的话说："所有人目标一致，齐心协力，这一时刻，确确实实得来不易，大家的心情自然是激动万分。"

然而，这并不是终点，接下来的路演，即如何把煌上煌的优势展现给专业人员，又是摆在煌上煌人面前的一个迫切任务。

北京、上海、深圳、广州，从 PPT 制作到会场布置，每一个小小的细节都不容小觑，任何一个细节做不到位就会影响集团的整体形象，进而影响专家们对集团的判断。

褚浚作为主讲人，虽然对于集团的各种情况，包括财务状况、经营业绩、门店管理、生产基地管理、食品安全保障、未来发展等等都早已熟于心并且信心十足，但在这种关键时刻，往返奔波于各地，应对专业人士和投资者的各种犀利的追问，所承受的压力是常人难以忍受的。褚浚也说过："这次企业上市前前后后所经历的事情，恐怕我这一辈子都忘记不了。这在我的人生中是难得的历练机会，等于上了一个社会大学堂。"经过上市的历练，褚浚的经营管理能力得到极大的提升，他现已担任江西煌上煌集团食品股份有限公司董事长兼总经理，并担任第十二届全国工商业联合会执委、第十二届江西省政协委员、中国民主建国会江西省委主委委员、江西省工商联（总商会）第十一届兼职副会长、江西省新生代企业家商会常务副会长、南昌市人大代表等社会职务。先后荣获"江西省优秀企业家"、"江西省优秀中国特色社会主义事业建设者"、"江西省创业型人才先进个人"、南昌市"五一劳动奖章"等荣誉。

根据相关规定，拟上市公司首发申请获得批准后，应在6个月内公开发行股票。新股上市交易前，要通过初步询价程序。

一般新股初步询价时间在3至5个交易日，但"煌上煌"的询价时间特别长，竟然横跨11天9个交易日，被称为史上询价时间最长的新股。这是因为，要成为竞争激烈的卤制品行业"第一股"，煌上煌集团在食品安全、门店扩张、发展前景上想要说服股票发行机构，需要花费更多的时间和精力。

对此，有证券权业界权威人士这样感叹：作为酱卤行业企业，"煌上煌"上市之路不易，但最终如愿，正所谓黄沙吹尽始见金，更见证了该企业的深厚实力与品牌影响力！

2012年9月4日晚，深圳华侨城洲际酒店宴会厅布置得古色古香，别有一番风味，"煌上煌"首发上市庆典酒会在此隆重召开。

"中国酱卤第一股"煌上煌上市，受到各界热切关注，相关银行、券商以及深圳证券交易所纷纷派员参加庆典酒会。

来自江西省证监局、省金融办、省工信委、省工商局、省政府驻深圳办事处、南昌市政府等相关部门的领导，在深圳的江西企业家等120余人，亲临现场祝贺。

宴会厅内大屏幕上播放着煌上煌上市花絮，在典雅别致的精彩表演中庆典酒会迎来了高潮：股票代码启动仪式。

晚上7时许，数字推杆启动，煌上煌的股票代码"002695"随即跃现于大屏幕上，映入人们的眼帘。

那一刻，现场的数百名嘉宾不约而同地鼓掌欢呼——为即将在A股正式交易的"中国酱卤第一股"，送上深情祝贺与真挚祝福！

面对此情此景，徐桂芬怎能不百感交集。

"6·22"是煌上煌的食品安全警示日。说来也巧，徐桂芬的小孙女恰好是在 2012 年 6 月 22 日出生，让一家人牢记住了"6·22"这个刻骨铭心的日子。而这次去深圳之前，徐桂芬还对快要生产的小儿媳妇说："要是你肚子里的宝宝在我们上市的这一天生下来就好了，那我们就双喜临门了"。

没想到比预产期提前十几天，小儿媳妇在 9 月 4 日中午顺利生下小孙子，正好是股票代码仪式正式启动的这一天，而其后的 9 月 5 日，又是敲响煌上煌上市宝钟的时候。

一个"龙女"，一个"龙孙"的出生，让徐桂芬全家人都牢记这两个不同寻常的特殊日子：6 月 22 日和 9 月 5 日。6 月 22 日，象征着煌上煌在永续发展中要永远牢记食品安全。9 月 5 日，标志着煌上煌正式上市后迈向又一个全新发展历程的起点。

纷至沓来的喜讯、祝贺与祝福，让 2012 年 9 月 5 日这一天，对徐桂芬人生与事业有着非同寻常的意义。

这一天的深圳证券交易所，9 时 25 分，徐桂芬和六位莅临的领导嘉宾一起，手持金锤共同敲响了上市宝钟。

"中国酱卤第一股"首发上市交易！

成功登陆 A 股资本市场，这是煌上煌发展历程中的一个重大里程碑，将推动公司上升到一个崭新的高度和平台。由此，煌上煌也将接受全社会新的检阅、迎接新的考验、迈向新的征程。

用力敲响上市宝钟的那一刻，徐桂芬内心激情澎湃。

她那般真切地听到，煌上煌在全新起点迈向崭新征程的奋进宏音，在那一刻响彻大江南北！

上市后拥有的资本优势，对煌上煌多元化产业的快速发展，也同时注入了强大助推力。借助资本实力，走资本扩展做大做强企业的路子，煌上煌也实现了成功尝试。

2015年，煌上煌顺利并购嘉兴真真老老食品有限公司。该公司是一家具有百年历史专业生产加工粽子的浙江企业，品牌好、产品有市场，效益稳定。但限于资金与人才制约，多年来企业市场与规模实力发展较为缓慢。因此，渴望通过"搭船出海"的方式实现快速发展。

实施并购后，煌上煌利用全国门店的销售优势，迅速扩大了"真真老老"粽子的销售市场。2015年端午节，"真真老老"粽子在端午节期间的销量同比增长了近20%。

第八章
领军全国同行业阵营

成功上市，为煌上煌实现超常规发展插上腾飞的翅膀。

凭借雄厚的资金实力和宽广的资本平台，煌上煌在上市前后深远规划布局的一系列战略，同步纵深推进实施。

实施人才战略，放眼国内外，大力延揽各类高端人才。

启动企业信息一体化平台建设，借助先进的管理方式和科技信息平台，全力推动企业在商业模式和市场运营各领域创新突破，打造核心竞争力。

建立食品质量安全检验与研发工程技术中心，实施创新驱动，抢占行业前沿技术制高点。

在江西省内新增年产 3 万吨食品加工生产线，在辽宁省建设 5500 吨肉制品加工项目，形成以江西为核心，广东、福建、辽宁、河南为副中心，辐射华中、华南、华东、华北、东北的肉制品生产基地布局。

以商业模式创新为强劲内生动力，构筑大市场营销格局，市场纵横拓进。到 2018 年初，已形成了以江西为核心，以广东、福建、辽宁、河南为重点，覆盖全国的连锁销售网络近 3000 家。

煌上煌正迎来的"裂变式"发展，在其新一轮发展历程中，将矗立一座崭新里程碑！

第一节　辉煌商道之用人之道

古语云，商道即人道。

一家具有强烈使命感的企业，一家充满激情与梦想的企业，一定有其过人之处与独特的经营、用人之道。

煌上煌从起步、发展到壮大辉煌的创业史，也是一部广聚各方人才的历史。

"企之重器，人才最重。"在煌上煌的企业文化核心价值观中，首先就是视人才为企业的最大财富。

成功上市后的煌上煌，首先就是将人才战略置于重中之重。随着新一轮发展大蓝图的绘就，同时借助上市企业这一具有吸引力的优势平台，煌上煌如今的人才战略立足高远、眼界开阔，体现出广博的胸怀境界。

其中最为引人注目的就是，不断引进海内外高层次人才。

"人才永远是煌上煌的财富之源。"每当谈及煌上煌取得辉煌发展的成绩时，徐桂芬总是这样动情地说："煌上煌取得今日之发展辉煌，离不开早期父母及兄弟姐妹的帮助，丈夫和儿女的理解支持，以及那些为煌上煌立下汗马功劳的将士们。"

回望煌上煌由起步至今的整个发展历程，徐桂芬卓越的用人之道给人深刻启示。

现任煌上煌上市公司副总经理的范旭明，他 17 岁时就跟着徐桂芬夫妇在煌上煌打拼，为"皇禽"酱鸭品牌打响付出了大量心血，功不可没。25 年来，他兢兢业业、任劳任怨，从生产一线最基层做起，从工人到班长、从车间主任到生产部长再到生产副总，熟悉整个生产流程管理和团队建设管理。上市后，徐桂芬考虑到市场需要稳中有进，快速扩张，她果断把范旭明调到销售副总的位置，担当销售重任。在营销领域，范旭明没有辜负徐桂芬的期望，紧跟时代发展浪潮，主动学习，不断创新营销模式和管理手段，实现了业绩稳步攀升。

现任煌上煌上市公司副总经理的章启武，徐桂芬把他从广东分公司调整到江西总部接任范旭明的生产管理岗位。章启武负责总部生产管理和工艺技术转型升级工作。他学习徐桂芬的管理手段，并应用到生产各个领域，收到了成效；同时积极实施公司技术转型升级战略，推进了公司生产技术革新和自动化智能传输线改造的进程。

曾细华是煌上煌上市公司副总经理，财务总监、董事会秘书，在煌上煌准备上市的那段日子，曾细华带领着一支平均年龄 30 岁的团队夜以继日，进行企业资产的清理调查、综合方面账目的审核等工作，每当发现问题，徐桂芬就要召集财务部开会，进行调研、协调，及时地给予解决，这给曾细华带来了极大鼓舞和信心。

在曾细华的辅助下，煌上煌成功上市。如今，曾细华继续为煌上煌资本运作之路出谋划策。

现任煌上煌营销中心副总监的李军、章晓琴，也是徐桂芬挖掘的好苗子，他们是从营销一线提拔上来的，为开拓营销市场作出了重要贡献，如今他们已经独当一面，成为公司营销管理的高级管理人员。

现任煌上煌集团党建指导员的季金水，2003 年从机关单位县级领导岗位退休后，就被徐桂芬请到煌上煌负责文秘工作。十几年的文秘辅助，也让徐桂芬的写作能力得到了较大的提高，为她连续 10 年担任全国人大代表，履职献计献策奠定了坚实的基础。

退休老员工刘伟，曾经是国企的老厂长。他在煌上煌担任了十几年的技术总监，主管工艺食品开发、质量控制。凭借在食品领域的几十年摸爬滚打，他用专业知识助力煌上煌领跑技术革新，成绩斐然。

还有很多跟随煌上煌一路打拼的老员工，如李小毛、刘春花、彭四新、韩维平、史木秀、毛碧霞、付宝玲、肖文英、李三毛、郑淑萍、魏小保……

企业不断发展壮大，就必须有源源不断的新鲜血液注入，并让新员工融入团队、获得成长，业绩优秀的新员工有蔡骏扬、何烨、王娟、王强、熊国华、王丽、高帅、陈建坤……

青春只有经历了风雨的洗礼，才能品尝到成功的喜悦。对于走进煌上煌的年轻人来说，这是一方挥洒激情的工作平台，更是一方淬炼他们品格毅力，锻造能力的大舞台。

随着企业成长发展的步伐，公司的人才管理体系已更加成熟，从早期基础管理逐步向专业化、系统化人力资源管理发展，尤其是在 2012 年成功上市后，煌上煌在快速发展与全面转型升级的进程中，引进了各产业版块的职业经理人，建立了以"总部统筹＋分子机构分级"授权管理的组织管控模式，以及人力资源专业化、系统化运作的业务模式。

公司不仅重视员工的学识与认知，更重视其实践能力，通过系统的人才培养计划，不断提高员工专业水平，深度挖掘员工潜力，最终达到工作上精益求精，卓越运营，贡献满足客户需求的产品与服务。

在人才培养方面，建立了完整的培训体系与平台。

为满足内部培养的管理需求，公司组建了煌上煌商学院，成立了煌上煌班组协会、煌上煌加盟商联合会、煌上煌加盟商联合会新生代分会，培养了一大批内部讲师队伍，通过"金牌店长训练营""门店标准化训练营""班组长先锋训练营"等丰富多彩的学习培训，帮助员工提升能力以达到人岗匹配的目标。同时，建立了系统的职业发展与晋升通道，为员工提供发良好的发展平台，让每一位加入到公司的员工都有机会获得成长，成就个人价值。

在内部培训的基础上，煌上煌还联合江西省总工会、省妇联等单位，对外开放培训，先后举办"阳光工程""劳动力转移"等培训班。为培训和安置下岗职工特别是下岗女工的就业，发挥了积极示范作用。多年来，煌上煌先后被省市政府、省市总工会定为"江西省劳动力转移培训基地""江西省妇女创业示范基地""全省青年就业创业见习基地"。

20多年的厚重积淀，让如今的煌上煌形成了特色鲜明的用人之道，建立了一整套选人、用人和培养人才的完备机制体系。

人才是企业大树常青的不竭源泉所在。卓越的用人之道，赋予了煌上煌上市后开启新征程的强劲动力。

第二节　创新驱动再"亮剑"

随着我国工业发展环境、比较优势和内部动力机制的深刻变化，走中国特色新型工业化道路，推动经济发展方式转变，实现高质量发展，已成为关系我国经济发展全局的战略抉择。

徐桂芬意识到，传统产业转型升级势在必行。搭上"资本快车"之后的煌上煌，全面开启了创新驱动、转型升级战略，也由此驶入了实现"裂变式"发展的快车道。

食品安全大于天，质量安全是食品企业的生命线。

"以质量把控作为着力点，提升产品的品质，确保舌尖上的安全。"从创业初期的蒸汽加工技术革新到2004年6·22食品安全事件带来的惨痛教训，徐桂芬深知，食品安全是煌上煌赢得企业规模发展和品牌不断提升的关键所在，煌上煌任何战略的实施都必须首先以食品安全和品质提升为核心。

如何以食品安全为出发点转型升级？徐桂芬认识到，传统产业必须突破创新，融合信息化、自动化和智能化，打造一家走在行业前列的"物联网"式一体化智慧工厂迫在眉睫。依托上市资金，在徐桂芬和大儿子褚浚的推动下，2013年，煌上煌投资3亿元，启动建设3万吨肉制品加工项目工程。

历经两年的建设，2015年8月，煌上煌年产3万吨肉制品加工项目竣工投入使用，集团总部也随之整体迁入。

鸟瞰这座总面积36900平方米的花园式现代大型食品加工园区，总建筑面积54000平方米，年产能3万吨，满足肉制品、蛋制品、水产品制品、蔬菜制品、豆制品、坚果制品六大类食品的生产加工。

新厂房一是设置有3000平方米的10万级净化标准的包装车间，该车间规模居全国同行之首。引进了德国先进的拉升膜包装线，所有预包装产品在该车间实行无菌包装，食品安全有可靠的保障。二是传统食品采用现代工艺技术加工，在各个工艺中，采用了当前最先进、最适用的设备，提升了机械化的程度，产品的技术含量高，风味、口感稳定。三是工艺布局科学合理，节省用地，最大限度地利用了空间，各个加工区域既相对独立，工艺流程联系紧凑，有利于生产现场的管控。四是大量使用节能环保设备，产品水电气（汽）消耗明显降低，节能减排效果十分显著。五是全部采用新型建材，具有保温隔热、节能环保、耐腐蚀、易清洁的特点，有利于环保和清洁卫生的维护。六是设备机电自动连锁，消防设施网络管控，制冷机房及液氨管路预警监控，锅容管特设备特别维护，安全生产有可靠的保证。

联合厂房投入运行后，公司又在联合厂房内安装自动化机械输送线，用输送线把辅料配制车间、原料解冻清洗车间、酱卤熟制车间、冷却车间、包装车间、成品车间、周转箱清洗车间连接起来，原料、调味辅料、半成品、产成品、周转箱全部改为机械化输送。整个输送系统实行智能化控制，具有自动识别、自动称量、自动分流的功能，全面提升生产加工自动化流水线的程度，减轻工人的劳动强度，缩短流程路线，降低人接触产品和产品接触其他界面的概率，有效防止交叉污染。

与此同时，煌上煌在产品、产能、产量等方面加大投入和研发，形成研发一批，储备一批，销售一批的持续发展潜力。在煌上煌工业园区，公司投入巨资打造了食品安全质量检验中心，建筑面积2000平方米，按照实验室标准建设，引进美国、日本、奥地利检验仪器设备，从各大院校引进检验仪器和中高端的检验人才，为公司采购原料、加工产品提供全方位技术检验检测，对农残、药残、有害重金属、生长激素、微生物、致病菌等项目指标全部检验，为煌上煌食品安全保驾护航。为实现资源共享，依托食品安全质量检验中心，公司成立了九州检验检测有限公司。2018年6月30日，九州检验检测有限公司顺利通过实验室CMA资质认可，成为江西省第一家非公有制的食品类第三方检测机构。该公司的目标是，将实验室提升为鸭肉研发省级食品检验的平台，与大专院校合作的产学研平台。

无论是技术工艺还是科研开发转型升级，煌上煌3万吨食品联合加工厂房的建成和使用，展现了煌上煌传统食品加工工艺技术的先进性、生产流水线的智能性、食品质量安全的可控性、节能减排的环保性，是煌上煌20多年来食品加工产业发展、进步、创新的一个重要标志。新工厂实现了多项在同行业领先的智能化、信息化、数字化生产技术，食品安全上升到了战略新高度，关键核心技术也有突破。在新技术应用中，公司取得了6个专利，自主研发了连续式卤煮机，研发了气泡式解冻连续清洗消毒线，研发了符合企业产品特点的快速冷却线，研发了酱卤肉制品非酶促褐变的控制技术，应用了含气调理包装技术，开发了气调包装产品，利用先进的技术和装备，组合形成了连续性卤煮—快速冷却—拉伸膜自动包装—巴氏杀菌—冰水冷却—保鲜储存生产线，公司先后获得全国商业科技进步三等奖、江西省科技进步二等奖，被评为"江西省高新技术企业""江西省智能制造试点示范企业"。

目前，煌上煌分别在江西南昌、广东东莞、福建福清、辽宁沈阳、河南许昌建立了五大肉制品加工基地，使得产品辐射全国地区的供应保障能力进一步增强。公司对广东煌上煌食品有限公司、福建煌上煌食品有限公司实施全面技术提升改造，扩大产能，产品全面覆盖珠三角、闽三角地区市场，还辐射到了广西、海南市场。

新的加工生产基地与原有加工生产基地的全面升级，为煌上煌奠定了坚实的新一轮发展基石。

下一步，公司将配合市场拓展的需要，在长三角、珠三角以及华北地区，选择战略要点建立拥有万吨级产能的中央工厂，每个中央工厂依托全冷链物流系统辐射周边500公里范围，以此形成点、线、面、网全覆盖的强大市场辐射能力，为煌上煌全国门店扩张战略提供强大的支撑力，为煌上煌稳健发展打下坚实的基础。根据国家《中国制造2025》的规划要求，煌上煌还将继续推进企业转型升级，实施科技兴企战略。煌上煌将依托上市公司的资本实力，投资数亿，依托"生产基地"，以"中央工厂"为核心、"冷链配送"为保障的全冷链系统。

对此，业界纷纷赞叹，煌上煌提出"冷链战略""智能战略""研产创新战略"，为酱卤肉制品行业首创，这是实力之举，更是良心之举。

文化致远是品牌制胜的延续和保障。创新是老字号的不"老"基因，"工匠精神"是老字号技艺传承的精髓。

第三节　营销市场纵横驰骋

市场拓展是企业大厦崛起的基石。

徐桂芬深知，如果把产品比作是"车"，那在全国铺开的营销网络就像是"路"，四通八达的"路"，将煌上煌美味送至千家万户的餐桌。

上市后的煌上煌，对新的重点市场展开新一轮的开拓布局。在市场拓展过程中，徐桂芬始终要求做到"六坚持、三统筹、两挖掘"。

"六坚持"，即是要坚持做优南昌市场，坚持做强江西省内市场，坚持做实省外市场，坚持做好旅游市场，坚持做活省际交界市场，坚持做进国外境外市场，从而真正形成"煌上煌"产品销售的市场立体格局。

"三统筹"，即统筹广告策划，统筹激励机制，统筹终端维护，为市场销售助力。

"两挖掘"，即挖掘单店销售潜力，挖掘包装产品销售潜力。如此，有力提升产品的市场核心竞争力。

以大市场营销战略为指导，通过"六坚持、三统筹、两挖掘"，大力推动省内外各区域市场的快速发展，形成了以江西为核心，覆盖广东、福建、辽宁、河南、北京、上海等25个省市的销售新格局。

在市场快速拓进的过程中，徐桂芬也越来越强烈地意识到，煌上煌要形成全国版图的营销格局，就必须从生产基地建设上开始规划。于2006年开始，先后在广东、福建、辽宁、河南成立新的生产基地并投产，逐步形成全国性的生产布局。

为快速进军全国市场，一方面，煌上煌深化改革，设立了独立的营销总部，完善营销系统的部门设置，不断充实市场营销和管理人员，全面加强对商流、物流、信息流、资金流的统筹高效管理，确保公司营销战略的实施和落实。另一方面，制定了以煌上煌特许经营合同和煌上煌专卖店管理细则为核心的营销工作管理制度，健全了公司营销管理和服务流程管理的机制，加强了对专卖店规范经营管理的检查，高度注重企业品牌建设，推动企业 VI 形象的升级，引入专业品牌战略公司，助力品牌的创新定位。

短短几年间，以上市为全新起点的煌上煌，随着具有新理念、新思维和创新意识的企业二代接班人的执掌，培养、提拔、引进一大批创新型优秀人才，企业创新元素不断注入，在传承与创新中日渐展现出更加强劲的发展新活力和新动能。

全力打造的"信息一体化建设项目",将全国各个销售区域的门店联网,对生产、销售、配送、服务、管理等环节实行信息化管理掌控,逐步打造"智慧门店"等,全面提高企业信息化管理水平和企业核心竞争力。

在营销模式上,不断推陈出新。

2014年起,煌上煌旗帜鲜明地提出了"电商战略",把发展电商提高到企业战略的高度,成立专门的电商事业部,借助网络平台,将销售从实体店向网络店延伸,实现了全渠道的覆盖。2016年,大批门店通过第三方平台外卖、微信自媒体、各类社团做分销,主动出击,业绩得到了大幅度的提升。

在门店经营方面,门店从坐商到行商,采取多种多样的形式,不断把销售从店内做到店外,仅2017年,全国累计开展各种店外营销活动数千场次。打破传统守店销售模式,不但让煌上煌更加亲近广大消费者,而且还极大地提高了顾客进店率和成交率。

面对消费的转型升级,公司将在消费体验中实现面向新零售的转型,推进全渠道新零售,重点围绕"用户获取"和"运营及服务提升"两个关键点展开,在解决"货"的问题的同时,与"人"和"场"不断深入融合。

2016年引入移动售卖车,不仅为进入新点位、新市场试销起到补缺作用,而且进行了品牌宣传。

2017年,煌上煌启动自动售卖机和无人智能门店项目,开创行业零售先河。

同时,公司加大市场销售渠道的多元化建设,布局高端点位,迅速占领机场、高铁、火车站、高速服务区、5A景区、大型商场等渠道,提高品牌影响力和市场份额,使更多的消费者能享用到高品质的煌上煌美味。

管理模式上也全面升级创新,拥抱信息化、智能化的社会发展大趋势。

从2017年开始,为改变层层审批、效率低下的市场反应机制,煌上煌采取"分级授权"模式，不同级别授予不同权限。让每一级都能担起应有的责任，让市场一线管理人员能快速应对市场变化，让最先听到"炮火"声音的人果断做决策。

在新的市场战略管理中，导入加盟商分级管理模式，逐步打破原有管理格局。坚持以市场为导向，突破区域局限，鼓励其他优质加盟商跨区域发展，提升市场活力和竞争力，努力形成百花齐放、百舸争流的良好发展态势。

2015年，煌上煌成立加盟商联合会，并围绕培育煌上煌的传承者、煌上煌发展的接力者、创新发展的先行者、现代化经营的领跑者的目标，于2018年又成立了煌上煌加盟商联合会新生代分会，实施"新动力"计划。此举，大力提升了加盟商团队的凝聚力和创造力。

同时，为打造开放、共享型事业平台，公司推行"梦想合伙人"机制，打破原有雇佣关系，以管理入股、资源入股、资金入股等多种合作共赢形式，释放内生动力，让更多优秀人才在煌上煌实现自己的梦想。

营销中心大力营造"比、学、帮、赶、超"的氛围，在全国市场开展营销PK活动，掀起"6+1""白＋黑"的工作氛围，把"PK基因"融入每位营销人员的血液中。

为了更好地培养和储备人才，推动门店标准化执行落地，推进企业文化传播，提升管理人员素养、经营管理和领导力，不断满足企业可持续健康快速发展的需要，成立了煌家商学院，设立了一个总院、五个分院。

发挥团队协作和互帮互助精神，定期开展各种形式的成功经验分享交流活动，让加盟商能够学习先进经验，少走弯路，迅速适应市场发展要求，让竞争与分享，合作与共赢成为煌上煌大家庭的主旋律。

煌上煌在创新发展的道路上，用坚持不懈的努力和探索奠定了行业的领先地位，用"六位一体""1+N"的全网营销模式，布局全国市场，迈向国际化，在做好酱卤主业的同时，打造食品细分领域的龙头企业，运用高效资本手段整合资源，成为具有全球影响力、综合性的企业集团，向着"百亿销售、千亿市值"的目标不断奋进！

第四节　信息科技助力新腾飞

技术的追求永无止境，企业的腾飞海阔天空。

以时代眼光和全球化视角放眼企业发展，已越来越成为企业家们的广泛共识，一家企业想成为业界的"常青树"就必须紧跟时代步伐。

信息技术的迅猛发展，使企业的生存和竞争环境发生了根本性的变化，信息化建设成为企业获取竞争优势的重要砝码。

信息系统，通过对人、财、物、信息、时间和空间等综合资源进行综合平衡和优化管理，协调企业各部门开展业务活动，提高企业的管理水平。通过信息化建设，企业的管理更加细致、更加有序，有利于规章制度的进一步落实，从而提高企业的核心竞争力。

信息技术的应用，一方面可以大大减少企业的生产成本，通过生产技术的革新，提高生产效率，缩短了生产时间，从而达到减少企业生产成本的目的；另一方面可以大大减少企业的决策成本，通过信息化的管理，可以将企业由过去的重生产管理向现在的重决策管理转变，将目光投向市场，充分分析市场需求，避免决策失误给公司带来重大损失。

把握信息化浪潮大势的重大机遇，全面构建煌上煌信息化体系强大平台。

上市后的煌上煌，从公司管理水平和办公效率提升层面入手，有条不紊开启了企业信息化建设的步伐：

OA 协同办公系统、SHR 人力资源系统、cloud 系统，三大系统相继建成并实现畅通高效运行。

实施 ERP 集成统一管理后，供应链对业务流程进行了优化，完善了物料编码，确定了计划价格并全部录入到 ERP 系统，这样各部门可以随时查询供应链提供的各种库存材料信息和采购信息，也可以及时查询销售和生产部门的任务安排，自动调用相关产品的材料预算信息，通过与库存材料比对，自动生成合理的采购计划。

工作步骤有效执行，每个流程的运行效率一览无余，信息适时采集、录入和处理，同时可实时看到公司整体绩效运营指标，随时关注流程细节的信息，真正实现了信息透明。

实现办公移动智能终端化，走到哪都能进行办公，走到哪都能进行流程审批。

为进一步完善信息化框架搭建，使办公流程更加合理化、模块化、透明化，煌上煌人力资源（SHR）系统正式上线。

人力资源（SHR）是信息一体化中的重量级系统，系统模块包含：组织架构、人事管理、薪酬管理、假勤管理、招聘管理、培训体系、绩效管理。员工们可通过 SHR 系统实现自助快捷办公，更加快捷地查询到组织架构、人事档案、薪水绩效，线上实行请假、加班、调休、考勤。SHR 系统可绑定云之家移动平台，自动同步协同办公（OA）系统账号，自动同步组织构架、人事档案，系统上线让员工关系变得更加紧密，也为实行信息一体化打下了更加坚实的基础。

随着信息化项目的不断推进，煌上煌的一个个企业学习平台也随之建立。

…………

高度集成的信息，正使煌上煌日渐实现跨层级、跨地域、跨系统、跨部门、跨业务的协同管理。

在集团公司层面，行政办公管理流程、人力管理，生产、供应、营销、财务等管理流程进一步梳理，已完整实现了业务、财务一体化，审批流程高效、精准与便捷。

信息化技术与传统产业、传统商业相结合，在煌上煌产生了让人难以置信的高效率：公司目前正在实施应用 SCM 管理系统，利用 RFID、无线数据通信等技术，实现从原料到成品到门店产品条形码全程信息化追溯跟踪，构造一个把任何物品与互联网连接起来的协议，实现智能化识别、定位、跟踪、监控和管理，形成一个更加智慧的管理体系。SCM 管理系统等信息化技术的应用，在产品研发、营销、生产、管理的各个环节，它都能发挥出巨大的能量。

信息化助力企业腾飞，这也是信息科技浪潮下企业驶向"裂变式"发展的必由之路。

抓住信息化这一"牛鼻子"，煌上煌以富有前瞻性的战略视野，全面强化企业的信息化建设，走出了一条传统产业与信息化深度融合的发展之路。当前，煌上煌在近年来信息化建设取得丰硕成果的基础上，规划启动门店 POS、车间 MES、企业 ERP 等领域的新一轮信息化建设。

这些信息化子项目建成后，煌上煌集团下辖各业务部门可方便高效地利用信息系统完成各自的工作，为集团公司决策层提供企业经营、管理、市场等全面精确的信息资源，并便捷查询了解各种运营数据和报表；对管理运营情况做出科学的研判，为企业的科学决策提供数据支持。

高度集成的信息化支撑平台体系，让煌上煌在新一轮跨越式发展进程中，无疑又增加了一台强大的助推器。

第五节　党建引领企业文化

从煌上煌的成长、发展历史，徐桂芬亲身感受到改革开放对民营企业带来的发展红利。徐桂芬深深意识到，自己是改革开放的受益者，煌上煌每一个脚印都印证了党和国家方针政策的英明，洋溢着社会大家庭的温暖，折射出改革开放的巨大成就。是党的富民政策为这一代人开辟了施展才华的天地，只有在中国共产党的领导下，坚定不移地走中国特色社会主义道路，我们的祖国才能富强，人民才会幸福，民族才能振兴。

因此，作为企业家，必须坚决拥护党的领导，坚定理想信念，保持政治定力，与党同心同德，在行动和目标上保持一致。只有坚定不移跟党走，对国家对未来充满信心，才能不被杂音所干扰，才能心无旁骛、集中精力抢抓机遇、加快企业发展。

正是这种觉悟，多年来，徐桂芬一直十分重视企业党建工作，在财力、物力、人力上给予大力支持，通过党建工作带动群团工作，推动企业文化建设深入持续开展。

徐桂芬热情地支持褚建庚大力开展党建工作。煌上煌集团于1998年11月12日成立党支部，2002年8月成立党总支，2007年6月成立党委，2012年7月成立党校，2013年2月成立纪委。同时，先后成立了工会、共青团、妇女联合会、武装部等群众组织。

徐桂芬大力支持集团党委创建"12345"党建工作体系，即围绕一条主线，发挥"两个作用"，抓好"三培两推"，构建"四位一体"工作格局，建立"五个机制"。全力支持党委开展"三个代表"先进性教育活动、科学发展观学习实践活动、党的群众路线教育实践活动、非公有制经济人士理想信念教育实践活动，深入开展"两学一做"学习教育，有力地推进了企业文化的建设，推动了企业文化的创新。

2017年10月，在徐桂芬的支持下，煌上煌投资几百万元，将党员活动室扩建为1600多平方米的党群活动中心——煌亲驿站，为党员、员工、青年、妇女营造了一个现代、开放式的党群活动中心。

2018年，煌上煌投资3000多万元，打造了占地3000平方米的酱卤文化馆，启动工业旅游产业，打造文化品牌。酱卤文化馆即将于2018年

10月竣工启用，通过展示酱卤的历史及制作工艺演变、发展以及煌上煌秉承传统酱卤文化精髓，融合现代工艺技术，让传统酱卤文化焕发新的活力，延绵不息。

20多年来，公司坚持年年召开总结表彰（职工）大会，年年举办迎新春文艺联欢活动，丰富员工精神文化生活，为融洽业主与员工的关系，营造出一个企业团结、协调、和谐的创业氛围。年年举行"三八"妇女节座谈会，成为团结妇女职工。关爱妇女职工、激励妇女职工，倾听妇女职工意见和呼声的重要渠道。年年举办职工运动会，推动"更高、更快、更强"奥运精神的传播，成为提高员工素质，增强企业凝聚力的重要载体。年年举行纪念"八一"建军节活动。激励退伍复员转业军人继续保持和发扬解放军的优良传统，在新的历史时期，弘扬敢为天下先、不屈不挠、不怕挫折、敢于胜利的"八一"精神。年年组织好党日考察活动。从2006年开始，连续12年，先后组组织开展了党员看南昌、看江西、看中国的活动，组织党员到福州、深圳、井冈山、韶山、古田、瑞金接受爱国主题和革命传统教育，形成了有特色的"三看"系列党日活动，增强了党员的凝聚力，激发了党员员工做强做大煌上煌的热情。

为全体员工搭建一个知情的平台，一个激情的平台，一个抒情的平台。

在党建文化引领下，煌上煌形成了全心全意开展服务企业工作的浓厚氛围。集团党委坚持每年开展党员先锋区先锋岗活动、党员攻关立项攻坚克难活动、"我爱煌上煌"献计献策活动。从2008年至今，公司连续11年开展"我爱煌上煌"献计献策活动，累计收到员工提出的涉及安全生产、市场营销、节能降耗、企业文化等方面建议500多条，采纳并实施300多条，为企业创造直接或间接经济效益2000多万元。

同时，积极探索在非公有制企业建立防止腐败工作机制。2013年集团成立纪委会以来，不断加强廉政文化建设，加大反腐倡廉宣传教育力度。

在推动党建文化引领中，徐桂芬十分重视企业文化建设。

她带领企业整合企业文化资源，要求管理部门着力办好企业报纸、网站、宣传展板，做到企业网页、微信公众号、QQ群、微信群及时发布企业新信息、新动态。同时，注重民主管理，以推行厂务公开为抓手，扩大企业文化建设的有效覆盖面，形成推行厂务公开民主管理的合力，依靠全体员工的广泛参与，促使公司的献计献策活动持久有效地开展，显示员工参与民主管理旺盛的生机与活力。

抓党建促发展，抓发展，促党建，产生了积极的社会效益，为构建和谐企业，建立"关心员工的生活，帮助员工解决困难，全心全意为员工服务"的长效机制奠定了基础。公司先后荣获全国"双强百佳先进党组织"，全省"厂务公开民主管理先进单位"，全省"劳动关系和谐企业"，全市"先进基层党组织"等殊荣。

2011年9月15日，"全国非公有制企业党建强、发展强百佳党组织"评选结果发布仪式在北京人民大会堂隆重举行。煌上煌集团被授予"双强百佳党组织"称号。褚建庚光荣地参加了授牌仪式，受到时任党和国家领导人的亲切接见。褚建庚载誉从北京归来，徐桂芬激动万分。她在集团党委换届大会上深情地说："作为企业投资者，我一定全力支持企业党建工作，为把煌上煌集团党组织建设成为学习型、服务型、创新型基层党组织，与全体党员心连心，手挽手，肩并肩，共发展，同奋进！"

第九章
多元经营异彩纷呈

现代企业战略下的多元化经营，大多都始于企业经营发展的扩张期。然而在创业初期，徐桂芬就有意识地开始了多元化经营。

1996年，徐桂芬租赁西湖区三轮车厂的闲置厂房开出了自选式的商场，这也是南昌市第一家自选超市，凭借丰富多样的商品和令人耳目一新的购物方式，生意异常火爆。随后的几年里，她又相继开出了特色风味小吃店、蛋糕店、主打产品为月饼的烘焙坊等，同样是经营得红红火火，尤其是酱鸭特色月饼，供不应求。

然而，由于当时煌上煌正处于异军突起的关键时期，徐桂芬深刻认识到自己必须全力以赴、全身心聚焦主业发展。于是她忍痛割爱，毅然将所有的多元经营全部转给了亲朋好友。

新千年之初，煌上煌已成为一家现代化集团公司。

此时，有着多元化经营经验的徐桂芬认识到，坚持煌上煌主业发展方向的适度多元经营，既可助推企业稳健壮大，也是协同发展的助推器。

2003 年，煌上煌进军餐饮业，开启了新一轮多元化经营。

2008 年，进军油茶产业。

企业上市后，围绕煌上煌主产业驶入"裂变式"发展快车道，集团多元化按照"立足主业，一体多翼"的发展战略布局，又先后在旅游业、房地产业以及借助国家"一带一路"倡议向新西兰蜂蜜、巴西牛羊肉等项目延伸。

煌上煌新一轮的多元化经营，进军一个产业就打造出一个产业劲旅，发展一个产业就培育出一个后起之秀的品牌。

几年间，煌上煌大集团、多元化的多轮驱动新格局已然形成。

特别值得一提的是，如今，徐桂芬引领或执掌下的多元经营，也是在顺利实现企业"二代人接班"后，她仍壮志凌云，开启"二次创业"项目。

第一节　餐饮经典玉汝于成

世纪之交，国企改革不断向深水区推进。

在新一轮的国企改革实施中，鼓励优秀民营企业对困难国企兼并重组，既帮助政府解决下岗职工就业安置的后顾之忧，又做大做强民营企业，是地方政府确立的一个重要方向。

2000 年，长期处于闲置状态的南昌食品总厂，向煌上煌伸出了希望达成兼并重组意愿的"橄榄枝"。

对此，徐桂芬站在为政府分忧、为国企解难的角度，识大体顾大局，最终收购了南昌食品总厂位于南昌市丁公路上闲置已久的工厂。而且，煌上煌对企业职工就业等方面的妥善安置，赢得了南昌市政府的高度肯定。

兼并收购后的南昌食品总厂，将实行怎样的产业和经营新定位？这一问题也摆在了徐桂芬面前。

经深思熟虑，徐桂芬想到主打经典赣菜的餐饮业。

赣菜，中国美食文化中的一朵奇葩，有着数千年饮食文化的积淀。《后汉书》中的"豫章记"称江西"嘉蔬精稻，擅味八方"。改革开放后，随着餐饮业的蓬勃发展，赣菜作为具有悠久历史传承的地方特色菜系，逐渐受到全国餐饮业界和广大消费者的关注与青睐。在 1983 年和 1998 年，赣菜先后荣登"中国十大菜系"榜，荣获"中国地方特色传统菜系经典"奖，还有几款赣菜列入了人民大会堂外宾接待菜谱。

然而，对南昌食品行业了如指掌的徐桂芬看到，在南昌，叫得响的赣菜餐饮品牌却寥寥无几。

"进军餐饮业，打造定位经典赣菜、特色鲜明独具的赣菜餐饮品牌！"徐桂芬决定高起点定位，高目标推进，打造出煌上煌的餐饮产业劲旅，打响煌上煌赣味餐饮品牌。

煌上煌正处于快速崛起的关键时期，徐桂芬明白自己必须全力以赴。为此，新确立的餐饮业必须要找到一个能担此大任的人。

那么，谁才是最适合的人选呢？

"褚浚——让大儿子褚浚来操盘！"徐桂芬多番思考后的决定落在了儿子褚浚身上。

她的理由是，褚浚自大学毕业进入煌上煌，跟随在自己身边历练不觉已三年了，从生产一线到协助公司几个部门的管理，一步一个脚印，其间他潜心刻苦、踏实沉稳，现已积累了一定的经营管理经验。把打造煌上煌品牌餐饮业大任交付给儿子褚浚，不仅具有充分的可行性，也是进一步锻炼儿子能力的深远安排。

是的，正是思考担纲餐饮产业人选的过程中，徐桂芬心底也逐渐浮现出对于未来企业接续壮大发展的深远之思——一位优秀年轻人的历练成长如"蝉鸣七年"，煌上煌未来接班人的培养现在当未雨绸缪。

也正是因为基于这样的深远考虑，徐桂芬大胆决定，煌上煌餐饮业的打造全部交付给大儿子褚浚。即从饭店取名、设计装修到团队组建、特色菜品及经营管理等一切，全部由他一手执掌。

承接任务的那一刻，褚浚心中倍感巨大压力，但他又显然深深领悟了母亲的良苦用心和深切期望。

事实上，褚浚也不想躺在父母的功劳簿上，他想寻找体现自己人生价值的机会。

"决不能辜负公司的信任和重托，也更不能让母亲失望……"褚浚把这一决心悄然放进心底，他坚定地告诉自己：放手大干一场，倍加努力去开辟煌上煌这一新的产业天地。

正式调任煌上煌新成立的餐饮产业部后，褚浚在深刻领悟于不断请教母亲徐桂芬的过程中，开始全面策划与各项开业筹备。

餐饮品牌直接传达出经营特色与核心理念。

从饭店的整体风格、就餐环境到包厢细节，形成视觉效果展现品牌形象，从而形成消费者对品牌的认同。

品牌风格与品牌形象相辅相成，一个具有吸引力的名称，又可谓是画龙点睛之笔。

…………

由这一切思路切入，褚浚渐向餐饮业深处而行。

经过几个月的琢磨推敲，并得到母亲的高度赞许，褚浚最终确定了"合味原"这一品牌名称。

合，团聚、冲和、融会，如溪涧穿流，起于源泉合于江海，大成之器，以合为先，韬光养晦，天地任何。味，人生百味，千头万绪，酸甜苦辣咸调和相宜，五味俱起，涵养肺腑。原，方丈之原，一望之原，道德之原，广大厚载。天下味，合为贵，"合味原"愿天下佳肴之味为集合，乃酒楼始终倡导和追求。

"合味原"这一品牌名称一出，南昌餐饮业界同仁为之拍案叫好！

江西餐饮协会泰斗级人物发声：有如此内涵厚重的赣菜餐饮品牌，令人值得期待。

褚浚意识到，打造赣菜品牌，必须把博大精深的赣文化融入其中。从合味原整体装修、定位着手，为了在市场上一炮打响，他一心扎在工地上，有时晚上只睡几个小时，装修的每个细节都把关，他经常坐在设计师旁边不断修改。

但不料，即将要开业的时候，"非典"爆发，项目不得不推迟。趁此机会，他再次精心修改，直到满意为止。最终，这个闲置已久的工厂华丽转身为富丽堂皇、独具一格的大酒店。

酒店开业后，褚浚又亲自着手搭建团队，组建了菜品、服务、财务、管理保障等各部门。依靠一流的服务标准、一流的菜品质量、一流的员工队伍，开业仅仅一年，合味原品牌就在南昌市脱颖而出，成为当时轰动一时的赣味品牌，三年后又在全省美誉渐起。2004年合味原大酒楼荣膺"南昌十佳餐馆"称号。

同时，为响应江西省商务厅"赣菜进京"号召，传承赣菜精品，徐桂芬又在北京成立了北京合味原酒楼，让赣菜走出省门，打响了赣菜在全国的知名度。对此，江西省政府大力支持，同时江西省商务厅给合味原"赣菜进京"一百万元奖励。

整整五年，褚浚没有让母亲徐桂芬失望，把青春韶华奉献给合味原。经过几年的发展，此时合味原旗下已有四家餐饮，两家商务宾馆，成为煌上煌旗下第二支柱产业。

通过五年来合味原的品牌发展，徐桂芬看到了褚浚的潜力，她对褚浚寄予厚望。于是，徐桂芬再次调整战略，将褚浚又重新调入煌上煌食品主业，担当重任。徐桂芬记得，褚浚对于自己一手培养起来的合味原品牌，离开时恋恋不舍，但是他明白自己肩负着更大重任。

褚浚调离合味原后，徐桂芬广纳贤才，先后招聘几任职业经理人担任酒店总经理。2012年，由于"八项规定"的出台，对高端餐饮酒店行业带来了巨大冲击。在这样的市场大势之下，合味原的效益急剧下降，管理团队核心骨干纷纷请辞并带走一批员工。合味原旗下曾经独树一帜的"公望府"赣菜高端品牌，无奈关闭歇业。两家商务酒店，也不得不进行外包经营。只剩下北京合味原和南昌合味原苦苦撑着。

此时的徐桂芬面临着沉重压力和思想斗争，她一度想放弃，但是面对着合味原已经成为老百姓信赖的餐饮品牌，她又怎能忍心放弃？徐桂芬深刻意识到，煌上煌集团旗下的餐饮酒店产业，已到了非要转型发展不可的地步。她坚信：任何产业的发展都有更迭起伏，其中的每一轮市场潮汐更替又无不伴随着严峻挑战与重大机遇。因此，合味原在直面严峻挑战中如果能找准转型发展的模式与路径，就一定能在餐饮酒店业重新"洗牌"的过程中赢得再创辉煌的重大机遇。

…………

永不言败的创业精神，让徐桂芬越挫越勇。

当时，合味原是外请总经理管理，褚浚已离开合味原多年，接管食品主业上市公司的接力棒，参与主业管理，无力顾及。

正好，徐桂芬的女儿褚琳刚从新西兰大学毕业回国。

徐桂芬借这个机会，带着女儿在干中学、学中干，同时不断物色人才，让毫无管理经验的女儿褚琳担任董事长。

褚琳不负众望、不负所托，为了积累管理经验，一方面，她每天要从前台接待到顾客点菜、上菜、收银、厨房菜品采购等各个环节进行亲身体验，了解熟悉整个业务流程。另一方面，参加了各类餐饮管理培训讲座、行业会议，提升餐饮管理理论水平。同时向老员工、行业前辈请教管理经验，针对高档餐饮已经失去市场的趋势，她还提出了由高档餐饮转型为特色平价餐饮的发展思路，在市场调研的基础上，先后进行了"特色铁板烧""平价海鲜"等市场推广活动。同时，积极开展"响应光盘行动，拒绝餐饮浪费"文明餐桌主题实践活动，为经营转型打开了新市场。

经过两年的不懈努力，合味原酒店的经营终于迎来复苏态势。更加令人欣喜的是，随着发展环境趋好，全国的餐饮行业呈现出新一轮发展的趋势越来越清晰。

抢抓机遇，褚琳敏于市场态势，果敢而为！

第一步，将歇业两年多的合味原"公望府"更名为合味原·渔市，在消费定位上，由高端餐饮转型为菜品特色鲜明的大众消费餐饮。

对此，起初不少人担心，"公望府"所在的整个一条街民间传称"腐败一条街"，已失去了餐饮行业的聚集效应，仍在这里经营餐饮恐难有起色。然而褚琳却认为，红谷滩区作为南昌市正日益繁荣崛起的新区，餐饮，而合味原·渔市毗邻大型连片居民区，又位于南昌西客站往来南昌新老城区的核心中枢地带，具有得天独厚的地理优势和优美的环境。因此，只要我们经营转型升级，打响美食特色、定位平价消费，自然有客来。

功夫不负有心人。

渔市依靠平价海鲜和独特工艺，每天门庭若市，消费者络绎不绝，开业四个月后的合味原·渔市即实现扭亏为盈，客源随后稳步增长。

合味原·渔市成功转型后不久，褚琳紧接着又将合味原丁公路店转型升级，更名合味原·印象，打造平价餐饮品牌。

当时的丁公路合味原·印象的总经理思想不集中，经常不到岗，合味原·印象生意受到很大的影响，并且把合味原一楼拆得一塌糊涂，不辞而别。

面对困境，褚琳当时束手无策。徐桂芬只有亲临现场，带着女儿一边把拆得一塌糊涂的一楼楼面进行装修升级，其他楼层照常经营，一边寻找合适的总经理。那时候，离小年只剩下 45 天时间。能在短短时间内重塑形象、装修完成吗？大家心里没底，雪上加霜的是，管理团队的职业经理人看到时间紧、任务重，陆陆续续又走了一批员工。面对重重难关，徐桂芬没有轻易放弃，带着女儿重新找了一家装修设计公司，40 多天不分昼夜地奋战，终于在小年前夜装修完毕。

徐桂芬始终坚信，为了女儿在实践中得到很好的成长，找到一个好的总经理至关重要，这样对女儿快速入门有帮助。因此，徐桂芬在社会上寻找富有经验、人品好的总经理人选，让女儿更好地学到专业知识，成为一名名副其实的董事长。

终于在开业前十多天找到了一位很优秀的总经理人选何烨，她曾经在合味原待过 5 年，离开后经几年的历练，如今更加成熟富有经验。女儿有了总经理的好帮手、好老师，进步很快，很快就把混乱不堪的现象治理好，在小年夜前一天顺利开业迎客。随后，褚琳在何总的协助下，实行了 4D 管理，有目标、有计划、有考核，制定了一系列合理制度，菜品上也不断创新。并且把合味原定位在主打各种宴请酒席，通过这种调整，每天都高朋满座，业绩稳步提升，影响力越来越大。

通过合味原的发展起伏跌宕，徐桂芬意识到，要想企业长盛不衰，老板不操心、员工有动力，必须进行激励机制变革。所以她把合味原作为试点，改为合伙人制，目前，试点取得了显著成效，各项指标任务超额完成，企业与员工实现了共赢。下一步，徐桂芬准备把这种模式在集团其他分公司推广。按照集团发展方向，依托集团房地产开发的资源优势，合味原将定位打造成大型餐饮、以婚宴为主题的特色酒店，形成立足南昌、走遍江西的发展前景，让合味原品牌在全省扬名。

2018 年 4 月 26 日，筹备已久的 5000 平方米朝阳新区合味原·煌盛店盛大开业，紧接着，又在紧锣密鼓规划 6000 平方米的合味原·迎宾店（暂定名），预计 2019 年开业。

目前江西合味原酒店管理公司旗下拥有 6 家餐饮酒店经济实体。经过几年的发展，合味原已经成为南昌赣菜响当当的品牌，是中国饭店协会授予的"中国餐饮名店"、江西省烹饪协会副会长单位，先后荣获中国烹饪协会授予的"全国绿色餐饮企业""中华金厨奖"，中国辣文化美食节组委会授予的中国辣菜烹饪大赛"宴席特金奖"；被评为江西省食品卫生等级"A级单位"；被江西省商务厅评定为"中国赣菜名店"，获得了"南昌十大亲民婚宴酒店""百家人气餐厅""杰出餐饮企业"等荣誉称号。目前，褚琳担任煌上煌集团团委书记、董事局主席助理、江西合味原酒店管理公司董事长，同时兼任西湖区政协常委、共青团南昌县兼职副书记，先后获得"南昌市五一巾帼标兵""南昌市五四青年奖章"等荣誉。

第二节 孕育中国油茶品牌奇葩

在进军餐饮业的过程中，煌上煌产业链延伸的视野，也随着徐桂芬眼界的开阔高远而继续拓展。

2008年，煌上煌又将油茶产业确立为集团新的多元化产业。

油茶，是我国特有的木本油料树种，已有2300多年的栽培历史。茶油与橄榄油的脂肪酸组成、营养成分十分相似，早就被世界卫生组织推荐为心血管健康的保健型营养油。因此，中国茶油又被誉为"东方橄榄油"。

具有食疗双重功效的茶油，国内国际市场潜力巨大。

但长期以来，由于我国油茶主产区的广大农村地区，茶油生产还停留在"作坊式"的加工阶段，这种传统落后方式生产的茶油品质差、出油率低、资源浪费大。我国丰富的油茶资源没有得到充分开发。

新千年以来，党中央、国务院对山区综合开发、发展油茶产业高度重视。胡锦涛同志先后三次对山区综合开发和油茶产业发展作出了重要批示，为油茶产业发展指明了方向。温家宝同志多次专门就油茶产业发展作出了重要批示，要求国家林业局会同有关部门科学编制发展规划，研究制定政策措施，加快推进油茶产业发展。

2008年，国家林业局编制《全国油茶产业发展规划（2009—2020年）》，规划明确提出，到2020年我国油茶种植面积要达到7000万亩，茶油产量要达到250万吨。

生态居于全国前列的红土地江西，无论是油茶种植条件还是油茶品质，都具有发展油茶产业的独特优势。

鉴于发展油茶产业得天独厚的优势，江西省委、省政府积极策应国家油茶产业发展规划，把大力发展油茶产业列为全省重大产业。同时也确立为全省山区及老区群众脱贫致富的重要产业。

对应于全国油茶产业发展规划，江西专门出台了大力发展油茶产业的

"1155" 工程：培育年产值亿元油茶龙头企业 10 个；带动 1 万个油茶种植专业大户；建成油茶丰产林 500 万亩；力争到 2010 年全省油茶产业总产值达到 50 亿元以上。

油茶产业化发展，重点是龙头企业带动。而具有先进生产工艺、大规模生产能力和资源综合利用能力的企业严重不足，这已成为制约江西油茶产业发展的瓶颈之一。

2008 年的春天，新当选为十一届全国人大代表的徐桂芬，心中满怀沉甸甸的责任感。

"作为农业产业化国家重点龙头企业，煌上煌当积极响应国家油茶产业战略，助推江西油茶产业发展！" 2008 年 11 月，煌上煌集团公司子公司——江西茶百年油脂有限公司成立。

"利用江西省丰富的油茶资源，用足用好国家政策，紧紧依托科研机构，建设基地以点带面，精细加工提高产业附加值。"在确立油茶产业发展的这一清晰战略思路中，积极对接江西油茶产业"1155"工程。

与此同时，公司与中国林科院亚林中心、江西林科院、江西农大、江西中医学院等科研院所建立紧密的合作关系，依托科研机构的技术优势，拟创建油茶科研所，建立油茶专业性人才高地，保证产品开发持续创新。

以"关爱生命，关注健康"为己任，倾力打造"茶百年"品牌。

按照"公司 + 基地 + 农户"发展模式，煌上煌第一步规划在全省建立 10 个总面积达 1 万亩的示范基地，带动 100 个油茶专业户，影响 5000 林农参与种植油茶，新增油茶种植面积 10 万亩。

这一规划即"11151"工程。

"统一规划、统一整地、统一购苗、统一栽种，分户管理"的"四统一分"模式，激发了农民的种植热情。通过推广良种、采用良法、实施良制等措施，提高油茶产业的基地化、集约化、标准化、企业化水平，促进油茶产业走农工贸一体、产加销一条龙的产业化发展之路。

公司采取给周边林农提供苗木，现场进行技术培训，成立专业合作社，签订长期收购合同等方式，影响和带动当地林农参与种植油茶，以保证企业生产和发展所需原材料的供应，并带动和帮助林农致富。

煌上煌的油茶产业布局与实施，有条不紊顺利推进。

2014 年 3 月 6 日，北京，人民大会堂。

这一天上午，习近平总书记来到十二届全国人大三次会议江西代表团参加审议。

审议时，习近平总书记念了赣南兴国 105 岁老红军王承登写给他的一封信。总书记表示，看到这封信很感动。老人家在信中提出两个心愿，其中一个就是希望国家加大对赣南油茶等扶贫产业支持。

"当年，赣南苏区群众就是用茶油、钨砂，从白区换回食盐、药品等物资，支援红军，支持革命。油茶是个好东西，老人家在信中推荐我吃茶油。"总书记随后就江西油茶产业发展这一话题关切询问。

…………

作为十二届全国人大三次会议江西代表团中的全国人大代表，徐桂芬倾听总书记对江西油茶产业发展的深情关注与鼓励，内心感动又激动。

她感动的是，油茶产业发展如此让习总书记牵挂。

她激动的是，煌上煌油茶产业经过几年布局发展，在油茶基地培育、茶油产品研发与深加工等领域现已初显成效。

"加快煌上煌油茶产业的快速发展！"内心满怀激情的徐桂芬，在全国"两会"结束回到南昌后，第二天就率领集团高管层前往江西奉新县，她此行的目的就是考察新的油茶基地项目建设。

随后，进贤白圩油茶基地基础设施建设开始筹划；

在宜春市袁州区、九江市瑞昌市等地核心生态区，成功实现 5000 余亩荒山流转后，一批新的高产、优质油茶林示范基地的建设同时启动；

短短几年过程中，围绕江西核心生态区布局的高产优质油茶林基地，到 2018 年已达 3 万余亩；

煌上煌集团还成了江西省油茶产业协会副会长单位。

…………

精深加工是油茶产业链中的关键一环。

为此，从确立油茶产业后，煌上煌逐步实施"油茶精深加工关键技术研究及产业化"的创新研发。与油茶林基地科学稳健布局建设同步，开始建设茶油产品精深加工基地。

到 2018 年上半年，"茶百年"已完成在南昌市小蓝工业园的近三百亩精深加工基地项目的征地，打造具有一流现代茶油 16000 多平方米厂房，正在建设一条年产 8 万吨精炼茶油加工项目，并引进多条现代化的茶油压榨、精炼、包装生产线。2018 年底工厂建成投产后，茶百年茶油将形成集油茶林种植、油茶籽收购及压榨、茶油精炼，小包装茶油灌装及销售等全产业链模式，为公司的快速发展插上翅膀。

目前，江西茶百年油脂有限公司聚集了营销、技术、研发等方面的高端人才管理团队，为煌上煌油茶产业发展提供了强有力的人才支撑。

"树百年，人百岁。"徐桂芬赋予"茶百年"品牌食疗双重功效的美好寓意，也把确立油茶产业与煌上煌百年品牌的永续发展深融于一体。

她致力要将"茶百年"这一品牌，打造成为中国油茶十大品牌！未来，将依托煌上煌遍及全国的营销网络，让"茶百年"走入千家万户。同时，借助煌上煌引领赣味食品走出国门的战略，茶百年这一品牌也将走向海外。

第三节　开启全域旅游新篇章

从 2012 年成功上市后企业逐步驶入"裂变式"发展快车道，到以创新为重心的转型战略新布局全面启动实施，煌上煌集团二代掌舵人的胆略才干日渐得以展现。

这一切徐桂芬看在眼里，心中充满了欣慰。

由此，她对二代接班人执掌引领下的煌上煌发展也越来越感到放心，对上市后的煌上煌在未来成就百年企业的梦想充满了信心。

然而，对于一位数十年如一日倾力于事业的人而言，那种深深融于血脉的奋进执着又怎么轻易割舍。

在徐桂芬心底，她对人生事业圆梦的追求依然那样炽热。

尽管企业上市并顺利实现了集团主业由"二代人"接棒，徐桂芬曾深切渴望把自己年轻时没实现的愿望弥补回来，比如早晨锻炼、上老年大学、旅游等。但她却又执着地认定，完美的人生定不能停歇对事业的追求，因为武功山事业发展还需要她送一程。

初心不改，虽远不怠。

"虽然我现在年过花甲，但是我的事业雄心犹在！" 2012 年 9 月，徐桂芬在一次接受媒体专访时表示，自己就好比是运动场上的一个运动员，从年龄上来说，在事业拼搏中已打完了上半场球，她还紧接着打下半场，发挥余热，这样的人生才更加充实，更有价值。

也就是在这一年，她又踏上了"二次创业"的征程。

这还得从 2010 年说起。

当时，一位多年的老朋友找到徐桂芬，想邀请她共同开发一个旅游项目——武功山酒店温泉项目。

武功山风景区位于江西省萍乡市、宜春市、吉安市三市交界处，景区面积 385 平方公里，毗邻 314 国道。该项目位于武功山景区核心地段，2014 年高铁开通，离景区 20 分钟以内，离明月山景区 15 分钟以内，离羊狮幕景区 20 分钟以内。

温泉开发利用的唯一性，更是使该项目的旅游资源有着无与伦比的升值潜力。该项目顺应了江西省政府提出的建设发达地区旅游休闲"后花园"

的战略，把武功山景区打造成为"长珠潭""长珠闽"的休闲后花园。

彼时的徐桂芬，正为煌上煌筹备上市而异常繁忙，加之她感觉此项目比较陌生，毕竟与主业隔行隔山，于是婉言谢绝了。

不曾想到，此后朋友三番五次诚恳上门劝说，而且再三承诺，徐桂芬只需投资 4000 万，将来项目成功则回报酒店温泉 50% 股权。同时，项目在建设期间，徐桂芬不用操心，项目建成后，经营管理由徐桂芬一方负责。

实在是盛情难却，徐桂芬也不忍再拒绝。

最终，在没有和子女商量的前提下，她就这样凭着朋友的义气答应了项目合作。在丈夫褚建庚不同意的情况下，她还经过努力做通了丈夫的思想工作。

按照双方约定，前期施工由对方负责开展，团队也由其搭建。出于信任，徐桂芬没有过问。但是在项目开展一年后，一位知情人多次给徐桂芬打来电话，每一次电话中都暗示徐桂芬应该尽快派财务过去监管。

"派财务总监，难道是项目建设财务上出现了什么问题……"徐桂芬思忖。

于是，徐桂芬派人从侧面对项目建设的财务情况进行了解。

这一了解才发现，原来，合伙人搭建的团队不诚信，利用职务之便，通过工程招标、废账等手段，从中捞取巨额回扣！

"这样下去不行，确实要赶快健全财务，对项目负责、对合伙人负责，也对煌上煌集团负责，因为当时集团为项目在银行担保贷款 2 亿元。"于是，徐桂芬委派煌上煌集团财务总监对项目财务进行监管，一位集团总裁助理参与工地监管。同时，又在萍乡当地聘请了专门的项目财务总监。

然而，接下来意料不到的是，无穷麻烦又接踵而来：合伙人派的团队管理混乱，集团委派的管理人员以及原管理团队，又监管不当。更想不到的是，派驻人员还乘机搞名堂，采取合同签单、银行贷款、更换承包方等手段大捞了一把，造成损失达数千万。

其时，项目工程只完成了一半，成了"半拉子工程"。最为头痛的是，由于之前管理混乱，项目部几乎每天都发生不合理的工程付款和堵门等现象。

此后，徐桂芬又先后委派几位人选代表她去参与管理工作，但是在那种恶劣的环境下，他们都无法开展工作，直至一一退了出来。最后徐桂芬就委派自己的亲弟弟去助阵，没想到也被地痞流氓威胁恐吓，还差点挨了打。

就这样，整个项目在波折不断中阻滞难前。她决定亲自出马，协助总经理开展工作，决心一定要把武功山温泉项目建成并使管理进入良性循环。

就这样，徐桂芬背上行李，毅然决然地踏上了二次创业的征途。

当来到项目建设驻地，徐桂芬第一次走进了自己从未坐过的办公室，不禁想起两年前，对方曾精心给她安排了一间办公室的情景，当时徐桂芬很不情愿，连办公室也没有进去过。怎料到，如今还真的坐到了这间办公室来上班。

上班第一天，就发生了村书记、主任带头的一伙人冲进办公室，拍桌子、砸椅子的事件，理由是原来请他们的施工方没有付款给他，要求徐桂芬付钱。

面对这样一个"烂摊子"，徐桂芬明白，自己要从外行变内行，一切从头开始。

第一件事，她决定把合伙人组建的团队辞掉，重新组建新的管理队伍。

紧随其后，徐桂芬一件件事情理顺，一桩桩直面应对。

首先，这里也有三教九流的人群。由于之前的纵容，徐桂芬组建的新团队一接手之后，这些人就纷纷找上门来，不满足他们的要求就无法开工。

再接着，是以施工方欠农民工工资名义，开来工程车堵门的。而事实上，项目按合同付款比任何一个单位都到位，工程款早就给了施工方，只是施工方拖欠着农民工的工资。可农民工不管这么多，他们只找徐桂芬要钱。秀才遇上兵，有理说不清。

项目重新启动，更是千头万绪，各种意想不到的事情层出不穷。一次，一个在工地施工的无赖，虚报工程量，甚至项目方监理都帮他签字，但是在事实现场面前，他过不了关，所以每天采取不同的手段，使得项目工程没有办法开展工作，调解人员也不敢得罪他，只做徐桂芬退让的工作。

还有失地村民经常隔三岔五来工地闹事，理由是政府补偿他们不满意，要求徐桂芬他们答应签订为期30年的送鸡合同或为期10年的送米合同，价格远高于市场价，不答应就不让工地打围墙。

还有人在施工用地上种菜，就连乡政府都拿他们没办法，当时就在这种环境下，艰难地一步步理顺，一步步走出困境。

…………

这种千奇百怪、无理取闹的现象，在项目推进过程中层出不穷。此外，项目前期遗留的各类纠纷与官司多达十几件。

这种处境下的项目重启和推进，可想而知其中的艰难程度。

然而，面对这样在别人看来已成"一团乱麻"的不堪境况，徐桂芬心底却越发坚定："不但要彻底厘清和理顺项目前期的所有历史遗留问题，更要不折不扣地按照原定规划把这一项目建起来。"

一边应对和解决项目各类遗留问题，一边强力推进一期工程建设，徐桂芬就这样不知不觉走向了二次创业之路。

各类遗留纠纷，因之前合伙人、管理者的"多番人为操作"，导致解决过程中的复杂程度已远超出徐桂芬的想象。她无惧无畏，一个个地斗智斗勇。同时，依靠当地乡政府、管委会解决问题。因为她知道，项目是萍乡市的重点招商项目，支持项目建设就是支持经济发展。

历经近三年时间，经过徐桂芬的不懈努力，武功山温泉酒店项目终于呈现出良好的发展势态。武功山温泉酒店项目，是2010年江西萍乡市的重点招商投资项目。该项目占地412亩，总投资8亿多元，规划总建筑面积近 23 万平方米，由温泉酒店区、温泉洗浴区、温泉住宅区、温泉商业街、温泉公寓、温泉别墅等组成。整个项目的各区域相互依存，相互补充，形成以温泉养生为主题，集观光旅游、专业培训、会议、体育休闲于一体的全功能度假村。

其中，养生温泉是整个度假村经营的核心内容。露天温泉洗浴区，占地约 2.6 万平方米，分区域设有室内 SPA 馆、国医馆保健理疗区、儿童区、智勇大冲关、动感温泉区、十二生肖区、养生温泉区、温泉别墅区等，共计 101 余个温泉池，其中国内唯一的四季开放的智勇大冲关最受欢迎。

2014 年 12 月 28 日，武功山温泉度假酒店正式开业，客源不断。

由于解决了历史遗留问题，项目二期工程启动十分顺利。

2017 年，江西省委、省政府基于做大做强江西旅游大产业的规划，又实施武功山资源的统一整合，出台了《武功山经营管理体制改革方案》。

根据该方案，武功山将彻底改变"一山三治"的分割管理局面，实行统一规划开发、统一经营管理，重塑武功山"江南三大名山"的品牌。通过整合景区、整合产品、整合政策、整合需求，全力打造大武功山形象品牌。武功山国际旅游大格局正迎来前所未有的大好机遇。与此同时，萍乡、宜春又日渐成为高铁纵贯的大动脉，交通优势更为武功山旅游带来巨大优势。

而在这一项目的建设中，徐桂芬也看到了旅游项目大好的发展前景。

她决心以江西优势彰显的生态资源，进一步朝着生态旅游项目这一方向做出品牌做出特色。

对于武功山温泉酒店项目，徐桂芬决心将这一项目打造成为全国著名的温泉度假旅游胜地和全国温泉酒店的样板。

第四节　打造"地产新锐"之作

房市进入"寒冬"的季节，徐桂芬却抱着"安得广厦千万间，大庇天下寒士俱欢颜"的追求，毅然决定跨界地产，以做实业的雄心和专注，要为南昌平民百姓建设"风雨不动安如山"的房子；传承煌上煌家的味道，要为南昌平民百姓建造舒适温暖的家。

朝阳新城是南昌市珍藏的最后一块"璞玉"。2009年初，当徐桂芬获悉市政府将按世界级标准重点规划、倾力打造朝阳新城，把朝阳新城滨湖地区建设成一个中国少有、世界不多的滨水景观区——复合协作式的滨水新城的规划后，她以敏锐的眼光，卓越的远见与前瞻，看到了无穷的商机，立即着手部署参与朝阳新城开发建设的行动计划。

谁来实施她的战略计划，谁来完善她的战略计划呢？

她把希望的目光锁定在她的第二个儿子褚剑身上。知子莫如母。徐桂芬对褚剑的能力、兴趣、爱好十分了解。褚剑18岁就跟随她创业，在生产第一线历经磨炼，逐渐成长起来，加入了中国共产党，进入了企业管理层、决策层。褚剑现任江西煌盛房地产开发有限公司董事长、江西煌上煌食品股份公司副董事长、煌上煌集团党委副书记、煌上煌集团纪委书记、江西煌上煌食品股份公司党总支书记。近年来，曾先后荣获江西省首届绿色（有机）食品企业优秀经理（厂长）、江西省家禽业十佳企业家、江西省优秀厂长、南昌市优秀企业厂长、南昌市2017年度民风类榜样人物、南昌市优秀共产党员、南昌县慈善模范等荣誉称号。

褚剑信心满满地接受了母亲交给的任务，立即组建了煌盛地产江西荣成达置业有限公司，带领团队着手调研，谋划建设项目。

褚剑认真地研究了西湖区政府打造朝阳临江总部经济圈，发展总部经济，发展楼宇经济，建设沿江总部经济带，打造南昌新外滩的战略规划后，提出了"煌盛·外滩国际"建设项目。该项目总占地14856平方米，总建筑面积 51996 平方米，拥有两栋甲级精装写字楼和一栋独栋兼顾大型商业与金融配套写字楼。两栋写字楼均为 22 层，国际标准精装修交付，傲立于朝阳新城繁华中央，360°景观环绕无遮拦，坐拥得天独厚的稀缺一线江景资源，缔造无与伦比的商务价值。

2013 年 9 月 11 日，由煌盛地产江西荣成达置业有限公司主办的以"为江而来"为主题的煌盛·外滩国际新闻发布会暨启动仪式隆重举行。现场人气鼎沸、座无虚席，气氛一片欢腾。徐桂芬、褚建庚夫妇陪同中共西湖区区委、西湖区人民政府主要领导和有关部门负责人与 40 余家主流媒体以及到场的贵宾客户共同见证了这一盛事。

煌盛·外滩国际项目的竣工，标志着煌上煌集团在地产界全新起航。尽管项目开发规模不大，但对褚剑来说，是独立施展才华的机会。

褚剑在"煌盛·外滩国际"建设项目开发建设中，事必躬亲，耐心热情地与客户交流商谈，赢得了广大客户的信任和尊重，学到了经验，练到了本领。煌上煌脚踏实地的务实精神在新一代接班人身上得到发扬光大。褚剑带领他的团队，努力把煌盛·外滩国际打造成特色楼宇，进入税收收入超千万的楼宇行列。

徐桂芬为适应市政府打造新昌南的规划，几经周折奔波，终于成功地将煌上煌位于迎宾大道的 237.44 亩工业用地转变为商住用地。

2014 年 3 月徐桂芬注册成立了江西煌盛房地产开发有限公司，由褚剑挂帅，担任董事长。

褚剑带着母亲的嘱托，母亲的期望，在房地产这一新的领域开始了新的征程——积极打造煌盛中央公园。总规划 40 万平方米的楼盘，对褚剑本人而言又是一个新的挑战和考验，同时为煌上煌在房地产领域扬帆远航掀开了新的篇章。

褚剑在母亲的指导下，精心策划，精心施工。明确项目定位，立足为农民工服务；明确项目理念，一生情，一个家；明确项目目标：打造 5N

生活之家，新社区、新科技、新共享、新园林、新服务。经过艰辛的努力，如今的煌盛中央公园已经成为南昌房地产领域的新标杆。

褚剑以坚忍不拔的勇气，精益求精的作风，一手抓项目进度质量，一手抓楼盘营销。煌盛中央公园由前身为美国 TONTSEN 建筑设计公司——上海方大精心设计。煌盛中央公园的施工是由荣获建筑业鲁班奖斯卡奖的江西中恒建设集团承担。

煌盛中央公园的设计施工处处体现了以人为本的理念。墙体涂层一改传统乳胶漆，采用了新型材料真石漆。真石漆，是由天然材料制成，具有良好的耐候保色，耐脏保洁，防霉防燥，不老化，增加建筑物寿命的特性。更具有防裂，吸音、柔韧性好，抗碰撞、抗裂防渗的优势，表现力丰富，立体感强，可塑性好，深受广大客户的青睐。

2015 年 9 月 26 日煌盛中央公园举办"开园盛世·城启未来"新品发布会，现场到访 2000 余人，创下大昌南记录。

2015 年 10 月 1 日，煌盛中央公园举办南昌首个纯手工陶筑营销中心开放展览。南昌首个纯手工陶筑营销中心盛大开放，撼动大昌南。陶板建筑相比普通石材拥有无法比拟的优势，在品质及现场展示面均为片区首屈一指，赢得了广大市民良好的口碑。

2015 年 11 月 17 日至 21 日，煌盛中央公园举办皇家大马戏活动，为开盘前造势，吸引客户。派票活动每天吸引客户上门超 100 组，观看人数超 6000 人。特别是线上微信抢票活动吸引了近 7 万人参与。为项目开盘做了很好的铺垫。

2015 年 11 月 22 日，煌盛中央公园举行首次开盘，现场客户达 1000 人，总推售 245 套，销售 220 套，创昌南 2015 年开盘人数纪录、单日销售金额纪录，在区域内影响力、知名度、口碑各方面得到很大提升，真正成为区域标杆楼盘。

2017 年，煌盛中央公园硕果累累：以 10 亿销量撼动昌南市场；单盘稳居南昌 TOP15！褚剑义无反顾，下决心把煌盛中央公园打造成集休闲、购物、娱乐、商务、金融、居住于一体的高端商务绿色住宅群，下决心把煌盛中央公园营造成一个温馨的大家庭！

同年，褚剑带领煌盛地产再下一城，由煌上煌集团全资打造的南昌县 H'PARK 商业综合体正式破土动工，项目拟打造 10 万平方米集国际知名连锁品牌、大型影院、情景特色餐饮街、儿童教育亲子体验和时尚潮流生活馆为一体的新都市主义时尚购物中心，成为昌南最具典范气息的商业综合广场之一。褚剑一鼓作气率领煌盛地产在南昌县象湖及东新乡竞拍获得 4 块商业用地，煌上煌地产谋篇布局的品牌之路正在悄然打响。

进入新时代，徐桂芬站在新的历史起点上谋划煌上煌的房地产发展战略，煌上煌的目标是：坚定不移地贯彻落实习近平总书记"以人民为中心"的发展思想，把人民对美好生活的向往作为企业的奋斗目标，为乡村振兴作出积极贡献，按照规模化、体系化、信息化、系统化的要求，走商业地产、旅游地产、休闲地产开发之路，积极打造集旅游、生态、文化、度假为一体的特色田园乡村综合体，打造城镇公寓商区综合体，从吃、穿、住、行、乐各个方面全面提升市民的人居品质，给市民们带来不同于传统居住方式的"家的味道"，为市民安居乐业奉献煌上煌人的一片真情，一片爱心。

第五节　扬帆远航走出国门

初心不改，方得始终。

在徐桂芬对煌上煌未来发展视野里，还有更深情宏远的目标——这个更为宏远的目标是，迈向国际化发展方向的时机开始成熟了。

这也是徐桂芬和褚建庚酝酿多年的构想。

让我们把时间拨回到 2008 年。

在煌上煌集团成立 15 周年之际，徐桂芬接受媒体采访在谈及企业未来发展的目标时这样说道：我们开始产生了在海外设立分公司的设想，力争在未来将煌上煌打造成全面国际化的中式食品加工企业……

当年，丈夫褚建庚的那句话还在耳边回荡："我们要做像麦当劳、肯德基那样的企业。"

成为百年老店，成为像"星巴克"那样全球连锁的世界名企。我们要做世界级的，让煌上煌登上世界的大舞台！这是徐桂芬的新梦想，也是煌上煌人共同的未来之梦。

也就是说，对于煌上煌集团迈向国际化发展目标的构想，实际上已在启动筹划上市之时就开始展开了。

褚建庚知道，徐桂芬一旦确定了目标，就会坚持不懈地朝着那个方向走下去。而徐桂芬同样深知，在企业一路发展崛起的每一个阶段，是丈夫褚建庚稳健而具有前瞻目光的发展战略定位，让煌上煌集团实现了一次次的跨越式发展。

因此，在顺利实现管理经营上的交棒、逐步转向对企业未来发展战略引领的过程中，徐桂芬和褚建庚两人心中的默契，又不约而同地聚集到了煌上煌集团迈向国际化发展这一战略上。

这一战略的目标，也是开启打造煌上煌百年企业的宏大序幕！

不忘初心，砥砺前行。

恰在 2014 年这一重要时间节点，国家"一带一路"倡议推进实施背景下的千载难逢机遇，进入了徐桂芬和褚建庚的视野。

开创中国经济发展扩大空间的"一带一路"倡议，是中国高瞻远瞩，以国际视野谋划深度融入世界经济的重大战略，旨在构建一个包容性的发展平台，推进形成包含更广阔区域内的统筹国内外均衡发展战略新格局，构建中国开放经济全新的空间格局。

"一带一路"倡议，正将"资本高地"与"投资洼地"连接起来，引领新一轮全球资源的优化配置。

参与"一带一路"倡议，是江西适应经济发展新常态，策应国家重大战略，抢抓重大机遇，在更宽领域、更高层次参与国际分工合作，创新对外开放新优势，促进发展升级的客观要求和必然选择。江西是农业大省，"推进'一带一路'建设，为我省深化农业对外开放、构建开放型农业发展新格局提供了重大机遇。"

而在"重点支持有比较优势的民营企业和农业产业化龙头企业加速融入'一带一路'建设"方面，江西则更是未雨绸缪，先行而发。江西农业融入"一带一路"倡议，重点是要下好"走出去""卖出去"和"引进来"三步棋，使江西成为丝绸之路经济带上现代农业发展模式示范的重要中心、农业对外交流合作的重要平台、绿色有机农产品出口的重要基地，续写江西在丝绸之路的历史辉煌。

一步好棋，千方百计推动农业企业"走出去"。

一步妙棋，想方设法把农产品"卖出去"。

一步活棋，下大力气把农业优质资源"引进来"。

从企业发展的重大机遇和挑战视角而言，"一带一路"倡议实施在推动民企"走出去"，利用两种资源和两个市场发展壮大自身的同时，也意味国内市场对"一带一路"沿线国家和地区将会更加开放，意味着国内市场国际化程度的进一步提升，意味着国内民企即使不出国门，也将直接面临国际化的竞争。

更为重要的是，具备竞争优势，能够快速实现国际化运作的企业，将获取更大的市场空间和发展机会；缺乏竞争能力，不能顺应国际化趋势的企业将可能面临生存的挑战。

在企业发展过程中，坚持什么，顺应什么，调整什么，极为关键。

徐桂芬认为，煌上煌在国际市场的地位和形象还有较大提升空间。国家"一带一路"倡议不仅搭建了文化交流桥梁，也为企业开启了通往世界的大门。徐桂芬和褚建庚敏锐意识到，抓住国家"一带一路"倡议机遇，充分利用国际国内"两个资源"和"两个市场"，为煌上煌品牌"走出去"带来了千载难逢的好机会。

思深方益远，谋定而后动。

迈出煌上煌集团的国际化发展步伐，徐桂芬和褚建庚也由此开始了他们人生事业更为精彩的下半场。

新西兰，位于太平洋西南部，在"一带一路"版图中处在海上丝绸之路的南太平洋支点。

被誉为"世界最后一块净土"的新西兰，具有得天独厚的农业资源优势，现代农业的发展水平居于全球前列，也是世界上少数几个依靠农业立国并进入发达国家行列的国家之一。

在确立响应国家"一带一路"倡议，打开煌上煌拓展国际市场发展这一方向后，2015年初，徐桂芬和褚建庚两人的目光几乎不约而同都落在了新西兰。

因为女儿褚琳在新西兰留学期间，徐桂芬和褚建庚每年都要飞往新西兰看望女儿。而在每次前往新西兰的过程中，徐桂芬和褚建庚都要抽出时间考察新西兰农业发展各方面的情况，希望对煌上煌的经营发展能有所借鉴。

因而，他们对新西兰的农业发展情况较为熟悉。

也正因为如此，他们在选择煌上煌海外投资发展的国际市场时，自然也就首先想到了新西兰。

而让徐桂芬和褚建庚没有想到的是，新西兰此时也是江西省委、省政府引领企业顺应国家"一带一路"倡议积极拓展国际市场，重点关注的国家之一。

在这一过程中，江西省商务厅等部门积极牵头，主动和"一带一路"主要沿线国家接洽，在这些国家为江西企业寻求优质投资项目。

因为新西兰先进的农业发展水平和良好的农业资源禀赋，因此，在江西省委、省政府谋划农业企业"走出去"的过程中，新西兰被确定为江西农业项目"走出去"和对接资源的重点国家。

在新西兰的山坡、沿海地区、森林边缘,长着一种叫作麦卢卡的红茶树。每逢初夏,在这块南太平洋的净土之上,艳阳高照,气候宜人,雪白色的麦卢卡花朵迎风怒放。它盛开的花朵会引得成群的蜜蜂来蜜源采集花蜜。

蜜蜂采集这种茶树花酿制而成的蜜,麦卢卡蜂蜜。

麦卢卡蜂蜜浓醇蜜香,质滑芳甘,气蕴天成,风味迷人,且具有其他蜂蜜所没有的活性抗菌成分——UMF独麦素,它的特殊治疗能力甚至超过很多传统的药品,这使其优于其他蜂蜜,成为世界上最珍贵的蜂蜜之一。因此,麦卢卡蜂蜜也被称为"蜜中极品"。

新西兰也是世界上唯一有法律明文禁止对蜜蜂使用抗生素和其他药物的国家,其蜂蜜产品符合世界药物管理 GMP 标准。其独特的抗菌特性更是让新西兰麦卢卡蜂蜜名声大噪,成为进口蜂蜜高端市场中的代表性产品。

在与新西兰洽谈项目合作过程中,2015 年初,江西省商务厅将麦卢卡蜂蜜项目确定为引领江西农业项目"走出去"的重点项目之一。

随后,江西省商务厅向煌上煌重点推介了这一项目。

经过半年多时间的项目考察和洽谈,徐桂芬和褚建庚十分看好这一项目。

于是,徐桂芬夫妻俩就着手在新西兰收购了一座农场,主要用于蜂蜜原料基地种植麦卢卡树,以及利用火山土资源种植葡萄,酿制优质葡萄酒。紧接着,煌上煌投入巨资收购了一家新西兰蜂蜜加工厂,以及一个蜂蜜销售公司。最终合并成为新西兰新溪岛蜂蜜公司。

新溪岛蜂蜜公司总部位于新西兰奥克兰市,生产工厂位于知名旅游胜地罗托罗瓦。经过快速发展,如今新溪岛已经形成了麦卢卡树种植、蜂蜜加工、产品销售在内完整的蜂蜜产业链,产品销往大洋洲、美洲、亚洲和欧洲各地,并已成为中国地区新西兰蜂蜜第三大销售商。新溪岛的蜂蜜均通过 UMF、RMP、新西兰生产、欧盟认证等权威认证,拥有独一无二的顶级品质。

煌上煌新西兰新溪岛蜂蜜公司在新西兰快速扩展,市场销售形势喜人。

由此,煌上煌集团在海外拓展路程上迈出了具有里程碑的一步。

成功投资新西兰麦卢卡蜂蜜项目,在迈出煌上煌国际化发展步伐的同时,徐桂芬和褚建庚的企业国际化战略视野随之开阔。

同时,煌上煌抓住新西兰旅游业迅猛发展的契机,在新西兰南岛世界知名景区皇后镇地区瓦纳卡投资建设酒店项目也即将启动。

梦想有多远,就能走多远。目前,煌上煌集团先后被评为江西省"走出去"先进企业、江西省"走出去"十大领军企业,当选江西省"走出去"联盟"轮值副主席单位"。

因为怀揣梦想,徐桂芬她一步一步顽强拼搏中走到今天。每个时期不同的梦想,连接起了煌上煌不断走向开阔高远的发展之境。正是因为这一个又一个的梦想,她将煌上煌推到了上市的顶峰,造就了自己事业的辉煌。

下一步,徐桂芬的构想是,一方面依托巴西优质牛羊肉的资源优势,利用煌上煌近 3000 家门店连锁优势,通过线上线下销售,加大巴西优质牛羊肉对中国市场的销售份额,让江西省内乃至全国人民都能品尝到品质一流的进口生鲜产品。

"一带一路"倡议格局宏大,路向开阔,气象多彩,徐桂芬夫妻俩搭上这艘伟大航船,下一个宏伟的目标是进军东南亚市场,为煌上煌走出国门试水远航。

第十章
心怀担当感恩社会

　　25 年创业历程，徐桂芬一步一个脚印，走出了一条充满荣光的励志奋进之路。

　　这是改革开放伟大时代里，一位坚强的女性以顽强拼搏实现改变人生命运、成就非凡人生事业的传奇之路。同时，这也是一条胸怀赤诚、洒满爱心、倾情回报社会的感恩之路。

　　"我更深知，是党的改革开放和富民政策让自己拥有了施展才华的机会，改变了我的人生命运，成就了人生事业。"一直以来，徐桂芬心底里都充满着深切感恩情愫。

　　正是因为心怀这样的深厚感恩情结，从创业初尝成功时开始，徐桂芬就倾情倾力去报效江西红土地，报效国家社会。

　　在企业不断发展壮大的过程中，煌上煌集团对社会公益慈善事业和光彩事业的投入也不断加大。救济扶困、资助贫困学子及建设希望小学……

徐桂芬用慷慨真情之举，诠释着她心中那份深切的感恩之情。

尤其令人注目的是，在一路取得辉煌发展的历程中，煌上煌集团始终积极投身扶贫开发，情系"三农"，热心扶持贫困村农户发展肉鸭等禽类养殖及果蔬种植，共带动全国养殖、种植业农户达3万余户致富，累计帮助农户增收超过了5亿元。

"深爱一层，高看一眼，多扶一把。"在精准扶贫行动中，徐桂芬更是以满腔赤诚的企业家责任担当，温暖了多少贫困户的心，点燃了多少贫困农户脱贫致富的希望。

徐桂芬，将回报社会和时代的那份深情，化作了倾情社会公益慈善事业和光彩事业的实际行动。她以自己的真情之举，诠释了民营企业家对于社会责任的积极担当与回报社会的赤诚情怀。

第一节　大爱彰显责任情怀

每一位成功的企业家，都书写了一部厚重创业史，但他们最打动人心的往往是那些鲜为人知的创业历程背后的故事。

这也更彰显企业家人格魅力与精神品格。

回望徐桂芬自立自强的人生岁月，沿着她奋进创业的历程一路走来，她那传奇般的创业历程背后有着太多触动人心的地方。这其中，最感人至深的就是她二十多年来始终倾情倾力公益慈善和光彩事业，用感恩之心回报社会。

徐桂芬对公益慈善和光彩事业的慷慨真情，始于捐资助学。

从小历经的生活艰辛，徐桂芬对家境贫困孩子渴望读书来改变命运有着深切体会。她经常关注农村的教育状况，知道贫困农村孩子求学的艰难。

正是这样的感同身受，促使徐桂芬在有了经济能力后，发自内心地希望为家境贫困的孩子们撑起一片希望天空。出资建设一批煌上煌希望小学，改善贫困地区的办学条件——这就是徐桂芬对教育公益慈善的目标。

让时光回到 2002 年。

一天，徐桂芬偶然得知了一个消息：革命老区江西万安县的一所山区小学——枫林学校，正在兴建的一幢教学楼。按照当初最基本的校园建设规划，需 20 万元左右的建校资金，但因为国家级贫困县万安县财政困难的原因，在下拨了一半左右的建校资金后再也没有办法下拨建校资金了。因此，学校建到一半时只好停建了。该学校因资金问题成为烂尾楼，200

多个山里孩子面临无法就读的境况。

听闻这一消息后，徐桂芬内心被深深触动了。

"不能要让大山里的孩子们没有书读，这所学校由煌上煌集团来建！"她立即派专人与万安县教育部门取得联系。

"请当地教育部门重新规划，所有建设资金都由煌上煌集团来负担。我们要为大山里的孩子们建一所学习环境好、宽敞明亮的学校，让他们在一个良好的环境里学习。"徐桂芬提出，不但要捐资建设万安县枫林学校，而且还要提高学校的建设标准。

重新规划的万安县枫林学校，建校资金预算达到50余万元。

预算一出来，徐桂芬随后嘱咐财务人员，立即将这笔建校专款一次性转过去。徐桂芬只有一个心愿，那就是尽快把学校建起来！

不到半年时间，一座崭新的校园建起来了。

学校正式启用之前，万安县社会各界尤其是枫林学校的师生们怀着深深的感激之情，恳请徐桂芬前来参加学校的开学典礼。同时，为表达感激之情，提议将学校的名称改为枫林煌上煌希望学校。

面对万安县社会各界尤其是枫林学校师生们的恳切之情，徐桂芬最终没有推辞，她同意了学校冠以"枫林煌上煌希望学校"的名称。

"让数百名大山里的孩子们顺利走进了校园，坐在宽敞明亮的教室里读书，重又燃起了人生的希望！"这样的企业公益行动，让徐桂芬深感意义深远。

这一点，从十几年来徐桂芬对万安县枫林煌上煌希望学校从未停止过的资助，就可以看出：

2004年，徐桂芬携带大量书籍、体育器材、学习用具等亲临学校看望师生；

2005年，煌上煌集团又投入数万元为学校学生建设卫生间；

2007年，煌上煌集团投入10万元，为学校建起了一个体育运动场。

2013 年 1 月 16 日，枫林煌上煌希望学校校园内，彩旗飘扬，整个校园里洋溢着喜庆的氛围。这天一大早，学校老师和学生们就怀着激动的心情翘首期盼，等待迎接一位从南昌远道而来的贵客。

"来了！来了！"上午十时许，当一行客人走进枫林煌上煌希望学校校园时，整个校园里响起了经久不息的掌声。

师生们翘首企盼迎来的贵客，正是徐桂芬。

亦如每一次踏进这方校园，徐桂芬心底都是那样充满了温情和亲切。对于她而言，这方校园里的一切再也熟悉不过了，而对这所学校的孩子们则更让她平时牵挂在心。

这一次来，徐桂芬为学校带来了电脑、乐器等价值 12 万元的教学设备。整整 11 年了，这所偏远大山里的学校让徐桂芬产生了难以割舍的深切情感。虽然平时工作繁忙，尽管往返一趟 600 多公里路程，但她数次专程来看望学校的师生。而每一次来，她的车上都载满了对师生的深情厚谊。

"一些大山深处和偏远农村地区，因为经济条件落后，连一所像样的学校都没有，建一所学校，就是给那里的孩子们带去了希望……"徐桂芬的努力不仅换来了孩子们在新学校里的琅琅书声和纯真笑脸，也换来了孩子们对她的感恩之情。孩子们常常写信给他们敬爱的徐阿姨，用稚嫩的笔写下他们心中的感动，下面是孩子们写给徐桂芬其中的一封信。

尊敬的徐阿姨：您好！

记得有位诗人这样说过："让我怎么感谢你，当我走向你的时候，我原想收获一缕春风，你却给了我整个春天；让我怎么感谢你，当我走向你的时候，我原想拥起一簇浪花，你却给了我整个海洋。"

是呀，让我怎样感谢您呢，徐桂芬阿姨！您赋予了我们希望，您赋予了我们力量，您赋予了我们幸福，而我们却无以回报。有一种感觉叫作幸福，有一种幸福叫作感动。谢谢您，徐阿姨，谢谢您给了我们幸福，谢谢您让我们学会了感动。我们明白了您含辛茹苦，我们懂得您的满心希望，我们将尽我们最大的力量给大家幸福，让大家学会感动！

看，身后的这栋教学楼，因为有了您，因为有煌上煌集团，它才拔地而起，我们的教学条件才得到改善。

看，那边的新操场，因为有了您，因为有煌上煌集团，它才从小山丘变成崭新的运动场。我们在那挥洒汗水，我们在那里积极拼搏。还有很多很多都是因为有了您和煌上煌才得以改善。

当童年走过我们的年少，我们就不得不感谢于那份天真的岁月；当朋友走进我们的生活，我们就不得不感谢于那份珍贵的相知；当家人走进我们的一生，我们就不得不感谢于那份血肉的真情；当师长走进我们的生命，我们就不得不感谢于那份真挚的呵护；当煌上煌走进我们的校园，我们就不得不感谢于那份无私的大爱。

我们该怎么感谢您？作为祖国未来接班人，我们应该用知识感谢您。

我们必定好好学习，争做祖国的栋梁，为建设繁荣富强的祖国做出应有的贡献。

今天，我们能骄傲地说，我们来自万安县枫林煌上煌希望学校，我更相信，明天，煌上煌会为我们的成长而感到自豪！

最后，祝煌上煌集团事业蒸蒸日上！祝枫林煌上煌希望学校越办越好！同时，也祝大家新年快乐！

枫林煌上煌希望学校八年级　林芳如
2013 年 1 月 16 日

煌上煌集团在万安县枫林煌上煌希望学校先后捐资建浴室、建篮球场、捐图书和体育用品等，所捐赠的钱物累计达 70 多万元。

徐桂芬不仅持续在资金和物质上对学校资助和投入，而且注重对学校孩子们给予精神上的成长关爱。从 2004 年开始，煌上煌集团连续几年通过组织枫林煌上煌希望学校的优秀学生参观旅游、企校联谊等形式，使边远山区的孩子领略企业风采、城市风貌，激发他们努力学习，报效国家的情怀。

建设希望学校，播撒憧憬，播撒希望。或许，童年的苦难经历和心中曾深藏的求学梦，让徐桂芬对捐资助学和贫困地区的孩子们有了更深切的情感。她不但对建设希望小学不惜投入，而且每建一所煌上煌希望小学，那里的孩子们就成了她心底里的牵挂。

2005 年，在省妇联的指导下，当得知鄱阳县莲湖乡农村有不少女童因为贫困而失学，徐桂芬就出资在当地学校专门开设了"煌上煌春蕾班"，招收了 50 名因家境贫困读不起书的女童。一年后，徐桂芬又出资在井冈山地区开设"煌上煌春蕾班"，让 50 名因家境贫困读不起书的女童重新走进了学校。

2008 年元月的一天，徐桂芬来到南昌市新建县厚田乡下坊村调研。在厚田乡下坊村，看到这里孩子们上课的教室居然是危房，她感触万分，当即决定捐资 20 万元在此兴建春蕾学校。同年 5 月，另选新址的村小学正式动工，经过半年多时间的建设，一座占地面积 2300 多平方米，拥有 8 间教室的两层教学楼拔地而起，极大地改善了该村的办学条件，解决了附近 8 个自然村 362 户家庭共 300 多名农村孩子行路难、就学难的问题。

南昌县南新乡新洲村，是位于鄱阳湖滨湖地区的一个乡村。在很长时间里，因为经济贫困落后，这个村的小学校舍一直处于破旧不堪的状况。而且，新洲村所辖的 15 个自然村通往学校的道路十分难行。2008 年，在一次偶然的机会，徐桂芬了解到新洲村小学的情况，内心被深深触动了，她当即决定出资在那里建设一所希望小学。

"真没有想到，这么大的一个村子，500 多个孩子上学竟然如此艰难。我们要帮助这里的孩子！"在徐桂芬捐资 10 余万元的帮助下，该村重建了南新乡新洲希望小学。此后，徐桂芬又先后出资 35 万元，为南昌县南新乡新洲村希望小学修建了操场、围墙、教师住房以及水泥路，极大改善了该村的办学条件。从此，南新乡新洲村附近 15 个自然村近 500 名农村孩子行路难、就学难的问题得以彻底解决。

在继捐资兴建万安县枫林煌上煌希望学校、新建县厚田乡下坊春蕾学校、南昌县南新乡新洲希望小学之后，煌上煌集团又先捐建了九江县港口街镇希望中心学校。

在多年捐资助学的过程中，徐桂芬已不知不觉有了这样一种情结——每当帮助一个困难地方，她总会情不自禁地关切询问起当地孩子们上学读书的情况，遇到学校办学有困难或是有因家境贫困而面临失学的孩子，她总是慷慨相助。

"今天，给那些家庭贫困的孩子们点燃一盏灯，打开一扇窗，增添一束光，明天，就会实现更多美好的梦想，呈现无数双飞翔的翅膀！"多年以来，在帮助贫困家庭儿童方面，关爱留守儿童等方面，徐桂芬总是热情地伸出自己温暖的双手：

2008 年，徐桂芬带着公司员工来到南昌市启音学校，看望学校的留守儿童，一次性向学校的留守儿童捐赠了价值约 1.4 万元的学习用品、衣物等物资。

每年"六一"的儿童节，徐桂芬总是要亲自或委托集团专门人员，前往南昌市福利院、SOS 儿童村去看望那里的孩子们，给他们送上节日礼物。此外，煌上煌集团还与江西省青少年基金会联合开展的"爱洒寒门，情暖童心扶贫助学活动"，资助农村贫困家庭学子完成学业。徐桂芬长期与不少贫困家庭结对，资助了不少困难家庭的孩子读书。

在徐桂芬心底，捐资助学和关爱儿童，这已不仅仅是一种帮助弱者的慈善情结，更是企业勇担社会责任的表现。"教育是民族振兴的基石，孩子是祖国的未来。作为农业产业化国家重点龙头企业，关心下一代，扶助农村教育，是我们义不容辞的责任"。真情系教育，情深意更浓。对教育意义重大的深刻认识和理解,让徐桂芬越来越重视对教育公益慈善的投入。

"一个人,穷不能忘根,富不能忘本。"这是徐桂芬的人生信条,也是她日常生活中为人处世的一个准则。了解徐桂芬的人都知道,从小到大她都是一个特别感念恩情的人,她心底始终有一种深厚的感恩情结。

心中装着他人,就会产生爱心,心中拥有社会,就会产生责任。

翻阅煌上煌集团每年的大事记,徐桂芬以个人或以公司名义向社会捐款捐物爱心善举,一件件、一项项呈现在笔者眼前:

1995年6月,得知新建县联圩倒塌而致使几千户农民遭受洪涝灾害,徐桂芬就通过举行义卖的方式,向受灾的部分农民捐赠了一笔款物共计2万多元。这是徐桂芬向社会捐出的第一笔善款,而当时她的烤禽社只不过刚刚盈利。"当时就是觉得,不力所能及帮助一下灾区,自己心里过意不去。"徐桂芬说,这就是自己心里的真实想法。

1998年,江西南昌、九江地区发生了特大洪灾。徐桂芬向蛟桥镇北山村灾民捐赠粮食3万公斤,先后三次组织公司车队奔赴九江地区慰问抗洪战士及受灾群众,另外还举行义卖三天,总共捐款捐物达30多万元。

这一年春节期间,徐桂芬在省总工会的带领下向南昌市1000户曾获先进荣誉的特困家庭增送价值2.6万元的酱鸭,向全市50家困难企业的女工委员会赠送《南昌晚报》,为西湖区百岁老人祝寿并捐资数千元。

2001年,江西省二附医院里有一位心脏病患者,动手术还差16000元钱,再不动手术会有生命危险。徐桂芬偶然从报纸上看到这一消息,立即派人去医院,为患者送去16000元医疗费,没有留下姓名。

2003年抗击"非典",徐桂芬向南昌市湾里区太平乡、西湖区等捐款共计5万元。

2004年,出资邀请江西省泰和县义务守林30年的"无掌老太"张招凤来到省城南昌观光;

2005年,当九江地震的消息传来,徐桂芬通过慈善总会向灾区人民捐赠 30 万元；

2008 年初，江西省遭遇严重的低温雨雪冰冻灾害。在这场突如其来的灾害面前，徐桂芬先后向南昌市捐资 50 万元、向省光彩事业基金会捐款 70 万元。同时，煌上煌集团还组织了数支抗冻救灾小组，奔赴南昌、九江及抚州等地配合当地政府救灾。

2008 年 5 月 12 日，汶川大地震发生后，正在上海参加会议的徐桂芬立即赶回南昌，出席南昌市政府组织的传递奥运圣火捐款仪式，为灾区捐出了 100 万元。随后的 5 月 27 日，在南昌市支援汶川地震灾区共建家园大型募捐活动上，她再次慷慨捐款 50 万元，并通过省总工会捐款 20 万元。

在迎来创业十五周年之际，徐桂芬决定不搞庆典活动，而是做 15 件事惠及社会民众的事——向西湖敬老院送温暖、向 150 户贫困家庭赠送过年物品、向当天过生日顾客赠送生日礼物、三大件产品特价感恩回报、慰问留守儿童、资助贫困大学生等。

2010 年，在第 100 个"三八"国际妇女节来临之际，徐桂芬向南昌市妇联开展的"援助贫困母亲"活动捐赠 8 万元人民币，用于资助 100 名贫困母亲。

2011 年，徐桂芬向南方电动工具厂、南昌市肉联厂的 150 名困难职工捐出了价值 7.5 万元的物资。

2013 年，在南昌慈善日暨"慈善一日捐"活动现场，徐桂芬继 2012 年第二个"南昌慈善日"捐款 50 万元后，又再次捐款 50 万元。

2013 年 5 月，徐桂芬代表煌上煌集团出资 10 万元，联合省儿童医院开展江西省贫困家庭患先天性无肛患儿的医疗救助行动。

2015 年 2 月 8 日，煌上煌联合大连市慈善总会携手主办"慈善情暖万家"捐赠仪式，煌上煌捐赠价值人民币 40 万元的物品用于扶贫济困。

2016 年 12 月，在开展"千企帮千村"精准扶贫行动中，向南昌县泾口乡东岗村捐赠 20 万元，用于改善道路交通建设。

2017年10月，支持江西经济社会发展，帮助革命老区脱贫致富，向广昌县茶树菇种植大棚光伏发电扶贫开发公益项目援建60万元。

…………

以上摘录的这些，仅仅是一小部分，但却映照出徐桂芬在创业历程中感人至深的大爱情怀。在煌上煌不断发展壮大的背后，始终有一种强烈的责任意识、慈善情怀贯穿于发展的历程中，始终有一条勇于担当社会责任的主线绵延不绝、清晰可见。

"我很早就知道，徐桂芬实际上是从干个体户、经营烤禽店的时候，就开始做慈善，如果不是源自心中真切的善良与感恩情愫，那不可能这样做的。"南昌市慈善总会的一位负责人说，在后来煌上煌烤禽社走上企业发展之路、不断发展壮大后，徐桂芬在救济救灾等各方面的慷慨之举，在他看来都是意料之中的事。

"我从一个下放知青、下岗工人、经商个体户，成长为一个民营企业家，成长中的煌上煌如果没有党和政府政策的指引，没有国家改革开放政策，没有广大消费者的厚爱和全体员工的大力支持，就没有今天的辉煌。"源自于这样的深厚感恩情怀，徐桂芬在自己拥有了一定的财富、有一定经济能力之后，自然就想去帮助弱势群体。

徐桂芬没有忘记那些需要帮助的下岗的兄弟姐妹，她曾经也是下岗工人，深知下岗工人的疾苦。"下岗带下岗，一起再上岗！"煌上煌招工，首先就是考虑招收下岗女工。在煌上煌集团一步步发展壮大的过程中，企业广泛吸收下岗工人，优先吸收下岗人员中的劳模、标兵、党员，尤为照顾下岗人员中的大龄妇女。

"人生活在社会中，能为社会创造一点财富，能为国家作出一点贡献，就不枉活今生今世。"回忆写满坎坷、写满奋斗、写满丰收的人生，徐桂芬把自己人生事业的价值与对社会的贡献紧密相连。2013年3月23日，在煌上煌成立20周年庆典仪式上，徐桂芬组织成立煌上煌爱心基金会，标志着煌上煌将爱心事业代代相传。

对于她来说，这已经成为一种人生态度，一种责任情怀。

从一家小小的作坊式烤禽社起步，到创立被誉为"中国酱鸭第一股"的上市公司，由一名普通下岗女工成为一位优秀民营企业家和全国人大代表，徐桂芬用25年时间书写了人生事业的精彩。而沿着煌上煌发展崛起的历程深情回望，徐桂芬的创业之路，始终伴随着她感恩回报社会的深厚情怀。

正如有媒体报道文章这样总结道：纵观煌上煌传奇般的创业发展之路，也是一条以责任爱心铺就的发展崛起之路，诠释着徐桂芬这位红土地上女企业家的事业境界与情怀品格。

第二节　倾情感恩厚重红土地

富而思源，富而思进。

"感恩是一个人应有的品格。我心中总这样感怀，是什么让我从一个普通下岗女工成为民营企业家，是党的改革开放政策给了我施展才华创业的机会。是什么让我的作坊式烤禽社，一路发展壮大成为上市公司，还是党的改革开放政策给民营企业开辟发展腾飞的广阔天地，煌上煌的发展壮大得益于江西这方厚重的红土地。"徐桂芬对党的改革开放政策、对江西红土地始终怀有如此深切的感恩之情。

竭尽所能，倾情倾力去回报国家社会，去回报江西这方红土地。

由此，徐桂芬从企业赢得初步快速发展之时，就把对国家和对江西这方红土地的厚重感恩之情融为一体，把企业发展和帮助更多农民脱贫致富紧密相连。

"江西是革命老区，经济发展相对落后，党中央历来对江西加快发展高度关注。"徐桂芬倾力推动更多江西农村尤其是贫困农村和贫困农户脱贫致富，就是自己踏踏实实回报国家社会、回报江西这方红土地的最好方式。

1996 年，徐桂芬就开始了支持农村发展、帮助农民致富的真情之举。在她担当社会责任的大爱情怀中，情系"三农"也是最为厚重、最为感人的篇章。在这过程中，煌上煌集团积极响应江西省政府在全省范围内推广日本农村的"一村一品"经验，使一批农民农户通过发展特色种养业走上脱贫致富的道路。煌上煌倾情帮扶各地农民的帮扶事例不胜枚举：

从 2005 年开始，在井冈山地区，一批在煌上煌集团扶持下开始养鸭的农户，逐渐摆脱贫困，走上了致富路。农民程和才养鸭 3 年，全家的生活就实现了大变样，盖了新房，添置了各种家用电器。而在 3 年前，他家还是一个生活十分困难的人家。在井冈山，像程和才这样靠养殖皇禽鸭而改变贫困面貌的农民，还有很多。

在江西余干县乌泥镇，2006 年，靠养殖皇禽鸭收入超过 5 万元的农户就有 12 户。而这 12 户中，又有好几户是当地的贫困户。当初，他们想养鸭却又苦于没有本钱，是在煌上煌集团无偿援建鸭棚，免费提供鸭苗和养殖技术的大力帮助下，才走上养鸭之路的。

2006 年，煌上煌集团对养殖基地农户提供小额贷款担保及贴息，为贫困户免费提供鸡、鸭种苗和饲料，实行保护价收购农产品原料等一系列帮扶措施。

2007 年，煌上煌集团以每公斤高出一般养殖小区 1 元的保护价，先后对南昌县塘南镇新光村、新图村，以及吉安县永和镇尚书村等 20 个贫困村，让利 100 多万元。

2008 年，南昌市新建县大塘乡大庄村，在煌上煌集团的对接帮扶下，养鸭和由此带动的相关产业收入达到 70 万元，合作社成员户均增收 1.5 万余元。由一个贫困落后的村，跃身成为富裕村。同年，饲料价格大幅度上涨，煌上煌收购成品鸭由 4.5 元一斤的价格调整到 5.3 元一斤，每羽让利 2.4 元。也就是说，为了尽可能为农民增收，公司收购 100 万羽成鸭，付出的成本比上年同期增加 240 万元。

2013 年，受禽流感的影响，市场毛鸭的销售价格骤降至每市斤 3 元，煌上煌为了维护养殖户的利益，仍然按照合同约定价格以每市斤 6.25 元的价格收购养殖户合同订单鸭 600 万羽。为给农户让利，公司因此损失 5800 多万元。

…………

"哪怕亏损再大，也不能让农民们来承担。我们煌上煌要为农民撑起一片勤劳致富的天，任何时候，我们对农民的承诺不能变，也不会变！"徐桂芬对养殖农户说的话，总是那样掷地有声，总是那样慷慨真情。

党的十八大以来，党中央、国务院提出实施精准扶贫方略，推动中国扶贫战略实现重大转变。"精准扶贫，产业帮扶最为重要，我们煌上煌有这方面的丰富经验，我们愿意以 20 多年在建立肉鸭养殖基地的经验，尽可能多地帮扶一些贫困村早日摆脱贫困，走上致富路。"徐桂芬说，"煌上煌的发展壮大得益于江西这片红土地，如今理当倾情回报"。

2016 年，在积极参与江西省"千企帮千村"精准扶贫的行动中，煌上煌集团同时与南昌县径口乡东岗村、进贤区衙前乡瓦子陂村、吉安市敖城镇湖陂村和赣州上犹县社溪村签订了精准扶贫帮扶协议。

按照江西"千企帮千村"精准扶贫行动的号召，一家企业帮扶一个贫困村，而煌上煌集团却同时帮扶四个贫困村，这在江西民营企业精准扶贫行动中是一个特例。

对煌上煌集团的精准扶贫行动，徐桂芬带领二代接班人深入调研，亲自部署，慷慨而为，她要求集团负责这项工作的人员在工作中无比动真情、出真招、求真效。对革命老区吉安的精准扶贫，徐桂芬更是牵挂在心。针对吉安市敖城镇湖陂村地处山区的情况，煌上煌集团帮助该村利用一万多平方米水域资源，建立肉鸭产业订单养殖基地，并指导该村成立养殖专业合作社。通过"合作社＋农户"的产业发展模式，由政府提供资金，煌上煌提供鸭苗、设备和技术等，为该村 43 户困难户建档立卡，帮助贫困户实现脱贫目标。在养殖帮扶中，养殖基地完成了 6 万羽肉鸭养殖订单，累计带动增收 18 万元。

在南昌县径口乡东岗村和赣州上犹县社溪村，依据当地实际发展养殖业、提高农民技能培训的帮扶举措也已形成，并取得了很好的成效。

充分发挥企业自身产业优势，结合贫困村本地实际，煌上煌集团在精准扶贫过程中，探索走出了一条"产业基地＋贫困户"的合作模式，做到了帮扶对象精准、帮扶内容精准、帮扶方式精准。

鉴于帮扶模式上的成功探索尤其是良好成效的显现，煌上煌集团在精准扶贫中的做法经验，被总结为江西省"千企帮千村"精准扶贫典型案例，在全省推广。

"对精准扶贫，我们要深爱一层，高看一眼，多扶一把。"按照徐桂芬的规划，在煌上煌接下去的精准扶贫帮扶行动中，将继续大力实施"四百"扶贫行动计划：

——百万养殖脱贫行动计划：拿出 100 万羽的肉鸭养殖指标给扶贫村养殖脱贫，积极帮助省内 10 个扶贫村建立养殖基地。

——百万元定点扶贫采购行动计划：面向全国贫困村采购百万元以上的企业所需原料、辅料。

——招聘百名贫困村农民工行动计划：面向全省定点招聘来自贫困村的百名以上的农民工。

——扶助百名农村贫困儿童行动计划：每年筹措 10 万元赞助煌上煌希望小学，并组织慰问百名以上的贫困学生。

20 多年来，煌上煌共带动全国养殖、种植农户达 3 万余户，累计帮助农户增收超过 5 亿元，为农民致富奔小康撑起了一把遮风挡雨的"保护伞"和"连心伞"。此外，在"公司＋合作社＋农户"这一养殖模式的发展中，煌上煌集团直接联结的养鸭户 5000 多户，每户年均增收过万元。在江西省农业产业化龙头企业中，煌上煌对农民致富的带动作用首屈一指。

关于煌上煌情系"三农"事迹，屡见诸多媒体报道，徐桂芬的感人情怀产生了强烈的社会反响。2009 年，鉴于徐桂芬在扶贫开发中的突出贡献，她被评为"中国扶贫开发典型人物"。这也是江西唯一获此殊荣的民营企业家。

表彰大会在全国政协礼堂隆重召开，中国扶贫开发协会对来自全国 73 位"扶贫开发典型人物"进行了表彰，并铸成铜像摆放在大厅，作为庆祝新中国成立六十周年的一份献礼。表彰大会结束后，主办方将 73 位"扶贫开发典型人物"的铜像摆放在了王府井大街上，让来自全国各地的游客们参观学习。

看到自己铜像的那一刻，徐桂芬的眼睛湿润了。

"煌上煌承载的社会责任和重担，我们所有流过的泪水、汗水都是值得的！"徐桂芬这发自肺腑的真情之言，也成了她积极参与国家扶贫攻坚战略的强大动力。

深怀厚重感恩之情的徐桂芬，将回报社会和国家的那份深情融注于精准扶贫行动之中，并让精准扶贫在二代接班人身上延续传承，以大爱赤诚谱写了民营企业勇担社会责任的大爱篇章。

第三节　做受社会尊敬的企业

在成就人生事业辉煌的历程中，徐桂芬彰显了一位优秀女企业家的责任担当，赢得了党和政府的认可，得到了社会各界的盛赞，赢得了社会的尊敬。

她先后当选十一届、十二届全国人大代表，第八届、十一届全国妇女代表大会代表，担任过两届全国工商联执委、两届全国工商联女商会副会长、两届江西省工商联副主席、七年的江西省女企业家商会会长等社会职务。曾荣获全国、省、市"劳动模范"，全国、省、市"五一劳动奖章"，全国、省、市"三八红旗手"，全国、省、市"光彩事业奖章"和中国扶贫开发典型人物、全国巾帼建功标兵、中国优秀企业家、中国百名杰出女企业家、全国杰出创业女性、全国优秀中国特色社会主义事业建设者、改革开放 30 周年江西省十大杰出建设者等荣誉称号。

纵观徐桂芬人生事业每一个角色担当，她都因成就的出彩而令人注目，备受人们尊敬。

作为江西优秀的女企业家，徐桂芬从一家小烤禽社起步，一举崛起为被誉为"中国酱卤第一股"的上市公司，她的创业成就与商道智慧令人充满敬佩。作为当代优秀赣商走向全国的女企业家代表，特别值得指出的是，徐桂芬以深厚感召力与人格魅力，可以说是江西杰出女企业家中的标杆性人物，也是全省妇女界的榜样，她引领红土地上的女企业家们在改革开放伟大时代书写了绚丽多彩的巾帼创业篇章。

作为改革开放后中国民营企业的第一批拓荒者，她 25 年来在行业内开创了六个"率先"：

率先在同行业中把加工工艺变革为夹层蒸汽锅蒸制，告别传统煤球炉；

率先在同行业全国发展连锁加盟，快速扩张市场连锁经营；

率先在同行业门店销售变革为启用冷链导柜，确保产品新鲜度；

率先在同行业成功 A 股上市，成为酱卤食品行业第一股；

率先在同行业开设第一家无人智能店，开启智能销售新模式；

率先在同行业中打造酱卤文化馆，发展工业旅游，提高品牌知名度。

这六个"率先"，开创了中国现代酱卤食品产业的一次次先河，徐桂芬当之无愧地成为中国酱卤食品领域的领军人物。

如今本可享受含饴弄孙幸福人生的徐桂芬，仍孜孜不倦引领煌上煌的发展，和丈夫褚建庚一起激情满怀地开启"二次创业"，他们要探寻如何打破"富不过三代""女儿要富养"的观念，为中国民营企业的永续发展呈现范本。

要做一位优秀的赣商女企业家，徐桂芬认为：事业成功不算成功，家庭事业双丰收才是真正的成功，才算得上真正完美的人生。

徐桂芬不仅在事业上功成名就，而且注重家庭的经营。她的生活理念是家和万事兴。如何做好家和万事兴呢？她认为，首先是夫妻要和睦，子女培养更重要。子女的培养，是一位母亲心中最重的珍视。与天下所有的慈母一样，徐桂芬对于三个子女从成长、求学、工作到事业，从言传身教到他们成人成才过程中的能力淬炼、人生价值观引导等等，无不倾注了满腔母爱和培育心血。她对子女以优秀企业家标杆来培养和打造。令徐桂芬欣慰的是，如今，子女事业有成，共同担当起煌上煌"百年老店"大业的重任，而且都以出色的业绩能力得到集团上下和社会各界的认可。她说，子女成功是自己今生最丰厚的人生收获。而她对子女教育培养的欣慰之作，如今又被众多父母视为子女教育的优秀典范。

徐桂芬百折不挠的人生奋进路、艰辛崛起的创业史、道理朴实却哲理深厚的商道智慧，就是深融于煌上煌的三大精神财富！这三大精神财富的传承，奠定了徐桂芬作为改革开放后第一代民营企业家最为鲜明的一个高度！这高度就是：徐桂芬不但创就了基业财富传承给接班人，而且铸就了精神财富传承给接班人。

企业的传承，是全国众多民营企业面临的挑战课题。作为改革开放第一代民营企业家，徐桂芬对企业优秀"二代接班人"的培养，尤其是在煌上煌成功上市后实现企业接力棒的顺利交接，并朝着"百年企业"的目标稳健坚定前行。这无疑又为全国民营企业的传承提供了一个成功的范本。

山高人为峰。奋斗是永恒的底色，前行是不变的方向。

回望徐桂芬砥砺奋进、不断向更高更远境界迈进的人生路，她在每一个领域里的出彩成就都可谓是一串闪亮的足迹，共同写就了她精彩的人生！

图书在版编目（CIP）数据

徐桂芬 / 许林，蒋常香著. --南昌：江西人民出版社，
2018.4
（当代赣商丛书）
ISBN 978-7-210-10365-3

Ⅰ.①徐…　Ⅱ.①许…　②蒋…　Ⅲ.①报告文学—中
国—当代　Ⅳ.①I25

中国版本图书馆CIP数据核字（2018）第085852号

徐桂芬

许　林　蒋常香　著

组稿编辑： 游道勤　陈世象
责任编辑： 邓丽红
封面设计： 章　雷
出　　版： 江西人民出版社
发　　行： 各地新华书店
地　　址： 江西省南昌市三经路47号附1号
编辑部电话： 0791-86898702
发行部电话： 0791-86898893
邮　　编： 330006
网　　址： www.jxpph.com
E-mail： jxpph@tom.com　web@jxpph.com
2018年4月第1版　2018年4月第1次印刷
开　　本： 787×1092毫米　1/16
印　　张： 17.5
字　　数： 230千
ISBN 978-7-210-10365-3
赣版权登字—01—2018—474
定　　价： 56.00元
承　印　厂： 南昌市红星印刷有限公司